PEUR

Dirk Kurbjuweit

PEUR

Traduit de l'allemand
par Denis Michelis

Delcourt

TITRE ORIGINAL :
Angst

Conception graphique :
Studio Delcourt/Soleil : Gaëlle Merlini

Pour mes enfants.

1.

« Papa ? »

Il ne m'a pas répondu, il ne parle pas, ou à peine.
Il n'est pas atteint de confusion mentale, de démence,
d'Alzheimer, ni d'aucune autre maladie qui ronge
le cerveau. Ses souvenirs ne l'ont pas quitté, nous le
savons, car il lui arrive tout de même de parler, rarement il est vrai, mais ses propos sont clairs et cohé-
rents ; ils sont le fruit d'un esprit toujours alerte, d'un
esprit qui a su, depuis toutes ces années, mener et
enregistrer une existence entière – papa est âgé de
soixante-dix-huit ans. Il m'a reconnu cet après-midi,
il me reconnaît toujours. Un sourire, mince, discret.
Il est toujours comme ça avec moi. En retrait. Mais il
reconnaît son fils, son fils aîné, et apprécie ses visites.
Ça n'est pas rien.

« Monsieur Tiefenthaler ? » l'interpelle à son tour
M. Kottke. Mon père réagit plus volontiers face à lui.
Suis-je jaloux pour autant ? Oui, un peu, je l'avoue. D'un
autre côté, M. Kottke est l'homme avec lequel mon père
partage son quotidien, et je me réjouis de leur entente
– il le faut bien. On peut même dire que M. Kottke
respecte mon père. Je ne sais pas s'il traite tous les
hommes ici avec autant de douceur et de gentillesse.

J'imagine que non, bien que je ne l'aie jamais vu en présence d'autres hommes. Mais aujourd'hui mon père n'a pas répondu non plus à la question de M. Kottke. Il est assis, à la table, somnolant. Les yeux mi-clos, le dos droit, les bras ballants. Il s'incline de temps en temps vers l'avant ; j'ai peur que mon père se cogne le visage contre la table, qu'il se fasse mal ; il pourrait se blesser, le plateau est en métal. Mais mon père ne heurte jamais le plateau, il arrête toujours net le mouvement dès que son corps penche un peu trop, et il se redresse. Comme aujourd'hui. Pourtant je n'arrive pas à m'y habituer. À chaque fois cette même peur qui m'envahit. J'ai vu combien M. Kottke était aux aguets, prêt à intervenir lui aussi. Nous gardons un œil attentif sur papa, nous ne voulons pas qu'il lui arrive quelque chose.

Voilà six mois que je rends visite à mon père dans cet endroit, et toujours cette même tristesse de le voir ainsi, dans sa chemise râpée et son pantalon trop grand qu'il porte sans ceinture. Nous lui avons acheté des affaires neuves, pour soigner son allure, mais il préfère ses vieux vêtements familiers, pourquoi pas d'ailleurs ? C'est étrange de le voir dans cette position ; sa chaise se trouve trop loin de la table, la mienne aussi ; nous sommes assis l'un en face de l'autre sans que la table crée de lien particulier, sans que nous ayons la sensation d'être *réellement* assis ensemble. Cette table nous éloigne alors que nous n'avons jamais été si proches. C'est du moins ce que je ressens. Hélas, il est impossible de déplacer les chaises ; elles sont vissées au sol, tout comme la table.

Mon père pourrait parler, mais il n'en a plus envie. Il est fatigué je pense, épuisé par cette longue vie, trop difficile pour lui. Nous ne l'avons pas compris, quelle importance à présent ? Il a dû surmonter les difficultés même si, au fond, elles n'étaient peut-être que le fruit de son imagination. Il a vécu en conséquence, comme si elles étaient réelles. Nous ne savons pas tout de lui. Qui peut se targuer de tout connaître de l'autre ? La seule existence que nous vivons pleinement, c'est la nôtre, et pourtant, cela ne signifie pas que nous en connaissions tous les tenants et aboutissants parce que certaines des choses qui nous affectent – des choses souvent capitales – peuvent se produire à notre insu, parfois même sans que nous en ayons conscience. Peut-être devrions-nous nous mettre d'accord là-dessus : *personne ne connaît une vie dans sa totalité, même pas sa propre vie.* Voilà pourquoi il faut se méfier des jugements à l'emporte-pièce sur la vie des autres. C'est ce que je fais.

Ce matin, au moment de quitter la maison, j'ai dit à ma femme que *je passerai voir mon père.* Je le formule toujours ainsi. Elle aussi : *Tout à l'heure, je passerai voir ton père.* Personne ne dit : « Aujourd'hui, je vais voir papa en prison. » Pour le moment, cette précision est encore trop douloureuse. Six mois ne suffisent pas à adoucir le mot *prison.* Pas dans une famille où personne n'a jamais été derrière les barreaux ; on doit en premier lieu s'habituer à ce décor, maintenant quotidien. Disons-le clairement, mon père est en prison. Il y est entré à l'âge de soixante-dix-sept ans, et y a déjà passé – je ne dirais pas célébré – son premier anniversaire en tant que détenu. Nous nous étions efforcés d'égayer cette heure de visite, sans grand succès. Cela ne tenait pas tant aux chaises vissées au sol, ni à la table en métal, ou aux barreaux aux fenêtres – ne rappelant que trop l'absence d'intimité et l'incongruité d'un tel endroit pour fêter votre jour de naissance. Non, c'était à cause de moi.

La première demi-heure s'était pourtant bien déroulée, nous avons entonné un « joyeux anniversaire », nous c'est-à-dire ma femme Rebecca et moi, nos enfants, Paul et Fee, ma mère, et même M. Kottke qui nous avait obtenu des dérogations ce jour-là. Nous avons ensuite mangé le nid-d'abeilles que ma mère préparait à son mari depuis toujours ou presque et qu'elle voulait, selon la coutume, présenter entier sur un plat ; elle se réjouissait de le découper sous nos yeux, de faire durer le plaisir avant la dégustation. Sauf qu'il y avait des limites aux dérogations. Au moment de la fouille, ma mère, ma pauvre mère de soixante-quinze ans, avait dû se résigner à regarder un gardien découper son nid-d'abeilles en petites parts. « Vous savez, je n'ai pas caché de lime à l'intérieur », avait-elle dit d'un ton faussement guilleret, et cela m'avait rendu triste. Ils la croyaient volontiers, j'imagine, mais il y avait des règles à respecter. Je déteste ce mot, je déteste qu'on me rappelle l'existence de ces règles qui vont à l'encontre du bon sens. C'est un mot que j'entends pourtant souvent, depuis que mon père est en prison.

Nous évoquions d'autres de ses anniversaires – ceux qu'il avait fêtés en homme libre – quand je me suis mis à sangloter, de manière inattendue. J'ai d'abord cru pouvoir me contrôler, mais mes sanglots ont redoublé ; impossible de m'arrêter. J'étais conscient des réactions autour de moi dans la salle commune. Mes enfants semblaient horrifiés, jamais ils n'avaient vu leur père dans cet état ; le bon M. Kottke a détourné le regard, embarrassé ; ma mère s'est levée de sa chaise vissée au sol mais ma femme avait été plus rapide, je pleurais déjà au creux de son épaule. Après quelques minutes, mes sanglots se sont calmés et j'ai relevé la tête ; mon regard brouillé a croisé celui de mon père. Je n'y ai rien vu d'autre que de la curiosité, un intérêt particulier dont la signification m'échappait. J'y ai souvent songé depuis, mais je n'y vois aucune explication. Ma mère m'a tendu une serviette en papier et, après m'être excusé, je me suis hâté de convoquer avec une joie feinte d'autres souvenirs, d'autres anniversaires. Tout était bon désormais pour accélérer le temps. J'avais juste envie de sortir de là. Comme tout le monde.

Je ne devrais pas écrire cela, c'est le genre de phrase un peu déplacé quand votre père est en prison. S'il y en a un qui méritait de sortir, c'était bien mon père ; mais c'était impossible. Sur les coups de seize heures, nous avons transféré les restes du gâteau sur deux assiettes en carton, une pour mon père et une autre pour M. Kottke et ses collègues, avant d'enlacer notre père, beau-père, grand-père, époux et de quitter enfin la pièce – sans avoir omis de remercier M. Kottke. Bien entendu, mon père est resté. Il a écopé de huit ans. Si l'on considère ses six mois de détention préventive à Moabit et les six autres mois à la prison de Tegel, il lui reste sept ans. Peut-être quatre, ou même trois en cas de bonne conduite. C'est effectivement ce que nous attendons de lui, M. Kottke nous a souvent répété à quel point mon père était un prisonnier exemplaire, attisant chaque fois notre espoir. Il pourrait encore vivre quelques belles années en liberté, c'est ainsi que je le formule à ma mère. « Si seulement il ne meurt pas là-bas », me répond-elle, avant de répéter : « Si seulement il ne meurt pas là-bas. » Ce à quoi je rétorque : « Il est en bonne santé, il y arrivera. »

« Papa ? » Après avoir bavardé un peu avec M. Kottke, j'ai de nouveau tenté d'attirer son attention. Voilà comment je passe le plus clair de mon temps ici ; M. Kottke et moi bavardons, ou plutôt c'est M. Kottke qui parle, une vraie pipelette, mais c'est une bonne chose, ça m'aide beaucoup. Je ne supporte pas le silence de la prison, de ce silence naît une rumeur étrange, effroyable, qui se répand jusqu'à la salle commune. Des sons métalliques indéfinissables dont je dirais qu'ils sont plus sourds que clairs. Au début je croyais entendre une sorte de battement, comme si quelqu'un cognait contre une porte, ou limait quelque chose, mais avec le temps j'ai compris. J'étais victime de mes préjugés – comme si une prison devait toujours être pleine de bruits, de conversations ou de tentatives d'évasion. Les battements n'avaient jamais existé, pas plus que les soupirs silencieux que j'avais cru entendre une fois. Seulement des bruits inhabituels et mystérieux venant des tréfonds du bâtiment. J'étais heureux quand M. Kottke les couvrait de son accent berlinois à couper au couteau. Il a une longue carrière de gardien derrière lui – plus de quarante années au service de la Loi –, et il a des anecdotes à raconter. En vérité, je ne veux rien savoir de toutes ces histoires de crimes et de criminels, mais elles se révèlent souvent intéressantes – d'autant qu'elles font, depuis peu, partie de notre quotidien.

M. Kottke n'a pas tardé à regarder sa montre. Il a un instinct infaillible, il sait toujours quand notre heure de visite touche à sa fin. « Il est temps d'y aller », a-t-il dit. Il a l'habitude de le formuler ainsi et je lui en suis reconnaissant, comme si nous prenions congé après avoir passé un moment agréable autour d'une tasse de café et nous apprêtions à retourner à la maison. Sauf que pour mon père, *maison* signifie *cellule* à présent, voilà la vérité qui se cache derrière les mots soigneusement choisis de M. Kottke. Un gardien de prison sensible, ça existe. Nous avons eu de la chance.

Jusqu'ici M. Kottke s'était tenu appuyé contre le mur, près de la fenêtre. À peine ces mots prononcés, il a avancé de deux ou trois pas – le voici à côté de mon père à présent, lui effleurant l'épaule gauche d'une main. Toujours le même geste. Rituels, répétitions et routines sont légion ici. Chaque geste répond à un protocole – le signal que toute tentative d'évasion est vaine, car M. Kottke, aussi aimable soit-il, n'est pas du genre à faillir à son devoir, et s'il le faut, il saisira mon père par le col. Je sais que M. Kottke fait preuve de sollicitude ; il veut aider mon père, même si ce n'est pas nécessaire.

Mon père est capable de se lever tout seul. Il s'est exécuté, moi de même. Nous nous sommes brièvement enlacés – un geste désormais envisageable – et il est parti, escorté de M. Kottke. Mon père est plus grand que son gardien : un mètre quatre-vingt-dix tout en longueur contre un mètre soixante-dix tout en rondeurs. S'il est toujours aussi mince, en revanche il a perdu ses cheveux et, avec l'âge, ses jambes se sont davantage arquées ; cela lui confère une démarche chaloupée pareille à celle d'un capitaine de bateau. Rien à voir avec sa profession. Il était vendeur de voitures, d'abord mécanicien puis vendeur de voitures.

Quand je suis sorti du parloir, un autre gardien dont j'ignore le nom est apparu. Bien en chair lui aussi (beaucoup d'hommes le sont ici) ; son regard n'était pas aimable, juste respectueux. Nous n'avons pas échangé un mot jusqu'à la porte. La rue, enfin. Les voitures, les oiseaux, le vent dans les arbres. La vie. Quelques mètres plus loin, mon Audi s'est mise à clignoter joyeusement quand j'ai appuyé sur le bouton de déverrouillage de la clé.

2.

Pourquoi mon père est-il en prison ? Nul besoin d'en faire tout un mystère. Il a été jugé coupable d'homicide.

S'il n'a écopé que de huit ans, c'est grâce à ses aveux et au fait que son mobile est apparu, disons, moins ignoble que d'ordinaire. Nous avons accepté le jugement de la cour. C'est difficile, mais d'un autre côté, on ne peut pas dire que justice n'a pas été faite. Mon père est du même avis. Bien entendu, il avait espéré une sentence plus clémente, même s'il savait que son acte lui coûterait sa liberté. Il n'a pas agi sur un coup de tête, tout a été planifié et exécuté en connaissance de cause. Si l'âge de mon père n'a joué aucun rôle lors du procès – il n'a pas agi en état de confusion ni de démence sénile – je pense qu'il en a été tenu compte lors de la sentence. Les juges voulaient lui offrir la perspective de passer ses derniers jours en famille. Libre. On espère un aménagement de peine d'ici un an ou deux, *en milieu ouvert*, voilà l'expression à laquelle nous nous raccrochons. Mon père passerait ses journées auprès de nous, et je le raccompagnerais le soir à Tegel. Nous disons volontiers *à Tegel*. La plupart des gens pensent « aéroport ». Pour nous, cela signifie « prison ».

Je dois avouer une chose, au risque de donner une mauvaise image de moi. Je ne suis pas innocent dans ce meurtre. J'aurais pu l'éviter, mais je ne le voulais pas. Lorsque mon père nous a rendu visite le 25 septembre de l'année dernière, je savais ce qu'il avait en tête. C'était un jour ensoleillé aux fenêtres grandes ouvertes. À Lichterfelde-West, notre quartier au sud-ouest de Berlin, les rues sont pavées, et le grondement du trafic est une véritable torture pour moi quand je travaille à la maison. Ma femme prétend que je suis trop sensible. Une fois, je lui ai rétorqué que l'hypersensibilité au bruit était un signe d'intelligence, du moins selon Schopenhauer : la capacité de souffrir croît en propension de l'intelligence. « Serais-tu en train d'insinuer... », a-t-elle tenté. « Non », ai-je répondu. Et nous nous étions lancés dans une de ces discussions pénibles qui ponctuent immanquablement la vie de couple. Plus tard, je m'étais excusé. Ce n'était pas une chose à dire, même si c'était sans doute vrai.

Je savais que mon père viendrait. Il s'était annoncé la veille et, juste après son départ de l'Oderbruch, ma mère avait appelé pour me dire qu'il arriverait d'ici deux heures environ. Une habitude relativement récente. Selon elle, mon père n'était plus un conducteur très fiable, en cas de retard je devrais immédiatement appeler les secours. Rebecca et moi étions de son avis, nous n'aimions pas beaucoup laisser nos enfants monter dans sa voiture. Il ignorait tout de ce petit manège. Cela l'aurait blessé, fâché même. Il se croyait toujours très bon conducteur.

En l'attendant, je me suis demandé si un piètre conducteur était capable de viser juste. Il ne s'agissait pas non plus d'un tir compliqué. Il y arriverait. Je me suis aussi surpris à songer que le voyage pourrait mal tourner, ce qui le dispenserait d'avoir à prouver qu'il était bon tireur. Un accident mineur, contrariant son arrivée, et déjouant le projet d'assassinat. Car à l'époque je réfléchissais en ces termes ; il a fallu que notre avocat m'indique qu'il pouvait techniquement être requalifié en meurtre, lequel était moins sévèrement puni.

Au fond, je ne souhaitais pas vraiment d'accident. Cet assassinat, je le voulais, j'y avais mûrement réfléchi ; à présent, il était temps. Ma femme avait emmené les enfants chez sa mère à Lindau, cela ne pouvait pas mieux tomber. Pourvu que le trajet de mon père – le dernier avant longtemps – se déroule sans heurts. D'après les informations à la radio, il n'y avait pas de bouchons.

Quelques voitures sont passées dans un vacarme tonitruant ; puis enfin, j'ai vu mon père garer sa Ford en bas de chez nous. Une belle maison, dans le style « Gründerzeit » de la fin du XIXe, avec des poutres en bois, des murs en brique rouge, une tourelle, des lucarnes et une façade à encorbellement. Nous vivons au rez-de-chaussée surélevé et disposons de notre propre accès pour le jardin. Il y a aussi un étage, des combles, un sous-sol – tous les niveaux sont habités, au total nous sommes quatre foyers à nous partager les lieux. Notre appartement est vaste, avec une belle hauteur sous plafond et des moulures. Une certaine majesté émane de cet endroit.

Lorsque mon père est apparu sur le seuil, je me suis demandé où il avait mis son arme. Le plus souvent, il la rangeait dans un holster d'épaule, mais elle aurait pu aussi bien se trouver dans son sac de voyage. Autrefois, il se déplaçait avec une pochette en cuir, de celle que les fumeurs de pipe utilisent pour leurs accessoires et leur tabac. Sauf que lui y rangeait son Walther PPK, un Glock ou un Colt. Ma mère, ma sœur, mon jeune frère et moi lui avions offert cette pochette pour Noël – je ne me souviens plus en quelle année. Il l'avait utilisée pendant un temps, pour nous faire plaisir j'imagine, et nous signifier qu'il appréciait ce cadeau, mais très vite il était retourné à son holster. De son point de vue, c'était plus efficace s'il voulait dégainer rapidement. Avec la pochette, il fallait d'abord ouvrir la fermeture Éclair – de précieuses secondes perdues qui auraient pu lui coûter la vie. C'était ainsi, me semble-t-il, que mon père voyait les choses.

Ce matin-là, mon père portait un veston à carreaux, un pantalon en toile gris, et des chaussures confortables lui assurant un ancrage solide. Je crois qu'il voulait avoir l'air respectable au moment de l'arrestation – et non d'un voyou –, l'air d'un homme mûr qui avait mesuré la portée de son acte ; un homme qui, mieux encore, avait fait ce qu'il devait faire, même si la justice ne le verrait pas de cet œil ; la justice dont je ne cherche en aucun cas à remettre en cause la compétence ni le sérieux.

Au moment de nous saluer, nous avons hésité, comme souvent, sur le geste à adopter : nous enlacer ou nous serrer la main ? Mon père, embarrassé, a tendu sa main droite, j'étais sur le point de l'imiter, mais nous nous sommes ravisés au dernier moment. Il m'a gratifié d'une brève accolade, presque désincarnée ; ni nos corps ni nos joues ne se sont frôlés et une fois l'étreinte desserrée, nous avons regardé ailleurs. À l'époque, c'était tout ce que nous savions faire. Une fois à l'intérieur, je lui ai préparé un expresso et, pendant ce temps, il a sorti des pots de confiture maison de son sac : cerises, coings. Que ma mère ait profité de cette occasion pour nous faire parvenir un échantillon de sa production inépuisable de confitures me surprenait, mais elle était comme ça. Nous avons pris place dans la cuisine, et je lui ai raconté les dernières nouvelles des enfants. L'un des rares sujets de conversation sans grand risque pour nous. Pour être précis, beaucoup de sujets m'effrayaient, en premier lieu, le souvenir de Ford Marschewski. Le soir, nous avons regardé un match de coupe à la télé, le Bayern Munich contre le Werder Brême, et bu une demi-bouteille de rouge, puis sommes allés nous coucher sans faire la moindre allusion à M. Tiberius.

Le lendemain, j'ai retrouvé mon père assis sur le sofa, le nez plongé dans *Auto Moto et Sport*. Comme d'habitude, il avait apporté une pile de magazines. Cela pouvait l'occuper toute une journée ; je crois qu'il lit le moindre article en détail. Aussi avant chacune de mes visites à la prison, je dévalise un kiosque à journaux ; j'achète surtout des revues spécialisées dans l'automobile ou dans les armes, mais aussi des magazines politiques. Mon père s'intéresse beaucoup à la politique. Peut-être n'est-il finalement pas si malheureux que cela, à lire dans sa cellule, sans personne pour le déranger, sans avoir mauvaise conscience de voler du temps à ceux qui auraient aimé en passer avec lui, sa femme par exemple, et ses enfants autrefois.

Ce jour-là, il ne s'est rien passé. Au sous-sol, M. Tiberius se tenait à carreau, pas un bruit, sinon, de temps à autre, celui de la chasse d'eau, le signe qu'il se trouvait chez lui. En vérité, il sortait rarement. Au dîner, mon père m'a parlé des dernières avancées technologiques concernant les joints de culasse – ou était-ce des carburateurs, je ne sais plus très bien –, ensuite des nouvelles colonies israéliennes en Cisjordanie, et, de fil en aiguille, de l'histoire de la région. Mon père est un passionné de livres d'histoire. Nous avons bu le reste du vin rouge. Vers minuit, après avoir épuisé le sujet du conflit israélo-palestinien, nous avons regagné nos chambres. Qu'attendait-il ? Nous n'avions rien évoqué de précis, mais la raison de sa présence ne faisait aucun doute. Une entente tacite, propre à notre famille. Impossible de se tromper, non ?

Le lendemain, je me suis levé de bonne heure, et j'ai fait un tour dans le jardin. Il n'avait pas plu depuis plusieurs jours ; aussi j'ai enclenché l'arrosage automatique pour rafraîchir le gazon, les plates-bandes et les arbustes. Ce faisant, j'espérais, j'imagine, entendre une détonation, j'avais tellement hâte qu'on en finisse, mais rien, hormis le chant des oiseaux et le bruit des voitures sur les pavés. Un peu plus tard, j'ai fait le tour de la maison, en passant devant les fenêtres du sous-sol. Il y en a quatre en tout. À gauche la chambre de M. Tiberius, au centre la cuisine, à droite le salon avec deux petites fenêtres au ras du sol, l'une en façade, l'autre en pignon. M. Tiberius vit dans l'obscurité. Je ne l'ai pas vu durant ma ronde, il aurait fallu que je me penche, ce que je n'ai évidemment pas fait. Peut-être a-t-il entraperçu mes pieds, je n'en sais rien. À ce moment-là, il lui restait dix minutes à vivre.

À mon retour, mon père était assis à la table de la cuisine. Devant lui, un pistolet, un Walther PPK, calibre 7,65 mm Browning, détails que je n'ai appris que plus tard, lors du réquisitoire, où j'ai également appris qu'il s'agissait d'une arme réservée à la police criminelle. Le procureur tenait à exposer son savoir en matière d'armes à feu, un savoir dont j'étais dépourvu, malgré le père que j'avais. Non seulement je n'y connaissais rien, mais en plus je n'en avais aucun désir. J'ai demandé à mon père s'il voulait un expresso, c'était oui. Juste après mon réveil, j'avais mis la machine en marche – une somptueuse Domita italienne – pour lui laisser le temps de chauffer. J'avais changé la taille du filtre – le petit au lieu du grand –, j'avais, moi aussi, envie d'un expresso. La machine a commencé à bourdonner, un liquide noir, épais, s'est déversé dans les tasses, un moment béni, comme à chaque fois. « Toi et ton culte de l'expresso », se moque souvent ma femme. Les gens comme moi font un culte de tout, c'est agaçant tant pour les autres que pour soi-même. Nous avons siroté notre nectar en silence tout en fixant le pistolet sur la table, tel un point d'interrogation métallique. Devions-nous vraiment le faire ?

Pour la suite, je préfère m'en remettre à l'acte d'accusation : *Vers 8 h 40, l'accusé, Hermann Tiefenthaler (mon père), armé d'un Walther PPK, à savoir un Walther Polizeipistole Kriminal dont il est le détenteur légal, a quitté l'appartement de son fils, Randolph Tiefenthaler, pour se rendre au sous-sol et a incité le locataire, Dieter Tiberius, à lui ouvrir sa porte, en toquant ou en sonnant, puis il a tué M. Tiberius d'une balle dans la tête. M. Tiberius est mort sur le coup.*

Mon père m'avait demandé d'appeler la police – et c'était de toute évidence la seule conduite à adopter : toute tentative pour fuir ou brouiller les pistes aurait été insensée. Nous avons assumé cet acte, et l'assumons toujours, je le dis sans réserve. À l'autre bout du fil, l'officier de police Leidinger m'a répondu sur un ton presque affable. Il savait qui j'étais et connaissait la maison – au cours des derniers mois, il nous avait rendu visite à de nombreuses reprises, et avait parfois trouvé notre cas divertissant. Mais quand je lui ai annoncé avoir un meurtre à signaler, il a tout de suite repris son sérieux. « Un meurtre à signaler », lui-avais je dit mot pour mot.

« Votre épouse ? », a demandé l'officier Leidinger.

J'entendais l'effroi dans sa voix et je dois avouer qu'à cet instant, après tous les doutes qu'avaient émis les autorités sur la gravité de notre situation, un sentiment de satisfaction m'a traversé.

« Non, ai-je répondu, il ne s'agit pas de ma femme, fort heureusement, mais de M. Tiberius. » Silence. Durant quelques secondes, je n'ai rien entendu d'autre que le silence – je savais ce que Leidinger pensait à ce moment précis.

« Nous arrivons », a-t-il dit.

Mon père a fait son sac et revêtu son veston à carreaux. Il s'est ensuite assis à la table de la cuisine, le Walther PPK posé devant lui, pendant que je lui préparais un autre expresso. Cette scène, je l'avais déjà vécue : mon père et moi assis dans la cuisine, avant qu'il ne reparte chez lui. D'habitude, ma mère se trouvait à ses côtés, jamais il ne serait venu sans elle. Aussi étrange que cela puisse paraître, nous prononcions les phrases de circonstance : « Tu as tout ? Tu es sûr de ne rien avoir oublié ? »

Il a de nouveau vérifié dans la salle de bains où il avait laissé sa mousse à raser.

« On oublie toujours quelque chose, ai-je dit.

— Va savoir quand ils m'en auraient donné », a-t-il commenté.

J'ai pensé sur le moment qu'un prisonnier n'était vraisemblablement pas autorisé à se raser avec un rasoir manuel. À cause des lames. J'ignorais tout de la vie en prison. Puis la sonnette a retenti. L'officier Leidinger et son collègue Rippschaft que je connaissais bien sont arrivés les premiers. D'autres les ont suivis un peu plus tard : des policiers en uniforme, des détectives en civil, un médecin, des agents de la police scientifique, des experts en balistique.

À l'officier Leidinger, mon père a déclaré avoir tiré sur le locataire du sous-sol ; puis il n'a plus rien ajouté et a gardé son calme pendant toute la procédure. J'étais reconnaissant qu'ils ne lui aient pas passé les menottes, sans doute à cause de son âge. En guise d'au revoir, nous nous sommes enlacés, et cette fois nous y sommes parvenus. Une longue et affectueuse étreinte, la première de notre vie. Et tandis que nous nous cramponnions l'un à l'autre, il a eu cette phrase dont le sens, vu de l'extérieur, peut sembler étrange : « Je suis si fier de toi ! » On aurait dit une sorte de conclusion, le bilan d'une relation père-fils, avant que le père ne disparaisse en prison. Il n'avait jamais rien dit de tel, ni d'approchant. Peut-être sous-entendait-il par là que, jusqu'à l'arrivée de Dieter Tiberius, j'avais réussi ma vie à tout

point de vue, et que Dieter Tiberius n'était qu'une parenthèse, rien de plus. Une parenthèse désormais refermée
grâce à un tir de précision. Mon père me signifiait ainsi
qu'il était conscient de ma réussite, malgré ces années
de silence entre nous, et qu'il souhaitait m'encourager
pour la suite. Voilà pourquoi il a dit ça, je crois.

3.

Ce ne sont pas des larmes. Je l'ai cru un instant quand j'écrivais ces phrases, j'en ai eu la sensation. Mais je me suis trompé. Mes yeux étaient juste un peu humides, c'est normal, tout à fait normal. Je suis assis à mon bureau, il est vingt-trois heures passées, les enfants dorment depuis longtemps. Rebecca est venue me souhaiter bonne nuit, un baiser et une caresse sur la joue. « Écris bien », a-t-elle murmuré sur le seuil de la porte, une remarque plutôt banale dans sa bouche. Est-elle un peu inquiète parce qu'elle ignore l'objet et la finalité de ce récit ? Je me suis contenté de lui dire que j'ai besoin de me libérer d'un poids. Sous-entendu, de M. Tiberius. C'est la vérité, mais peut-être pas toute la vérité. J'omets quelque chose. Nous avions parlé bien sûr des événements récents, nous en avions même abondamment parlé, exprimant l'un et l'autre notre chagrin, notre colère et nos peurs. Notre couple, après des moments difficiles, avait surmonté cette épreuve. Malgré tout, il y a des choses que je n'ose pas encore prononcer à voix haute.

Je n'ai jamais été quelqu'un de bavard. On peut même me décrire comme l'exact opposé, et je n'en voudrais à personne de me définir ainsi. J'écoute beaucoup avant de m'exprimer et parler en public me coûte un effort, même s'il y a pire que moi. Je ne suis pas introverti, je veux juste dire par là que je suis peu expansif. Les mots ne coulent pas de source. Parler ne va pas de soi, ce n'est pas comme marcher par exemple, cela me demande un effort, auquel je me livre sans problème, parfois même de bon cœur. Voilà sans doute pourquoi j'écris tout cela. Ou bien parce que Rebecca ne possède pas encore tous les éléments.

J'aime bien être assis à ce bureau. La rue est désormais calme. Les voitures de mes voisins – massives, gigantesques pour certaines – sont sagement alignées le long des trottoirs, comme autant de petites sœurs des maisons. Pourquoi les voitures ont-elles à ce point grandi au cours de ces dernières années ? Pourquoi sont-elles désormais à hauteur d'homme ou aussi longues que des camions, voire les deux ? À quand le jour où les gens quitteront leurs foyers pour habiter dans leurs SUV ? Voilà des pensées bien sombres pour un homme qui gagne sa vie en bâtissant des maisons. Je suis architecte. Des pensées sans doute embrumées par l'alcool, même si j'ai pris la résolution de ne jamais boire plus d'une demi-bouteille de ce délicieux Black Print quand j'écris. Je n'ai bu qu'un seul petit verre ce soir ; pourtant un verre de vin à 14,5° ce n'est pas anodin.

Tout cela est absurde, je ne suis pas ivre. Par la fenêtre, j'aperçois le réverbère à gaz, l'armature de couleur verte, droite comme un I, décorée de petits ornements et surmontée d'une lanterne de verre où brille une lumière chaleureuse et douce. Certains voudraient nous l'enlever au motif que la lumière au gaz serait, soi-disant, plus polluante que l'électrique. Quand bien même, cela ne nous empêche pas de nous battre contre cette décision. Non par le biais d'une association – nous ne sommes pas à ce point pathétiques –, mais le voisin d'en face, un radiologue, a lancé une pétition que j'ai

26

signée. L'éclairage de rue ne dispense pas seulement de la lumière mais aussi de la chaleur. Et ce, depuis la nuit des temps, si je ne m'abuse, depuis le premier feu autour duquel les hommes se sont assis. Une sensation de confort chaleureux doit émaner de la lumière, et non cette austérité glaçante, comme c'est le cas avec ces nouvelles ampoules électriques.

À présent, j'entends un bruit de tic tic, ce sont les griffes de notre chien sur le parquet. Il vient de sortir de l'une des chambres des enfants et se dirige vers la cuisine pour boire. Notre Benno, un grand et robuste Rhodesian Ridgeback. On ne l'a pas dressé à l'attaque, mais il nous donne un sentiment de sécurité. Nous sommes restés une famille inquiète, même après la mort de Dieter Tiberius. Ce n'est plus le cas aujourd'hui. Si M. Tiberius n'avait pas existé, jamais nous n'aurions eu de chien.

Je vais donc m'atteler à mon récit ; j'espère qu'écrire se révélera plus simple que de parler. Mais avant que je comble les détails manquants pour Rebecca, mieux vaut commencer par le commencement. Un crime a été commis, ce crime nous le voulions et, comme tous les crimes, il est le résultat d'un long processus. Je veux raconter toute l'histoire, non pas me contenter d'éclaircir les zones d'ombre, pour les mettre en perspective, leur donner un sens justement. Je suis bien à mon bureau, à observer le réverbère à gaz et sa lumière douce tombant sur les grosses voitures. La nuit tout semble si paisible. Dans le salon du radiologue, je perçois les reflets argentés d'un écran de télévision.

À l'instar de mon père, j'aime lire des ouvrages historiques et je connais aussi le plus grand piège auquel l'historien doit faire face. Vous vous penchez sur un événement majeur – une guerre mondiale par exemple – et tout ce qui précède semble soudain porter son empreinte, le moindre fait paraît fatalement y mener. Un historien doit considérer les grandes lignes et ignorer les forces du hasard. Moi, Randolph Tiefenthaler, quarante-cinq ans, architecte, marié, père de deux enfants, je suis bien décidé à devenir l'historien de ma propre vie, je refuse de tomber dans ce piège. D'un autre côté, aucun événement d'importance ne se produit *ex nihilo*, il y a toujours une cause, une histoire derrière et cette histoire commence souvent des décennies plus tôt. Au fond, il existe toujours une part d'inéluctabilité et de hasard. Si nous avions croisé M. Tiberius avant d'acheter l'appartement, nous y aurions sans doute renoncé. Que nous ne soyons pas tombés sur lui relève du hasard. Que cela ait causé sa mort, en revanche, n'est pas étranger à ma propre histoire. Impossible de nier cette évidence.

4.

J'ose à peine l'écrire, tant cela me semble banal, mais ma vie a commencé avec la peur d'une guerre, la peur des armes. En octobre 1962, juste avant ma naissance, mon père avait acheté un tas de caisses remplies de boîtes de conserve et de bouteilles d'eau minérale qu'il avait empilées dans la cave, pour se tenir prêt. La crise des missiles de Cuba venait d'éclater, et il y avait quelque chose de presque touchant dans la démarche de mes parents qui nourrissaient le mince espoir de survivre dans leur cave à une attaque nucléaire. Ils avaient prévu d'y rester à l'abri des jours, des semaines, jusqu'à ce que les incendies soient éteints et que le taux de radioactivité ait baissé, envisageant même de vivre dans un monde dévasté, avec leur fille, ma sœur Cornelia alors âgée d'un an, et leur fils, né entre-temps dans cette cave. C'était la cave d'un immeuble berlinois, un débarras fermé par une porte en bois qui abritait les vélos de mes parents ainsi que divers objets à la fois trop encombrants pour leur appartement et trop précieux pour s'en séparer – d'une valeur plus sentimentale que matérielle d'ailleurs. On y trouvait par exemple une encyclopédie assez médiocre dont chaque volume arrivait par la poste tous les mois et qui impressionnait moins par la fiabilité de ses articles que par sa luxueuse reliure censée justifier son prix élevé. Ma grand-mère s'était laissé embobiner par un représentant de commerce avant de l'offrir à sa belle-fille, laquelle, malgré un niveau d'études limité au brevet, avait vite jugé de la piètre qualité des articles et relégué l'encyclopédie à la cave. Elle pourrait toujours la ressortir plus tard en cas de besoin. Si mes souvenirs sont exacts, on y stockait aussi des pommes de terre. Toutefois, je ne suis pas né dans cette cave mais à l'hôpital. Au moment où j'ai décidé de quitter le ventre de ma mère, le 30 octobre, la crise était terminée. Deux jours plus tôt, Khrouchtchev avait annoncé le retrait des missiles de Cuba. L'obstination de Kennedy avait porté ses fruits.

Ces événements ont-ils scellé mon destin ? Me destinant à vivre dans la peur ? Non. Mes parents voyaient les choses d'une autre façon. Pour eux, j'étais un enfant de la paix, le signe de l'espoir. Khrouchtchev avait plié afin de me garantir une vie heureuse et pacifique, c'est en tout cas ce que ma mère me racontait lorsqu'elle évoquait cette époque, sur le ton de la plaisanterie bien sûr, les mères ont l'habitude de raconter ce genre d'affaire avec légèreté. À vrai dire, l'idée selon laquelle Khrouchtchev avait arrangé les choses pour elle et sa famille ne lui semblait guère absurde.

Que ma mère ait été enceinte de moi au moment de la crise de Cuba, à une époque où le monde était préoccupé par sa destruction imminente, relève du pur hasard. Reste à savoir si cette période a eu ou non un impact décisif sur le cours de mon existence. À l'évidence, ma mère vivait dans la peur à Berlin, une ville en première ligne au moment de la guerre froide. Si les Russes n'avaient pas détruit Berlin pour épargner la RDA, les Américains auraient pu le faire pour la rayer de la carte. Mes parents s'attendaient à mourir en victimes de guerre, peu importe si les missiles venaient de l'Est ou de l'Ouest ! J'imagine que la peur d'une femme enceinte doit être décuplée. Elle a peur pour elle-même et pour l'enfant qu'elle porte et veut protéger à tout prix. Sauf que, réduite à l'immobilisme, elle en est empêchée et se retrouve dans une situation de vulnérabilité extrême. Telle était la situation de ma mère pendant que je grandissais dans son ventre. J'ignore de quelle façon les angoisses d'une future mère se transmettent au fœtus. Je n'ai rien lu sur le sujet, néanmoins je devine qu'elles ne sont pas anodines. Honnêtement, je n'y avais jamais réfléchi. Mais depuis l'arrivée de M. Tiberius et mon idée de raconter l'histoire de ma vie comme l'histoire d'une guerre, ces questions-là me préoccupent. Avions-nous trop peur de lui ? Et d'où venait cette peur ? Soyons sérieux, cela impliquerait que tous les bébés nés dans les derniers mois de 1962 seraient des enfants de la peur, allons, c'est loin d'être le cas.

Et pourtant, je l'affirme encore aujourd'hui, j'ai eu une enfance normale. Une enfance modeste, sans trop d'anicroches à l'école, juste quelques bagarres, avec des parents aimants, une grande sœur, et bientôt un petit frère. À l'époque, nous habitions au Foxweg, à Reinickendorf : une enfilade d'immeubles récents en briques rouges, entrecoupés d'espaces verts, avec une aire de jeux et le stade de Wacker 04, l'équipe de football locale dont j'étais gardien de but dans la catégorie minime. Il faut croire que cette ville ne devait pas paraître si dangereuse que cela à mes parents, parce que je me souviens que je prenais régulièrement le bus tout seul, avant mes dix ans. Juste après cet anniversaire mes parents ont acheté une maison mitoyenne à Frohnau. Ce fait me permet d'ordonner facilement mes souvenirs ; je sais pertinemment ce qui s'est passé *avant* et *après* le déménagement. Et je suis convaincu que les trajets en bus se situaient *avant*. J'ignore pourquoi je me déplaçais autant, il faudrait poser la question à ma mère, mais je me revois assis dans un de ces bus jaune pâle. Je me précipitais à l'étage pour m'asseoir à l'avant. Un trajet sans être assis à l'avant équivalait à un trajet pour rien, je laissais même passer des bus si je voyais les deux banquettes au premier rang déjà occupées. C'est de là qu'on avait la meilleure vue, et que l'on ressentait ce petit chatouillement dans le ventre – l'impression de se trouver au bord d'un précipice. Une sensation sublime.

Je me souviens de l'odeur du chlore en sortant de la piscine, des pommes frites servies dans un cornet en papier qui me brûlaient les doigts, du tout premier hamburger – bien avant l'apparition des McDonald's – dégusté à la fête franco-américaine, et des corridas à la fête franco-allemande, ce qui semblait n'étonner personne. L'absurdité de la chose m'a frappé *a posteriori*, une corrida aurait eu davantage sa place dans une fête franco-espagnole, sauf que ce genre de fête n'avait jamais eu lieu, je n'avais pas pu confondre, l'Espagne ne comptait pas parmi les quatre puissances d'occupation à Berlin. J'ai appris après que la corrida avait cours également en France. Je me souviens aussi du silence qui régnait dans la bibliothèque municipale de Reinickendorf et de la mauvaise conscience que je ressentais lorsque je rendais un livre en retard. Je me souviens des trajets en métro, surtout des stations désertées de Berlin-Est que les trains traversaient sans s'arrêter. Dans le noir, je devinais des sacs de sable et des soldats armés, et mon premier cauchemar vient sûrement de là, de l'angoisse d'y rester bloqué, d'être obligé de descendre, livré à ces ténèbres. À cette époque, la RDA ne représentait rien d'autre pour moi que l'obscurité de ses stations de métro et la zone abandonnée autour de la porte de Brandebourg. Mes parents nous y emmenaient parfois, nous montions sur les plateformes installées devant le mur pour regarder de l'autre côté. Personne. La place était vide, à l'image de la rue juste derrière. Enfant, je ne comprenais pas tout. Pourquoi ériger un mur géant, installer des miradors, empiler des sacs de sable et faire patrouiller des soldats, s'il n'y avait rien d'autre à surveiller que des gares, des places et des rues abandonnées ? Quelque chose de terrible se tramait derrière ce mur, voilà ce que j'avais compris à travers certaines remarques de mes parents. Mais à quel point ? Je l'ignorais et, en vérité, cela m'était égal. Tant que je n'apercevais pas une de ces gares désertes, j'oubliais que je vivais derrière le mur, un mur que mes parents avaient baptisé le *symbole de la discorde*.

Cette discorde, je ne l'ai expérimentée qu'une seule fois – probablement en 1969 ou 1970 avant l'accord de transit avec la RDA – lors d'un voyage en voiture vers Wuppertal où habitaient mes grands-parents maternels. J'y étais déjà allé une fois mais en avion. Mes parents chargeaient notre Ford Taunus 12M, et je sentais à quel point ils étaient nerveux, surtout mon père qui, comme à chaque fois, finissait par se mettre en colère. Ce jour-là, il m'avait crié dessus et, avant même que ma mère n'ait eu le temps de caser les derniers bagages, il avait littéralement expulsé ma sœur de la banquette arrière, sous prétexte qu'elle était montée trop tôt. Mon père portait les bagages, ma mère les rangeait, c'était leur idée de la répartition des tâches. Il avait la force physique, elle, le savoir-faire et l'optimisme nécessaire pour s'échiner à charger une voiture qui, à l'évidence, était déjà remplie à ras bords. Mon père transpirait, non pas à force de porter les affaires – c'était désormais chose faite – mais à cause de la scène qui se jouait. La Ford s'était affaissée, la suspension et les amortisseurs en témoignaient, et sur le parking devant notre maison attendaient d'autres sacs et d'autres valises. Je revois encore ce parking presque vide, qu'un quidam avisé avait conçu en vue du boom futur de l'automobile – boom qui a fini par advenir : aujourd'hui Berlin manque cruellement de places de stationnement, même dans notre petite rue où la population n'est pas vraiment nombreuse. Mon père avait fini par se sauver, n'y tenant plus de regarder ma mère bourrer le coffre de la voiture.

Nous connaissions ce genre de réaction. Quand les choses se compliquaient, mon père disparaissait, mais il revenait toujours, nous n'étions pas inquiets. Ma mère était partie le chercher après avoir rangé le dernier bagage, à savoir son vanity-case. Ma sœur, mon petit frère, alors âgé de quatre ans, et moi, attendions à côté de la Ford tout en observant nos parents négocier plus loin dans un coin de ce grand parking désert. Ma sœur jouait avec ses nattes, mon petit frère suçait son pouce, quant à moi, j'avais les mains enfoncées dans les poches de ma culotte bavaroise. Nous ne pouvions entendre la teneur de leur discussion, mais nous en connaissions déjà l'issue. Ma mère a fini par prendre mon père par le bras, elle a patienté un petit moment à ses côtés, puis ils sont revenus main dans la main.

Quand nous nous sommes engagés sur l'AVUS, j'ai bien vu que mon père était toujours miné par l'inquiétude. À hauteur du poste frontière de Dreilinden, dans la file d'attente, il s'était remis à transpirer. Un visage coiffé d'un gros casque militaire avait surgi du côté de la vitre latérale. Nous devions descendre, avait dit l'homme, et sortir nos affaires de la voiture.

« Toutes nos affaires ? », s'était enquise ma mère, car dans pareilles situations mon père n'avait pas envie de parler ou en était tout simplement incapable.

« Toutes vos affaires, avait insisté l'homme.

— Très bien », avait obtempéré ma mère.

J'avais peur. Peur de cet homme qui nous intimait des ordres sur un ton aussi rude. Peur que mon père dégaine son arme et qu'une fusillade éclate. Jamais il ne s'en sortirait, c'était évident, plusieurs hommes casqués nous entouraient. Ils étaient armés de pistolets – j'avais repéré ça –, certains avaient des fusils et des mitrailleuses. J'ignorais à l'époque que mon père – qui avait toujours un pistolet glissé dans son holster – ne le portait pas sur lui ce jour-là, parce que personne n'aurait été assez fou pour approcher armé d'un poste frontière en RDA, encore moins avec son épouse sur le siège passager et ses trois enfants sur la banquette arrière. Je m'inquiétais pour rien. Bien plus tard ma mère m'a révélé que ma peur était légitime. Mon père, qui ne pouvait supporter l'idée de rester plusieurs jours sans une arme, avait passé une soirée dans l'atelier de l'entreprise Marschewski à fabriquer et installer une boîte secrète dans sa 12M. Boîte qui contenait son revolver – ce qui après coup expliquait sa grande nervosité. À dire vrai, les autres personnes dans la file d'attente, qui vidaient ou remplissaient leurs coffres, étaient dans le même état que lui. C'était une situation horrible. Nous, les enfants, observions notre mère pragmatique défaire son œuvre sans sourciller, pendant que notre père, paralysé par la peur ou la rage – probablement les deux –, se contentait machinalement de suivre les instructions de sa femme ; décharger une voiture s'avérait en réalité bien plus simple que de la charger. Ensuite on nous avait demandé, avec la même autorité, de *défaire* les valises. À présent, seule ma mère s'affairait. Mon père s'était assis sur le bord du siège passager, les pieds posés sur le bitume, la tête entre les mains. Sous le regard de deux militaires, ma mère déployait d'une main nos pantalons, chemises et jupes, tandis qu'elle tenait de l'autre mon petit frère qui s'était mis à pleurer.

Il nous arrive, assez souvent d'ailleurs, de donner des soirées dans notre appartement. Il s'agit plutôt de dîners améliorés que nous avons toujours appelés *soirées*, un terme un rien pompeux, avouons-le, dont l'usage qui était à l'origine ironique a fini par devenir une habitude. À l'occasion d'une de ces soirées, la question de la dignité était venue sur le tapis, et j'avais évoqué ma mère. Ma mère accroupie extirpant de nos valises un vêtement puis un autre, le présentant succinctement aux soldats avant de le déposer sur une pile à côté des bagages. Tout y était passé, même ses sous-vêtements qu'elle avait montrés, impassible, aux policiers. Autour d'elle, son petit garçon reniflait ; son époux, au bord de la dépression, encaissait le choc ; sa fille se retenait d'aller aux toilettes, tandis que son fils aîné ne craignait qu'une chose : l'apparition d'une arme, dissimulée dans le prochain soutien-gorge ou la prochaine chemise. Une fois l'inspection finie, ma mère avait replié nos affaires dans les valises, les sacs de voyage, les sacs en plastique, pour les ranger à nouveau dans notre Ford, avec la même habileté, le même optimisme et une expression sur le visage qui suggérait, qu'au fond, elle y prenait du plaisir. Mon père, installé derrière son volant, gardait les yeux rivés vers Helmstedt, à l'ouest. Après avoir rempli le coffre, ma mère avait dit poliment « au revoir », « bonne journée », avant de monter dans la voiture et nous avions repris la route à cent à l'heure, sans dépasser d'un kilomètre la vitesse autorisée.

À ce stade de l'histoire, l'un de nos invités, directeur d'une société de production, m'avait coupé la parole : « Durant des décennies, les Allemands de l'Ouest ont traversé la RDA bien sagement, obéissant au doigt et à l'œil par peur de se voir coller un procès-verbal, et à présent, ils reprochent aux Allemands de l'Est d'avoir fait exactement la même chose par peur d'être arrêtés et de finir à Bautzen.

— Vous êtes de l'Est ? avait demandé un autre invité, médecin.

— Non, avait répondu le directeur.

— Moi si, avait précisé le présentateur radio d'une émission culturelle diffusée en fin de soirée, et je suis d'accord avec vous. Une fois la frontière passée, les Allemands de l'Ouest se comportaient comme ceux de l'Est. De toute façon, nous les Allemands, nous aimons nous soumettre à l'autorité à la moindre occasion. »

J'étais plutôt agacé par le tour passionné qu'avait pris la conversation ; le récit de notre passage de la frontière avait pour unique but de prouver à quel point l'attitude de ma mère avait été admirable. Qu'on puisse la soupçonner de conformisme ne m'avait pas effleuré l'esprit. Au final, le journaliste avait déclaré qu'on pouvait se soumettre tout en conservant sa dignité, comme l'avait fait ma mère. Tout le monde était tombé d'accord et j'avais pu apprécier la soirée.

Je n'ai rien oublié de ce voyage épouvantable jusque chez mes grands-parents, un trajet d'au moins cinq heures. Ma sœur avait désespérément envie d'aller aux toilettes, mais mon père avait refusé de s'arrêter sur une des aires situées en RDA. Elle avait fini par se faire pipi dessus, voilà la triste réalité. De la visite chez mes grands-parents et de ces vacances passées sur la plage de Noordwijk, je me souviens surtout que ma tante, la sœur de ma mère, avait lancé au beau milieu d'un repas de famille : « C'est bizarre, Randolph ne dit jamais rien. » Une phrase que j'entendrais souvent par la suite – dans la bouche de ma femme notamment.

5.

De mon enfance, à savoir lorsque nous habitions au Foxweg, mes plus beaux souvenirs sont liés aux moments passés chez Ford Marschewski à Tempelhof. Au début, mon père y travaillait comme mécanicien, mais dans ma tête il a toujours été vendeur. Pour reprendre ses mots : *j'étais fier de lui*. J'aimais cet endroit et j'aimais m'y rendre seul, j'adorais les voitures neuves, l'éclat des carrosseries, l'odeur de métal, de cuir, de caoutchouc, leur côté animal, leur immobilité muette qui pouvait, avec un peu d'imagination, se transformer en une course-poursuite sauvage. En l'absence de M. Marschewski – que je ne voyais jamais –, son fils était le maître des lieux. Il n'empêche, mon père régnait sur l'espace vente, sur le cheptel, les autres vendeurs et les clients. J'adorais le regarder passer d'un véhicule à l'autre, avec solennité. Il y a d'abord eu les modèles 17M ou 15M, quelques années plus tard les Consul, Capri, Granada et plus tard encore des Scorpio et Mondeo – mais à cette époque, je n'étais plus très fier de lui. Mon père connaissait tout de ces voitures et, dans les années 1960, les gens étaient enclins à se laisser impressionner soit parce qu'il s'agissait d'un premier achat soit parce qu'ils respectaient encore les avancées de la technologie industrielle. À mes yeux, mon père était bien plus qu'un simple vendeur, il savait épater la galerie, un peu comme un magicien.

Hélas, mon père était aussi celui qui m'emmenait tous les samedis au club de tir. J'avais au moins réussi à le dissuader de faire de moi un chasseur. J'avais six ans et nous étions restés assis, ce jour-là, dans un abri à guetter le passage d'une biche. Je n'avais pas cessé de pleurer et mon père avait fini par me ramener à la maison. Plus d'obligation de devenir chasseur donc, mais tireur sportif, si. Tous les samedis, nous empruntions l'AVUS, prenions la sortie Wannsee pour suivre la voie ferrée en direction du sud. Sur la banquette arrière se trouvait une valise en cuir, sécurisée au moyen d'un cadenas. Je n'ai qu'un vague souvenir de ce champ de tir, et cela ne me viendrait jamais à l'idée d'y retourner, histoire de me rafraîchir la mémoire. En faisant un petit effort, je me revois devant une baraque en bois où l'on vendait des saucisses, il y avait aussi deux ou trois stands de tir à côté d'un pré où s'entraînaient des archers. La première heure était supportable. Mon père s'exerçait au tir et, pendant ce temps, je traînais du côté des archers pour les observer ou les aider à ramasser les flèches manquées. Pas un bruit aux alentours, et c'était très bien ainsi. Mais le cauchemar commençait lorsque mon père venait me chercher pour m'apprendre à tirer au pistolet. Il était déterminé à faire de son fils aîné un bon tireur. Comme j'étais encore trop chétif pour tenir une arme, on posait un sac de sable sur une planche devant moi. Je devais avoir huit ou neuf ans, j'étais grand mais guère épais, je plaçais mon casque antibruit sur mes oreilles, mon père chargeait le pistolet avec, je dois l'admettre, une certaine tendresse, avant de me le passer. Aussitôt, la panique s'emparait de moi, à l'idée de tenir entre mes mains un objet susceptible de tuer ou de blesser quelqu'un, moi compris. En dépit du casque, au moment de la déflagration, j'entendrais distinctement le bruit, sa violence, et ma tête me ferait mal. Le recul me tordrait le bras, j'en éprouverais une douleur cuisante. Mon père corrigerait ma posture, il me critiquerait une fois le coup parti, comme toujours j'aurais tout faux, et bientôt il ressentirait de l'exaspération ; sa patience avait ses limites. À cause du casque je pouvais à peine l'entendre et pourtant je rechignais à l'enlever, car ça tirait de tous les côtés. Je n'entendais rien de ses reproches. Je percevais juste une impatience grandissante sur son visage, puis la colère. Au pire, il s'éloignait, c'est ce qu'il faisait quand je ne parvenais pas à respirer convenablement, même après le troisième ou quatrième tir – *inspirer, expirer, inspirer un peu, retenir son souffle* – ou lorsque j'avais courbé le dos au dernier moment, une posture que j'adoptais pour me protéger. Et je me retrouvais seul, désemparé, entouré d'hommes affublés de lunettes de protection, immobiles et dans un état de concentration extrême, qui n'avaient aucun intérêt ni compassion pour ma détresse. Ces hommes s'exerçaient peut-être à tuer, me disais-je. Certes, mon père reviendrait – il revenait toujours –, mais cela n'arrangerait rien. Il se serait un peu calmé, et tout recommencerait : ses mots inaudibles, l'impatience gravée sur son visage, et bientôt la colère ou plutôt la rage. Car la colère est humaine, et la rage l'apanage des dieux, c'est ainsi que mon père m'apparaissait dans sa toute-puissance : mon Dieu enragé, mon Arès. Je n'avais pas le choix : il fallait que je tire, alors je tirais. Et parfois je touchais même la cible.

Après ces moments de torture, nous demeurions assis dans la baraque en bois, je mangeais une saucisse accompagnée d'une limonade, mon père buvait une bière, jamais davantage, et nettoyait les pistolets. La plupart du temps, nous restions entre nous ; mon père n'a jamais été quelqu'un de sociable. Il venait au champ de tir pour tirer et non pour se faire de nouvelles connaissances.

Dans la baraque, il y avait d'autres hommes, et même une femme dont la présence me déconcertait. Dans mes livres et mes bandes dessinées, les femmes n'utilisaient jamais d'armes. Il suffisait qu'une femme apparaisse dans une histoire pour qu'il y ait des embrassades, et je trouvais cela à la fois pénible et gênant, les scènes d'amour ralentissaient la seule chose qui m'intéressait, à savoir l'intrigue. La poursuite des bandits ou des Indiens s'interrompait jusqu'à ce que le héros se lasse de tous ces affreux baisers. La femme du stand de tir me paraissait donc suspecte. Pourquoi passait-elle à notre table, et toquait sur le plateau en bois ? Qu'est-ce qu'elle lui voulait à mon père ? Il toquait en réponse, puis elle continuait son petit manège, d'une table à l'autre, et finissait par s'asseoir sur une banquette, à la table ronde où les gens parlaient et riaient le plus. Je l'avais à l'œil. Pendant qu'il nettoyait les pistolets et sirotait sa bière, mon père m'entretenait de ses projets et de l'arme qu'il allait m'offrir comme cadeau d'anniversaire et de Noël inclus. Ma première arme, une arme rien à qu'à moi, et il s'agirait d'un pistolet. J'ai oublié les noms des modèles qu'il avait égrenés d'une voix emplie d'une certaine tendresse. Je ne me souviens que de l'ambiance qui régnait à notre table. Mon calvaire hebdomadaire était à présent derrière moi et je ressentais l'affection de mon père pendant qu'il me détaillait les avantages et inconvénients de diverses petites armes à feu pour un garçon de neuf ans.

Même si je n'avais aucune envie d'avoir un pistolet – jamais de la vie –, j'aimais ces moments où mon père se laissait aller à ses rêveries. C'était un homme plein d'imagination, capable de s'enthousiasmer pour des projets magnifiques, comme s'il les vivait. Malgré mes piètres performances au tir, il me voyait déjà remporter un jour la Coupe d'Allemagne catégorie Juniors, et cela le rendait heureux. Et je me voyais à mon tour en train de brandir une coupe.

Mes moments préférés avec mon père, mes meilleurs moments entre tous, étaient nos promenades dominicales dans le Grunewald. Nous marchions en famille, puis au bout d'une demi-heure mon père accélérait le pas, et j'étais le seul à pouvoir le suivre. À l'arrière, ma sœur et mon petit frère traînaient les pieds avec ma mère. Dès que nous étions seuls en tête, mon père se mettait à évoquer les voyages que nous allions entreprendre rien que tous les deux. Des voyages d'aventuriers. Dans sa jeunesse mon père avait lu beaucoup de romans d'aventures, ils avaient fait de lui un aventurier. Un aventurier frustré, je le savais et j'en connaissais la raison : il lui manquait un compagnon de voyage. Mais cela changerait bientôt. J'avais fêté mes huit ans l'année dernière dans le Grunewald, j'en avais désormais neuf, puis bientôt dix, et dix ans étaient un bel âge pour vivre ses premières aventures. Je marchais aux côtés de mon père, moi, le compagnon de voyage écoutant le récit de nos futures aventures. Elles nous emmenaient à la montagne, sur les cimes enneigées, dans le froid impitoyable, là où la survie n'était possible qu'avec des sacs de couchage et des tentes spéciales ; puis dans des contrées sauvages, sans croiser personne des jours durant, sinon des buffles, parfois, en bons tireurs, nous en abattions un, et le soir, nous mangions une côte de buffle grillée autour du feu de camp ; ou encore au fond des gorges escarpées parmi les eaux tumultueuses où nous dirigions, avec habileté, notre canoë-kayak. J'écoutais mon père en retenant mon souffle, tout cela était bien plus fascinant que les histoires de Bas-de-Cuir et de Robinson Crusoé, dont j'empruntais les versions abrégées pour enfants à la bibliothèque de Reinickendorf, et que je relisais avec frénésie jusqu'à ce que la date de retour soit dépassée. Grâce à mon père, je vivrais un jour comme Bas-de-Cuir, à peu de chose près, sans Peaux-Rouges, mais en vrai aventurier.

6.

J'ai eu une enfance heureuse, vraiment, si l'on omet les séances de tir. Ma mère me fichait parfois une raclée avec un cintre en bois, mais c'était le prix à payer à l'époque lorsqu'un garçon avait assez d'insolence pour imiter à peu près correctement la signature de sa mère en bas d'une mauvaise copie. *Vu le 14 avril 1972, Elisabeth Tiefenthaler.* J'étais un bon faussaire, toutefois, de temps à autre, elle me prenait sur le fait, et c'était là qu'un cintre en bois faisait son apparition.

Mon père ne me frappait jamais, cela relevait des prérogatives de ma mère. Je ne l'ai jamais vécu comme de la maltraitance, tous mes copains recevaient régulièrement des trempes, c'était ainsi. Les reproches viendraient plus tard, vers mes dix-sept ou dix-huit ans, au moment des règlements de comptes avec ma mère. C'était pour moi une occasion de la manipuler car je savais qu'elle le regrettait, une façon de tourner les blessures de mon enfance à mon avantage. Il n'y a pas de quoi être fier : ma posture morale relevait plus de la tactique que de la conviction. Jamais je n'ai levé la main sur mes enfants, même si j'en ai parfois eu l'envie.

Cela avait dû se passer en 1972, un samedi matin de septembre. Ce jour-là, j'avais annoncé à mon père que je ne voulais plus l'accompagner au champ de tir. Je n'avais jamais osé le lui dire, mais mon anniversaire approchait à grands pas et je risquais de recevoir un pistolet pour mes dix ans, ou au plus tard à Noël. Dès lors, impossible de me sortir d'affaire. *Tu n'as pas idée du prix d'un pistolet*, aurait probablement dit mon père, et pour un enfant qui avait grandi dans une famille où l'argent manquait, l'argument était de taille. Pendant longtemps, j'ai pensé que ces problèmes financiers étaient dus à la profession de mon père. Un vendeur de voitures, même magicien, gagnait peu. Jamais il ne deviendrait riche. De fait son salaire fixe était relativement modeste, pourtant avec les commissions il ne s'en sortait pas si mal. Le souci était que mon père achetait constamment de nouvelles armes : des pistolets, des revolvers, des fusils de chasse. Jamais il ne nous en a révélé le nombre exact. Même ma mère l'ignorait. Dans les années 1980, elle estimait sa collection à une trentaine d'armes environ.

Avec si peu de moyens, nous payer des vacances tous les ans était impossible. Je me souviens des semaines passées à parcourir à vélo le Foxweg, la Quäkerstraße, l'Otisstraße, jusqu'au Kurt-Schumacher-Damm, à la recherche d'un garçon qui comme moi n'avait pas eu la chance de partir. Jamais je n'ai pardonné à mon père. Il aurait dû nous emmener plus souvent à la mer, à Noordwijk ou à Amrum. J'avais découvert cette île à la faveur d'un voyage de classe et je m'étais amusé à dévaler les larges dunes blanches. Dix, quinze armes auraient dû suffire. Même pour un homme comme lui, qui non seulement les aimait, mais ne pouvait vivre sans elles.

Il a compris au bout du compte – et cela joue en sa faveur – que son fils aîné ne souhaitait pas devenir un tireur. Ce matin-là, il m'avait demandé pourquoi, et j'avais répondu, sur un ton à la fois de défi et de crainte : « Je n'aime pas ça. » Pour être tout à fait honnête, je le lui avais dit en dialecte berlinois, celui de mon enfance. Aujourd'hui, dans notre quartier au sud-ouest de Berlin, ni mon fils ni ma fille ne fréquentent d'enfants parlant ce dialecte, alors qu'à l'époque, dans les quartiers nord, nous le parlions tous. Mon père m'avait jeté un regard non pas furieux mais déçu, avant de s'en aller seul au champ de tir. Je n'y ai plus jamais remis les pieds, et mon père ne m'a plus jamais demandé de l'accompagner. Je n'ai reçu aucune des sanctions tant redoutées : j'avais peur qu'il m'ignore, qu'il cesse le récit de nos voyages à venir au cours de nos promenades dans le Grunewald. Les merveilleux récits avaient continué et je demeurais son compagnon. C'était en tout cas mon impression à l'époque. Des années plus tard, j'ai appris de la bouche de mon fils à quel point il avait été déçu. Quand Paul a eu cinq ans, mon père lui a offert une cible en carton, un carré d'environ quinze centimètres sur quinze, avec des bords jaunâtres et un cercle noir au milieu, surmonté de fines lignes blanches. Au centre du carton, on pouvait distinguer six petits trous, certains se touchaient. « Papy a dit que tu étais un bon tireur », avait déclaré Paul en me montrant la cible. Je l'avais saisie et l'avais rendue sur-le-champ à mon père avant de quitter la pièce. Mon père avait conservé la cible pendant trente-cinq ans.

Je n'ai pas le souvenir d'avoir été un bon tireur. Mais je me souviens de la colère de mon père. C'est ainsi que fonctionne ma mémoire.

Cela m'avait pris plusieurs semaines pour remarquer que ma sœur s'absentait tous les samedis matin. Je m'en étais ouvert à ma mère qui m'avait répondu qu'elle allait avec son papa au champ de tir. Je trouvais cela étrange – après tout, c'était une fille – sans pour autant y attacher trop d'importance. Elle pouvait bien apprendre à tirer, jamais elle ne deviendrait un compagnon de voyage, je n'avais aucun doute là-dessus.

Je ne pense pas utile de m'appesantir davantage sur mon enfance. Des amitiés se nouaient, d'autres se défaisaient, les filles étaient d'abord méprisées puis aimées, un baiser timide, un billet doux. Il y avait les jours où ma mère brandissait un cintre et d'autres où elle passait des heures à jouer avec nous aux dames, aux petits chevaux, à barricade, au mikado. Mon père restait assis sur le canapé, absorbé par ses lectures. Mes souvenirs se résument aujourd'hui à quelques détails. Un papier peint orange avec des oignons, des rideaux verts ; une voix rauque annonçant à la radio l'enterrement d'un homme, un homme important – Konrad Adenauer, je suppose –, je n'ai pas retenu le nom. Willy Brandt avait été élu chancelier, j'entendais souvent son nom ainsi que celui de Franz Beckenbauer. Les tenues bleues des hôtesses de l'air de la Pan Am, quand nous étions allés en voyage scolaire à Hambourg. La cérémonie de deuil en hommages aux douze athlètes israéliens tués lors des Jeux olympiques de Munich. Quelques bagarres où je n'avais pas fait le poids (rien de bien méchant) ; un test chez le psychologue scolaire (« tout va bien », avait-il assuré tout en évoquant un concept que je n'avais compris que bien plus tard : *inhibition de l'action*). Je me souviens d'une crise de mon père à cause des altercations entre étudiants et policiers, en 1967 ou 1968.

Je pense aussi à tout ce qui manquait chez nous : un téléphone, une télé, je regardais *Star Trek* chez un copain, *Bonanza* et aussi la Sportschau. Ma mère nous confectionnait les célèbres emblèmes du capitaine Kirk et de Spock, des triangles jaunes dentelés qu'elle découpait dans du carton pour ensuite les recouvrir de tissu.

Une enfance tout ce qu'il y a de plus normale, j'insiste. Ma mère m'avait enseigné la prière, et tous les soirs, je remerciais le Bon Dieu de m'avoir fait don d'une si belle vie et je lui demandais de la préserver. Ce qui conforte en quelque sorte mes dires. Par la suite, mes rapports avec mon père s'étaient compliqués, et le doute s'était immiscé : mon enfance avait été tout sauf heureuse. Je ne voulais pas admettre qu'il ait pu être à l'origine de mon bonheur, une attitude ridicule de ma part, minable même. Je militais au mouvement pour la paix, j'avais les armes en horreur, et peu importe qu'elles soient destinées ou non à tuer, elles étaient porteuses de violence et de malheur. Pour moi, les week-ends passés au champ de tir se résumaient à une forme de maltraitance sur enfant. Avons-nous le droit de décider *a posteriori* que notre enfance a été malheureuse, alors que nous ne l'avons pas vécue comme telle ? Je ne crois pas. Aller sur le champ de tir n'avait rien d'amusant, mais au fond, il ne s'agissait que de quelques samedis. N'était-ce pas naturel pour les parents de vouloir intéresser leurs enfants à leurs hobbies et passe-temps préférés ? Pourquoi pas le tir sportif, après tout il s'agit d'une discipline olympique. Que dire alors des enfants qui peinent sur les courts de tennis ou les patinoires ? Non, je ne veux pas me faire voler le souvenir d'une enfance heureuse, même si je suis jusqu'ici le seul à y songer, excepté le thérapeute que j'ai consulté à un moment où je n'allais pas très bien. Il m'avait conseillé d'arrêter de vouloir *tout positiver*. J'avais cessé de le voir au bout de quelques séances.

7.

Lorsque nous avons acheté notre appartement à Lichterfelde-West, nos enfants avaient deux et cinq ans. Soucieux de faire connaissance avec les copropriétaires, nous étions convenus de prendre un café au premier étage tous ensemble. Ce jour-là, il y avait aussi le propriétaire de l'appartement du sous-sol – le gérant d'une blanchisserie âgé d'une petite soixantaine qui semblait pouvoir prétendre à mieux. Les autres résidents étaient des personnes d'un certain âge, convaincues qu'un peu d'animation dans l'immeuble ne ferait pas de mal, depuis le temps qu'il n'y avait eu des enfants ! Des gens fort sympathiques, sauf que personne ne nous a avertis que le propriétaire du sous-sol ne résidait pas là.

On peut se demander pourquoi un architecte achète un appartement au lieu de faire construire sa propre maison. La question mérite d'être posée, d'autant que je me suis spécialisé dans les maisons individuelles. Je dois avouer que cette idée me mettait à l'époque mal à l'aise, je craignais sans doute de rater la conception de mon propre foyer. C'était aussi une question d'argent. Une maison telle que je la conçois est tout simplement hors de ma portée. Et je ne sais que trop bien à quel point il est triste de voir les grandes idées s'amenuiser faute de moyens. Lorsque je conçois des maisons individuelles, les propriétaires viennent souvent me voir avec des idées frisant le million d'euros (sans le terrain, cela va de soi). Ils veulent trois cents mètres carrés de surface habitable, des mezzanines pour la vue, un revêtement en ardoise en partie basse de la façade, une baignoire en bois noble au centre de la salle de bains de leur suite parentale. Comme la baignoire coûte à elle seule 9 000 euros, on la supprime dans la première manche du jeu de la vérité, puis vient le tour des ardoises, des mezzanines, et au final on se contente de deux cents mètres carrés, sur deux niveaux, pour un coût de 450 000 euros (sans le terrain, toujours), et avec ça, le budget est déjà dépassé de 50 000 euros. Mais ils se débrouilleront : la banque suivra ou bien les parents lâcheront une partie de l'héritage. Résultat des courses : mes clients emménagent dans une banale maison moderne, agrémentée de quelques fioritures et quelques angles arrondis. Je préfère m'épargner la déconvenue d'avoir les yeux plus gros que le ventre.

J'ai vu Dieter Tiberius pour la première fois six semaines après notre emménagement. Il avait déjà rencontré mon épouse à plusieurs reprises, un homme bizarre mais aimable, pensait-elle. « Qu'est-ce que tu entends par bizarre ? », avais-je insisté. Elle avait haussé les épaules, et il m'était complètement sorti de la tête. Nous avons fait connaissance un soir, en rentrant du travail, j'avais sonné chez lui par mégarde. Il avait grimpé les escaliers et m'avait ouvert la porte. Pour être tout à fait exact, il l'avait ouverte d'un geste brusque. « Ce n'est certainement pas moi que vous venez voir », avait-il dit. Confus, je le fixais sans rien dire. Il était petit, gros, mais sans cette mollesse qui va souvent de pair avec l'embonpoint ; chez lui, les rondeurs avaient quelque chose de ferme. Il paraissait agile, souple comme un gymnaste qui aurait pris de l'âge – je lui donnais quarante ans, voire un peu moins. Il avait une grosse tête, un front haut et sa coiffure ressemblait un peu à celle d'Elvis Presley, les cheveux plaqués en arrière. Quelque chose brillait au fond de ses yeux, quelque chose de repoussant que je ne parvenais pas à cerner. Difficile de dire précisément ce que j'y voyais. De la ruse, très certainement, et de l'agacement – sans doute parce que je l'avais dérangé –, mais ni menace, ni brutalité, pas plus que de malice. Un instinct de survie plutôt, et de la peur aussi. Je ne sais pas vraiment. Peut-être ai-je réinterprété tout cela après coup, pour comprendre. Je ne l'ai vu de près que quelques fois. J'ai fini par m'excuser. « Pas de souci », a-t-il répondu en ricanant. Je suis allé frapper à notre porte d'entrée. J'étais en état de choc, difficile de le formuler autrement. Le sentiment d'avoir commis une erreur en achetant cet appartement m'a immédiatement traversé l'esprit, même si M. Tiberius n'avait pas l'air fondamentalement hostile ni menaçant. *Étrange* est peut-être un terme qui lui sied davantage, oui, M. Tiberius avait un air *étrange*. Ce n'était sûrement pas une raison pour ne pas l'apprécier en tant que voisin, ou pour avoir peur de lui, mais c'est comme ça que je le ressentais.

Nous ne savions rien de lui. De toute évidence, il ne travaillait pas, et lorsqu'il lui arrivait de s'absenter de la maison, il revenait assez vite, me rapportait mon épouse, les bras chargés de sacs plastique provenant de Penny, et non d'un des supermarchés bios de notre quartier. Ses rideaux étaient toujours tirés le soir, nous apercevions le halo de sa télévision, et il nous arrivait parfois même de l'entendre. Les films qu'il regardait n'étaient pas mauvais, loin de là, il s'agissait de grands classiques américains, avec une prédilection pour Dustin Hoffmann. À plusieurs reprises, je distinguais des bribes de dialogues du *Lauréat*, de *Marathon Man*, de *Tootsie* ou de *Rain Man*.

Tout s'est bien passé les premiers mois, ce qui a eu tôt fait de me rassurer. Il se montrait affable avec ma femme, gentil avec les enfants. Un jour, il a invité mon fils à regarder un petit documentaire animalier sur son ordinateur, ma femme n'y voyait rien à redire, moi non plus d'ailleurs. Lorsqu'il préparait des biscuits, il en déposait une assiette devant notre porte, avec une note glissée dessous : *À notre bon voisinage*. Nous les mangions jusqu'au dernier, M. Tiberius était bon pâtissier, aucun doute là-dessus. Les enfants ont commencé à l'apprécier. Le dimanche, au moment de prendre le petit déjeuner dans notre salon, nous l'apercevions souvent quitter la maison vers neuf heures et revenir une heure et demie plus tard. Nous en avions déduit qu'il se rendait à l'église, contrairement à nous. Nous n'y allions que pour Noël, et je l'y avais vu une fois chanter « O du fröhliche ». Il nous surplombait depuis la galerie au-dessus de la nef, quand je l'avais repéré.

Au mois de janvier, ma femme m'a raconté que M. Tiberius confectionnait de plus en plus souvent des gâteaux pour elle et les enfants. Quand elle rentrait, il lui ouvrait le portillon automatique du jardin : *comme s'il m'avait guettée*, pensait mon épouse. Sur notre paillasson l'attendait souvent un plateau avec un gâteau ou une pizza. Elle se sentait observée.

« Tu veux que je lui parle ? »

Elle avait hésité avant de répondre :

« Non, je pense qu'il a juste envie de faire plaisir. »

Je me reproche aujourd'hui de ne pas être intervenu, de ne pas lui avoir demandé des explications, cela aurait peut-être évité que la situation ne s'envenime, et encore rien n'est moins sûr. Quoi qu'il en soit, j'aurais dû essayer.

La première mention dans mon journal intime, indiquant que la situation avait pris un tour dangereux, remonte au 11 février. Notre buanderie se trouvait au sous-sol. M. Tiberius avait pris l'habitude de sortir de chez lui au moment où mon épouse étendait le linge. Il venait bavarder avec elle, il paraissait même joyeux ; ma femme n'y voyait rien de mal, un peu de compagnie était bienvenue pendant cette corvée. Quand, ce jour-là, elle a sorti de la machine l'une de ses culottes et l'a défroissée, M. Tiberius lui a dit : « Elle doit vous aller à merveille. » C'était une remarque totalement déplacée, carrément dégueulasse. Ma femme n'a pas relevé, elle s'est contentée de ramasser sa culotte et le reste du linge. De son côté, M. Tiberius a changé de sujet. Le soir, mon épouse m'a rapporté l'incident. J'aurais dû me précipiter au sous-sol pour faire la leçon à M. Tiberius, et je n'en ai rien fait. J'étais rentré tard et ma femme, déjà au lit, m'avait raconté l'histoire au moment où je la rejoignais. Effaré, j'avais promis de mettre les choses au point dès le lendemain matin. Je ne l'ai pas fait non plus : deuxième erreur.

Le 19 février, ma femme a trouvé une lettre sur le paillasson, un billet doux qu'elle m'a fait lire à mon retour. L'écriture était soignée, presque enfantine, sans fautes d'orthographe. Dieter Tiberius écrivait qu'elle était très belle, très gentille et qu'il l'aimait, qu'il avait passé son enfance dans un foyer, et qu'il était enclin aux effusions de sentiments. Je ne pouvais qu'en rire tant c'était absurde. Un nabot si laid et si gras s'était entiché de ma femme magnifique et intelligente. Il me semble l'avoir exprimé tel quel à Rebecca. Les sept mois qui ont suivi, nous avons beaucoup cogité, parlé et agi d'une manière qui contredisait l'image que nous avions de nous-mêmes et nos valeurs de petits-bourgeois éclairés. Tout a commencé là : la cruauté de nos propos, notre arrogance ont scellé nos premiers pas vers la barbarie.

J'essayais d'évaluer dans quelle mesure son séjour en foyer l'avait marqué. Son enfance difficile le rendait-il plus dangereux, parce qu'endurci, ou au contraire particulièrement inoffensif, sans le soutien d'une famille susceptible de le défendre ? Je ne trouvais aucune réponse parce que je ne connaissais personne ayant fréquenté les services sociaux, et le fait que M. Tiberius ait apparemment compris qu'il s'était laissé aller à dire des choses peu convenables me rassurait un peu. Évoquer son enfance malheureuse me semblait une excuse valable. Je croyais pouvoir tenir tête à un homme comme lui. J'ai pris la lettre, et je suis descendu frapper à sa porte. Rien. Même pas le son de la télévision, son appartement était plongé dans le silence. J'ai sonné, appelé. Sans succès. J'étais convaincu de le trouver chez lui ; il ne sortait jamais le soir. Il se cachait, il avait peur. Ça aussi, ça m'avait rassuré. J'ai sous-estimé Dieter Tiberius depuis le début.

22 février : Avons trouvé un livre sur notre paillasson à l'attention de Rebecca, *Gatsby le Magnifique* de F. Scott Fitzgerald. Nous avons essayé d'y trouver un message caché, mais nous n'avons pas l'ombre d'une piste. Je passe la moitié de la nuit à lire le roman sans y découvrir la moindre allusion.

10 mars : Rebecca m'appelle au bureau. J'entends à sa voix qu'elle est bouleversée. Tiberius lui a écrit une autre lettre. Il mentionne qu'en passant devant notre porte par hasard, il l'aurait entendue dire « Baisse ton pantalon ». Il pense que cela pourrait être le signe que nous abusons sexuellement de nos enfants. Lui-même a été abusé sexuellement « au foyer », ce qui le rend « sensible à ce genre de choses, peut-être trop sensible ». Je m'entends dire à ma femme que je rentre immédiatement et vais lui parler, une bonne fois pour toutes. « C'est déjà fait, me répond Rebecca, je lui ai hurlé dessus. » Le pauvre type a dû vivre un véritable enfer.

Aujourd'hui, j'ai honte de ces mots, écrits à la légère, car je ne connaissais que trop bien les crises d'hystérie de ma femme.

Je suis rentré quand même. Ma secrétaire a appelé un taxi, je me suis précipité dans la rue pour l'attendre. Une fois dans le taxi, je me suis demandé s'il fallait en venir aux mains avec lui ; je ne m'étais pas battu depuis l'âge de dix ans, à part avec mon petit frère lors de nos bagarres pour de faux. Je ne crois pas que la violence puisse résoudre les conflits, quand bien même je ne milite plus depuis longtemps pour le mouvement pacifiste. Je me contenterais de lui crier dessus, avais-je décidé dans ce taxi. Sauf que je n'avais jamais crié sur personne, même pas sur mes enfants. Quand les choses se compliquent, j'ai tendance à opposer un calme froid, hausser le ton ne me ressemble pas. Je pourrais me forcer pour une fois à piquer une colère, ai-je pensé, à élever la voix juste un peu, histoire de l'impressionner. Lui montrer que je suis hors de moi.

Je suis navré d'admettre que ma colère initiale était quelque peu retombée avant que je n'arrive à la maison. Je me sentais même un peu soulagé. Le ridicule de ses insinuations dégueulasses le rendait moins dangereux, à mes yeux. Ce type était fou, c'était évident, avais-je écrit dans mon journal :

> Quiconque vous soupçonne d'abuser d'un enfant sur la foi d'un simple « Baisse ton pantalon » est un cinglé. Dans une famille avec des enfants en bas âge, on prononce ces mots-là au moins dix fois par jour. Personne, s'il a une sérieuse intention de nuire, ne lancerait une accusation aussi ridicule, aussi radicale. Pourrons-nous seulement continuer à vivre sous le même toit qu'un homme qui nourrit de telles pensées ?

En arrivant, j'ai foncé tout droit chez nous. J'ai serré ma femme contre moi, puis les enfants qui ne se doutaient de rien et s'étonnaient de voir leur père débarquer en plein après-midi. Ma femme s'était calmée. Dieter Tiberius était revenu entre-temps, pour se confondre en excuses. Il disait ne pas comprendre comment de telles bêtises lui avaient traversé l'esprit. Il avait parfois ce type d'« épisodes » qui avaient probablement quelque chose à voir avec son enfance en foyer. Tout ce qu'il voulait, c'est être en bons termes avec ses voisins, et il se comporterait bien à l'avenir, aucun doute là-dessus ! J'ai demandé à ma femme si je devais tout de même lui parler. Nouvelle erreur. Jamais je n'aurais dû lui laisser la décision. Elle avait évacué sa colère en lui hurlant dessus, et s'était sentie rassurée par leur mise au point et ses plates excuses. Il s'était repenti, espérait-elle. Sans réfléchir, plutôt que de descendre, j'ai adhéré à cet espoir.

Nous n'avons eu aucun incident à déplorer au cours des cinq semaines suivantes. Notre stratégie semblait opérer. Nous nous étions débarrassés de cette histoire gênante de manière judicieuse. Nous entendions parfois des bribes de dialogues de *Tootsie*, d'autres fois la chasse d'eau. Mais fini les biscuits à notre porte et les livres pour ma femme. Dieter Tiberius ne se montrait plus.

8.

Le 15 avril de cette même année, je suis parti à Bali pour un mariage, un vol compliqué avec escales à Francfort et à Singapour. Je voyageais seul, sans ma femme ni mes enfants. Après concertation, nous étions tombés d'accord : une escapade de cinq jours avec des vols de quatorze heures ce serait trop fatigant pour de jeunes enfants, sans compter le décalage horaire de six heures. Je dois admettre que cela me convenait plutôt bien. Nous aurions sûrement pu trouver une solution pour Paul et Fee, mais je n'en avais aucune envie. D'ailleurs si ma mémoire est bonne, j'ai été le premier à avancer qu'il n'était pas envisageable d'infliger pareil supplice à nos enfants. Rebecca avait abondé dans mon sens.

Il est temps, à ce stade, de dire quelques mots à propos de l'état de notre couple, lorsque nous avons été happés dans ce maelström. Les choses étaient compliquées, c'est le moins qu'on puisse dire, et je crains d'en être le fautif. Il n'y avait pas rupture au sens propre, pas de disputes interminables, ni de portes qui claquent, pas de départs précipités, ni de haine, non, rien de tout cela. Au fil des années, je m'étais tout simplement retiré de ce mariage. Je ne parle pas des enfants, je suis un père qui adore ses enfants, qui joue avec eux, leur parle, je ne suis jamais aussi heureux qu'en leur présence. Je parle de notre mariage, de ma relation à ma femme. J'ignore quand cela a commencé. Je crois qu'on ne le sait jamais vraiment, sauf quand tout explose, qu'on découvre une liaison ou quelque chose dans le genre, mais pour nous, ce n'était pas le cas. Pour résumer au mieux, je dirais que j'ai quitté notre mariage sur la pointe des pieds, à petits pas, pendant longtemps. J'ai souvent essayé de cerner le moment exact où j'ai pris conscience que quelque chose clochait, où j'ai compris que répondre à un banal « Comment ça va à la maison ? » n'allait plus de soi. On répond généralement « Bien », « Tout roule », avec un sourire optimiste de circonstance. J'avais l'habitude de le dire, même si ce n'était plus le cas depuis longtemps.

J'ai vécu un de ces moments de révélation, un soir au Hedin, l'un des meilleurs restaurants de la ville – une étoile au *Michelin* et une note de dix-huit sur vingt au *Gault & Millau*. La salle était remplie de couples et de groupes d'humeur festive, quoi de plus naturel lorsqu'on dîne au Hedin. Seule une table était occupée par un homme solitaire, lui aussi était d'humeur festive, comme s'il avait quelque chose à célébrer avec lui-même. Il dégustait un menu gastronomique composé de six plats : oursins au poivre de Sichuan et ananas, ormeaux, bar à la truffe blanche d'Alba et son saké de vingt ans d'âge, perdrix laquée au miel chinois accompagnée de choux de Bruxelles, bœuf de Kobé sur lit de betteraves et truffes du Périgord, et pour finir un caramel au beurre salé avec fruits de la passion et châtaignes japonaises – chaque plat venant accompagné de son verre de vin sélectionné par le sommelier. Entre chaque plat, l'homme assis seul à sa table dessinait au crayon gras sur un bloc-notes. Il traçait à gros traits les esquisses d'une maison individuelle, l'air satisfait, heureux même, et ce malgré la chaise vide en face de lui. Rien ne semblait lui manquer. Cet homme, c'était moi. J'avais ressenti un léger vague à l'âme ce soir-là, en songeant que c'était tout de même un peu étrange de savourer en solitaire ces quelques heures traditionnellement partagées à deux, pendant que ma femme était à la maison, plongée dans un roman, veillant sur le sommeil de nos enfants. C'est à cet instant précis que j'ai compris : je n'aimais pas la compagnie de ma femme, je l'évitais, mes seuls moments heureux, je les passais avec mes enfants ou avec moi-même. Je n'ai pas poursuivi le fil de ma réflexion, préférant la refouler. J'ai rapporté la coquille de l'ormeau à la maison, elle est noire à l'extérieur et tapissée de nacre à l'intérieur, d'un aspect noble. « C'est un client japonais qui songe à s'installer à Berlin qui me l'a donnée », ai-je prétendu, même si j'ignorais si l'ormeau, qu'on appelle aussi oreille-de-mer, avait un quelconque rapport avec le Japon, et pourquoi diable aurais-je eu un client japonais ? Ça n'a jamais été le cas. Rebecca semblait satisfaite et n'a pas insisté.

Voilà un bon moment que je dînais seul au restaurant. Cela avait commencé à une époque où je pouvais encore qualifier notre mariage d'heureux. J'étais charrette sur un projet, je travaillais tard. Quand j'en avais assez de commander des pizzas ou du chinois, j'allais à la trattoria au coin de la rue. J'y griffonnais des esquisses, parfois j'emportais mon ordinateur portable. J'ai fini par m'en lasser aussi, ils ne changeaient jamais leur menu, et le propriétaire n'était même pas italien – juste un Bulgare qui jouait les Italiens. Je n'ai rien contre les Bulgares, au contraire, mais quand je vais chez un Italien, j'aime être servi par des Italiens qui lancent des *prego* et des *grazie* ou même des *grazie dottore*, si ça leur chante, bien que je n'aie jamais eu de doctorat. Le Bulgare savait faire tout ça, c'était un homme aimable à l'accent italien impeccable. Malgré tout, dès que j'ai su qu'il était bulgare, je me suis mis en quête d'un nouveau restaurant, meilleur, puis d'un autre, de qualité encore supérieure, jusqu'à devenir un fin gourmet. Une affaire onéreuse, trop onéreuse en réalité, mais je m'en fichais. Je n'ai jamais dit à ma femme où je passais mes soirées. Elle me croyait au bureau ou chez cet Italien bon marché. En revanche elle était surprise de voir à quelle vitesse fondait notre argent.

À la maison aussi je l'évitais. Une fois rentré, je ne la rejoignais jamais dans la cuisine où elle épluchait des pommes de terre ou des carottes, j'allais voir les enfants dans leur chambre. Quoi de plus naturel, les enfants n'avaient pas vu leur père de la journée, et les enfants ont besoin de leur père, pas vrai ? C'est indéniable, seulement mes enfants étaient devenus – aussi pénible que ce soit de l'avouer – un prétexte pour ne pas rester seul avec ma femme. Je la regardais, si tant est que je la regardais vraiment, sans être touché par sa beauté ; je l'écoutais parler, si tant est que je l'écoutais vraiment, sans l'entendre. Pourquoi m'étais-je éloigné ? Pourquoi m'étais-je éloigné de la femme que j'avais aimée autrefois ?

Je ne sais pas est une réponse imparfaite, j'en ai conscience, mais je suis obligé de l'aborder ainsi. Il y a dans tout cela quelque chose d'inexplicable, d'indéterminé. Cela s'est produit de manière imperceptible, au fil du temps, je disparaissais sans raison. Je restais tout simplement à distance. Au début, je ne m'en rendais même pas compte. Nos téléphones portables favorisent l'éloignement sans pour autant que nous perdions contact. J'étais heureux quand je recevais un SMS affectueux de ma femme entre deux plats dans un de ces restaurants – le Beluga, le Stranz, l'Axel Schwicht, le Luna –, ou quand je découvrais un rien offusqué l'addition de 250 euros (service non compris s'entend), qui bondissait mécaniquement à 270 euros (il ne fallait surtout pas se montrer radin). Je répondais à son message tout aussi affectueusement. Je ne me sentais pas seul : quiconque a une famille n'est jamais seul, pas même quand il l'est, car il sait qu'il peut rentrer à la maison et retrouver ses proches, à tout moment. Dans ce cas, la solitude devient un plaisir. De temps en temps, après dîner, je faisais un détour par un bar, pour boire un Negroni. Il m'arrivait de parler au barman de ma famille, de mes adorables enfants et de ma merveilleuse, intelligente, fabuleuse épouse. Pour éviter qu'il ne s'étonne que je ne sois pas à la maison, aux côtés de ma merveilleuse, intelligente et fabuleuse épouse, je m'inventais un domicile à Francfort et un voyage d'affaires à Berlin : elle me manque tellement ! Ding. « Un SMS, c'est elle, vous voyez ? » *Suis si fatiguée, travaille bien, mon pauvre mari, et n'oublie pas de m'embrasser quand tu viendras te coucher, hein ?* « Elle va se coucher », précisais-je au barman qui m'avait préparé un autre Negroni, et nous souriions tous deux. *Indestructible* était le mot que j'utilisais dans ce genre d'occasions. « On a nos petits problèmes, bien sûr », voilà ce que je disais aux barmans, à nos amis et connaissances. « On a des hauts et des bas, comme tout le monde, mais une chose est sûre : notre couple est indestructible. » Quel mot puissant ! Un mot qui parle d'union absolue, d'éternité. Quelle sottise de qualifier un mariage de la sorte, surtout à une époque où les gens se mettent ensemble, se séparent, et font comme bon leur semble. Le mariage n'est plus sacro-saint. Les anciennes conventions sont battues en brèche ; on s'en sort comme on peut.

Sauf que dans notre cas, Rebecca et moi n'avons pas vraiment réussi à nous en sortir. À la maison, je parlais à voix basse, l'échine légèrement courbée. Je rapetissais, je marchais au ralenti : un être discret, sans affects en quelque sorte. Et c'est dans cet état que je franchissais la porte, j'embrassais ma femme, j'échangeais quelques banalités avec elle avant de disparaître dans la chambre des enfants. Une fois Paul et Fee couchés, je me plongeais dans un livre. Une autre soirée sans paroles, mais nous étions toujours ensemble. Indestructibles. Je me raccrochais à ce mot puissant et terrible, lors de ces éclairs de lucidité où je me rendais à l'évidence que notre couple mourait à petit feu.

9.

Je suis du genre taiseux, je peux me passer de parler des jours durant. J'en ai pris conscience pendant une de mes « retraites spirituelles » : cinq jours sur l'île d'Amrum, ponctués de promenades à marée basse, dans les dunes ; d'intenses cogitations ; de séances de croquis au café, au restaurant ; de brefs échanges avec les serveurs. Pas un mot de trop. Je me sens bien avec moi-même. J'avais la faiblesse de penser que j'étais le seul être avec lequel je ne m'ennuyais jamais. Je me plaisais aussi à croire que les seules conversations dépourvues de malentendus étaient celles qu'on avait avec soi-même. Ce genre d'idée me grisait. Quel idiot j'étais !

La vérité est que personne ne s'est jamais ennuyé en compagnie de ma femme. Elle est plus intelligente que moi et tous les gens que je connais réunis. Elle est sociable, originale, de caractère joyeux, de tempérament calme, elle a le sens de l'humour, et tout son être respire une douce élégance, jusqu'à sa démarche. Quand je suis assis à mon bureau, Rebecca me surprend parfois en arrivant dans mon dos et en posant sa main sur mon épaule. Je ne l'entends pas venir, bien qu'elle aime porter des chaussures à talons hauts à l'intérieur malgré le parquet. Il peut m'arriver de me laisser totalement absorber par mon travail, mais est-il une seule autre femme capable de marcher sur du parquet sans faire de bruit ? La bonne de la poétesse Anna Akhmatova avait coutume de dire de sa maîtresse : « Quand elle marche, ses pieds ne touchent pas le sol… » Ma femme est pareille.

Le problème, c'est sa voix, une voix assez haut perchée qui déraille facilement, mais ce n'est pas si gênant. Nos disputes quotidiennes ne sont jamais trop graves, de simples accrochages étouffés dans l'œuf. « Randolphrandolphrandolph », conclut Rebecca quand l'essentiel a été dit et que nous risquons de tomber dans une spirale infernale. Et moi de surenchérir « Rebeccarebeccarebecca », sur le même ton, entre reproche et pardon, un sourire vissé aux lèvres. Ou bien je prends l'initiative et lance « Rebeccarebeccarebecca », ce à quoi elle répond par un « Randolphrandolphrandolph ». Cet écho réconciliateur ne manque jamais de se produire ; nous pouvons compter l'un sur l'autre.

Hélas il n'y a pas que ces disputes quotidiennes. Ma merveilleuse femme a beau incarner le calme et la sérénité, il lui arrive de perdre complètement contenance et d'exploser tel un kamikaze. La comparaison est de mauvais goût, mais assez appropriée, lors de ces crises, la belle âme de Rebecca vole en éclats et sa colère incendiaire m'anéantit temporairement. Je ne pourrais dire ce qui au juste provoque ces explosions, le plus souvent, des broutilles. Une fois, je lui avais annoncé que je devais me rendre à Munich dans la soirée du 1er janvier, j'avais un rendez-vous d'affaires le lendemain matin. Je ne pensais pas que cela poserait un problème, le Premier de l'an est un jour sans : on passe la journée à cuver, à regarder le saut à ski à la télé, en se demandant si on va tenir nos résolutions avant de se mettre au lit de bonne heure. Le Premier de l'an, tout le monde est taciturne, tourné vers lui-même, comme je le suis pratiquement tous les jours. Rebecca était entrée en furie. Comment je pouvais envisager d'abandonner ma famille pendant les vacances ? N'avais-je donc aucune limite ? Elle avait bondi de sa chaise et m'avait hurlé dessus, le visage cramoisi, les veines de son cou toutes gonflées. Au regard de sa réaction, je savais que c'était peine perdue. Je l'avoue, ses crises de colère me déstabilisent complètement. Je me fige, mes muscles se contractent, mon cœur bat la chamade et j'ai l'impression que mon cerveau va exploser. Dans ces moments-là, j'ai vraiment peur. J'aimerais fuir, mais je suis paralysé, j'aimerais dire quelque chose, mais je reste muet. Je reste figé comme une pierre, alors qu'à l'intérieur je bous de rage.

Le seul moyen pour Rebecca de se calmer, c'est de casser quelque chose. Elle jette un verre par terre ou une assiette contre le mur. Il fut un temps où elle attrapait les oranges dans la corbeille à fruits et les lançait avec une telle force contre les murs de la cuisine ou du salon qu'elles éclataient. Une réaction qui s'avérait assez onéreuse, nous aimons tous deux notre intérieur et il fallait chaque fois faire appel à un artisan pour réparer les dégâts. Aussi avons-nous arrêté d'acheter des oranges. Dès que Rebecca a lancé ou cassé quelque chose, elle recouvre son calme, me serre dans ses bras avec affection, et me caresse la tête tout en me soufflant à l'oreille un « je suis désolée ». Il me faut un moment pour me détendre. Puis je l'assure que je lui ai déjà pardonné et l'aide à faire le ménage. Ces crises-là sont rares, pas plus de deux ou trois fois par an peut-être. Nous en avons parlé de temps à autre, Rebecca ne comprend pas pourquoi cela arrive, ni comment l'éviter. Nous sommes convenus qu'il me faudrait faire avec.

« Tu pourras ? m'a-t-elle demandé un jour.

— Évidemment », ai-je répondu en l'embrassant.

Je suis parfois gagné par la nervosité quand je suis assis auprès d'elle et que l'ambiance n'est pas au beau fixe, ou que je dois redoubler d'attention pour prévenir une crise. Je n'aime pas beaucoup ce que je suis dans ces situations-là.

« Ses crises m'éloignent d'elle », avais-je expliqué à mon petit frère un jour où nous étions accoudés au comptoir du café Blum, un petit café à l'ancienne, proche de Winterfeldtplatz. Nous y allons chaque fois qu'il me rend visite à Berlin.

« C'est toi le fautif, pas elle, m'avait-il rétorqué.

— Mais pourquoi elle m'agresse comme ça ?

— Parce que tu la délaisses.

— Non, si elle ne m'attaquait pas comme ça, je ne la délaisserais pas.

— Arrête, avait dit mon petit frère, essaie juste d'arrêter de disparaître pour une fois.

— Je ne disparais pas, avais-je insisté.

— Oh si, c'était pareil quand on était petit. On était ensemble au salon, maman venait à table jouer avec nous, et tu disparaissais.

— Parce que notre père gâchait tellement l'ambiance. »

Alors mon frère avait prononcé cette sentence insupportable : « Tu es exactement comme lui. » C'est faux. Et quand bien même ce serait vrai, je ne voulais pas me l'entendre dire.

J'avais poussé mon frère d'un coup à l'épaule, rien de bien méchant, ni de très aimable non plus. Il m'avait rendu mon coup, un peu plus fort, et j'avais renversé un peu de mon Negroni sur mon pantalon. J'avais posé mon verre, bondi de mon tabouret et attrapé mon petit frère, en lui arrachant deux boutons de chemise. Notre bagarre avait tourné court, le barman s'était interposé. « Vous devriez partir », nous avait-il tancés. Nous avions réglé et, une fois dehors, nous en avions ri. Nous étions tombés dans les bras l'un de l'autre et avions fait la tournée des bars, à boire des Negroni jusqu'à l'aube.

Le lendemain, je m'étais levé vers midi, mon petit frère et ma femme se trouvaient dans la cuisine, lui devant un café et elle en train de lui recoudre ses boutons de chemise.

« Te fatigue pas à lui expliquer qu'on n'échappe pas à son héritage génétique, avais-je dit agacé à ma femme. Il en est déjà convaincu.

— Du calme, du calme », avait répondu mon petit frère.

Je me tenais sur le seuil de la porte de la cuisine. Ma femme avait posé la chemise, les boutons, l'aiguille et était venue me prendre dans ses bras.

« J'adore ton héritage génétique », m'avait-elle dit.

J'avais posé mes mains sur ses hanches. Mon petit frère s'était levé à son tour et nous avait rejoints. Puis il avait pris ma main gauche pour la poser sur l'épaule de ma femme. « Là, vous voyez », avait-il dit.

10.

Durant les semaines précédant l'entrée en action de M. Tiberius, nous vivions, mon épouse et moi, dans une sorte d'apathie presque insupportable. Rebecca avait renoncé à se battre pour notre couple. Elle ne me demandait plus : « Qu'est-ce qui ne va pas ? » À quoi bon, puisqu'elle recevait toujours la même réponse : « Rien. » C'est la pire des réponses. Cela devrait être interdit, proscrit du contrat de mariage, parce que ce n'est jamais tout à fait vrai et que cela laisse l'autre totalement désemparé. On ne peut rien contre le rien. Je vivais dans la crainte que nos conversations ne tournent au vinaigre, ce qui se produisait fatalement. Nous nous étions résolus à cette routine – ou plutôt, je m'y étais résolu. Mes craintes se voyaient ainsi invariablement confirmées, une chose à laquelle on s'habitue.

Aussi étrange que cela puisse paraître, nous avions des rapports sexuels fabuleux à l'époque. Du moins, *je* les trouvais fabuleux. Il m'avait fallu du temps pour me rendre à l'évidence. Je me perdais complètement dans le corps de ma femme, me précipitais dans des abîmes à la fois effrayants et divins, je perdais pied. Bien faire l'amour c'est tomber vers le haut. Au lit, je suis plutôt bavard, un peu vulgaire à dire vrai, mais je me laisse aussi aller à de grandes déclarations d'amour – le grand, l'éternel, l'unique ! Je n'y faisais pas exception, même dans nos phases critiques, je pensais probablement ce que je disais et pas seulement quand nous étions au lit. Après l'orgasme, en revanche, je n'y pensais plus.

Une semaine avant mon départ pour Bali, alors que je dérivais vers une douce somnolence après l'amour, ma femme m'avait posé cette question : « Avec qui étais-tu en train de coucher au juste ?

— Avec toi, avais-je répondu un peu interdit.

— Non, tu ne couchais pas avec la femme que tu ignores le reste de la journée.

— Je ne pense jamais à quelqu'un d'autre. » C'était la vérité. Je n'avais pas de liaison, ni l'envie d'aller voir ailleurs. « Tu penses que j'ai une liaison ? avais-je demandé à Rebecca.

— Non, je ne pense pas que tu aies de liaison. »

Je m'étais retourné et j'avais posé ma main sur son dos.

« Non seulement je ne pense pas à une autre femme, mais il n'en existe tout simplement aucune autre. Les soirs où je m'absente, je suis seul, vraiment seul, avais-je précisé, un peu ému je dois dire par tant d'honnêteté.

— Je sais, avait dit Rebecca.

— Comment ça ? »

Elle m'avait suivi, disait-elle, la semaine précédente, et m'avait vu au Luna.

« Tu ne vas quand même pas me dire que tu m'espionnes », avais-je protesté, indigné.

Elle voulait comprendre pourquoi elle ne m'intéressait plus, alors un soir elle m'avait suivi et avait observé son mari dîner dans un restaurant huppé, seul à sa table, entouré de couples. Et cet homme seul, son mari, avait dégusté un morceau de saucisse grillée, la fixant du regard comme s'il s'agissait d'une fleur magnifique, puis le morceau de saucisse avait disparu dans sa bouche, il avait fermé les yeux et mâché, avec une expression de ravissement. Rebecca n'arrêtait pas de répéter le mot *saucisse* et, en effet, le troisième plat au menu, ce soir-là, était une saucisse de veau grillée à la truffe noire avec des blettes en garniture.

Une triste image m'est apparue : ma femme, dans son trench beige, à la fenêtre du Luna, observant son mari déguster un festin en solitaire. Pour rendre la scène plus sordide encore, j'y ajoutai la pluie, sans savoir au juste s'il avait plu ce soir-là.

« Tu sais ce qui s'est passé après ? », a demandé Rebecca.

Ma main était toujours posée sur son dos.

« Après avoir mangé ta saucisse, tu m'as envoyé un SMS : *Toujours au boulot, love and kiss.* »

À présent, elle pleurait.

« C'était vrai, j'étais en train de finir des esquisses.

— Je n'en doute pas, a-t-elle dit tendrement, je n'en doute pas. Je ne sais pas ce qui est pire : de te voir là-bas avec une autre femme ou tout seul.

— Je suis désolé, Rebecca. »

Elle s'est redressée, un doigt pointé sur moi, et elle s'est mise à hurler :

« Si, je sais ce qui est pire. Le pire, c'est cette chaise vide en face de toi, car tu préfères une chaise vide à ma présence. » Sa voix montait dans les aigus, j'étais gagné par la panique, mon cœur s'emballait.

« Si encore tu avais été en compagnie d'une femme avec des nichons et un cul, avec les plus beaux nichons et le plus beau cul du monde, alors je pourrais me battre contre cette femme. Mais je ne peux pas me battre contre une chaise vide. Je ne sais pas comment me battre contre une chaise vide. »

Elle a saisi le réveil sur sa table de nuit et l'a balancé contre le mur où il a littéralement explosé.

« Maman ? »

Fee se tenait à la porte avec son mouton en peluche dans les bras. Rebecca s'est précipitée vers notre fille et l'a prise dans ses bras, bien calée sur sa hanche. Je les ai regardées disparaître. Ma femme lui chantonnait un air. Malgré sa voix haut perchée, ma femme chante très bien. Au bout d'un quart d'heure, Rebecca est venue se recoucher, elle s'est blottie contre moi, sa main dans mes cheveux.

« Ce n'est pas avec moi que tu fais l'amour, a-t-elle dit d'une voix posée, tu fais l'amour avec toi-même. Tu t'enivres de toi-même, je ne suis que ton instrument.

— C'est faux, me suis-je révolté.

— Chut ! a murmuré Rebecca, je parle d'un bel instrument, un Stradivarius, un instrument noble, précieux. Tu te sers de moi comme un violoniste de son violon, passionnément, amoureusement, tendrement. Tu es très tendre. Mais si une autre femme était étendue là, tu te perdrais en elle de la même manière, car c'est de toi qu'il est question, pas de ta partenaire. »

J'allais protester, quand Rebecca a posé un doigt sur mes lèvres : « Chut ! Dormons maintenant. »

Cette nuit-là, je suis resté longtemps éveillé, cherchant en vain les arguments qui prouveraient à ma femme qu'elle avait tort. Le lendemain matin, je lui ai demandé si elle aimait faire l'amour avec moi et elle a répondu : « Oui, j'aime faire l'amour avec toi. C'est bien d'en être. » Je suis parti au bureau de mauvaise humeur, une ombre vite dissipée. Il y avait tellement de choses pour me rassurer. Au moins au lit cela fonctionnait. Au moins nos vacances et les fêtes de Noël étaient un succès. Au moins j'aimais ma femme, je pouvais dire en tout cas que je l'aimais. Au moins, nous formions à nous quatre une vraie famille, et c'était le cas ! Nous étions toujours d'humeur enjouée avec les enfants. Ils ne remarquaient rien de ma lente dérive.

L'ennui avec les mariages qui durent, c'est qu'il y a tellement de versions possibles. Pour me persuader que tout allait bien entre nous, il me suffisait de me rappeler des moments heureux, de me convaincre qu'ils avaient existé. Si je cherchais par contre des justifications à mon éloignement, il me suffisait de convoquer des souvenirs moins heureux, de choisir une autre histoire, une autre version des faits et de m'y accrocher. Je me racontais ce que j'avais besoin d'entendre et ne faisais aucun effort pour changer quoi que ce soit. Ma femme appelle cela le privilège du « quoi qu'il arrive ». « Quoi qu'il arrive, nous sommes ta famille et nous serons toujours là pour toi. Tu n'as aucun besoin de faire des efforts, car tu sais que nous resterons près de toi. C'est ton atout et c'est notre croix, puisque tu ne ressens aucune urgence à changer de comportement. Il faudrait que je rompe avec ce monde du "quoi qu'il arrive", que je te quitte ou que j'entame une liaison, mais je n'en ai aucune envie car je suis ta femme. » Voilà ce que me disait Rebecca. Ses paroles m'avaient ému et je me suis promis de changer les choses, de sortir de ma coquille. Une résolution que j'ai prise bien souvent. Je suis du genre à remettre au lendemain. Combien de fois me suis-je répété « juste une dernière fois » ou « c'est la dernière fois » en me rendant au Hedin, au Beluga, au Luna ou au Stranz ? « Allez, un dernier festin, après je consacrerai toutes mes soirées à Rebecca. » Il ne se passait pas longtemps avant que je me retrouve assis de nouveau à l'une de ces tables. Un mariage malheureux dont on se satisfait, au fond c'est peut-être possible.

11.

Le jour de mon départ pour Bali, ma femme ne m'a pas accompagné à l'aéroport, prétextant une activité quelconque à laquelle elle devait conduire les enfants. Un baiser échangé sur le palier, une étreinte fugitive, Fee pleurait à chaudes larmes. Je m'étais promis de ne jamais plus voyager sans ma famille. Et comme ce serait mon dernier voyage en solo, j'étais bien décidé à en profiter. À mi-parcours, ma mauvaise conscience s'était envolée. Après tout, avais-je d'autre choix ? Je n'ai pas pensé une seule fois à M. Tiberius pendant le voyage.

Mon ami Stefan m'attendait à l'aéroport de Denpasar. Nous nous étions connus au service civil, cela faisait un bail. Il avait fait des études de gestion d'entreprise, la Deutsche Bank l'avait muté à Jakarta où il avait épousé une Indonésienne. Il travaillait désormais comme analyste financier indépendant – un métier auquel je ne comprenais pas grand-chose. Nous avions d'autres sujets de conversation, notre vie sexuelle notamment. Il n'y avait aucun tabou entre nous, « les conversations de la vulve » les appelions-nous, une expression qui datait de nos années d'étudiant, lorsque nous nous racontions nos conquêtes. À présent, nos discussions tournaient davantage autour de nos problèmes de couple même si, en fin de compte, nous parlions surtout de nous-mêmes. Le trajet entre Denpasar et Seminyak était trop court pour se lancer dans de grands débats, nous accordant juste le temps de faire une petite mise à jour sur nos vies et d'évoquer brièvement son mariage, son deuxième avec une Indonésienne.

Je profitais des trois jours qui ont précédé la noce pour faire la grasse matinée jusqu'à midi, lire sur le balcon, *Lumière d'août* de Faulkner, et dessiner un peu dans ma chambre d'hôtel face à l'océan. L'après-midi, je partais faire un tour à Seminyak en scooter et, vers seize heures, je descendais à la plage où la plupart des invités s'étaient déjà réunis. Une vaste étendue de sable blanc, des vagues hautes, une chaleur écrasante même en fin de journée. Je louais un surf, nageais vers le large, guettant la vague qui se faisait désirer. Nous nous laissions dériver, nous parlions boulot, famille et lorsqu'une bonne vague se présentait, nous tentions de la prendre, à plat ventre sur nos planches, en pagayant vigoureusement avec les bras, pour nous laisser emporter vers le sable. C'était facile, amusant, et on riait comme des gosses. Plus tard, quelqu'un amenait des bières. Nous espérions des couchers de soleil spectaculaires mais imanquablement, un ruban de nuages gris s'enroulait autour de l'horizon et avalait le soleil, indifférent à nos desiderata.

Certains d'entre nous étaient sur le qui-vive. Chaque jour, des processions de vingt, trente Indonésiens rejoignaient en chantant la plage vêtus d'habits de fête – turbans, foulards chamarrés –, munis de bols remplis de fleurs et de drôles d'objets ressemblant à des crackers de Noël. À dix-sept heures, ils s'approchaient lentement de l'eau et y déposaient leurs offrandes. L'océan avait beau ramener celles-ci sur le rivage avant même qu'ils n'aient quitté la plage, aucun d'eux ne semblait s'en soucier. Un rituel destiné à calmer la mer, avançaient certains. Apparemment il y avait eu une alerte au tsunami.

« N'importe quoi », les rabrouait Stefan. Ils étaient pourtant sûrs de leur fait, certes ils n'habitaient pas en Asie, mais ils avaient tout lu sur le sujet. D'autres abondaient dans leur sens. Ce soir-là, je me suis approché de l'eau pour voir de quoi il retournait : des pétales de fleurs orange, des amulettes avec des rubans dorés, des bols en feuilles de palmier. Il y avait aussi un œuf de poule dans un sac plastique – quoique dans ce cas précis j'ignorais s'il ne s'agissait pas plutôt d'un butin dont l'océan avait hérité à une autre occasion. J'étais peu enclin à verser dans le camp des alarmistes mais un léger doute subsistait en moi. Des chiens se bagarraient sur la plage, quelques garçons jouaient au foot, des vendeurs ambulants nous proposaient des cerfs-volants en forme de vaisseau, leurs voiles noires voguaient au-dessus de nos têtes. J'en ai acheté un pour mes enfants. Je m'efforçais de parler avec les autres, histoire de ne pas passer, une fois encore, pour un taiseux. J'angoissais un peu à l'idée de faire mon discours devant tout le monde au mariage.

Le deuxième soir, nous sommes allés au Metis, un restaurant avec un lounge bar, dont une partie ouverte donnait sur un long bassin où des poissons d'or couraient sous un tapis de nénuphars. Un DJ mixait, accompagné d'un trompettiste. Transpirant dans nos fauteuils, le regard plongé dans les nymphéas, nous sirotions des mojitos à la fraise et des moscow mules. J'ai discuté un bon moment avec une diplomate de l'Union européenne, en charge de Myanmar depuis Bangkok. Elle portait une robe Mondrian, elle a évoqué les généraux et l'assignation à résidence d'Aung San Suu Kyi, l'opposante au régime birman. Nous avons flirté sans y croire vraiment, parce que la soirée s'y prêtait, puis Stefan nous a rejoints. Une fois la diplomate partie, nous avons repris notre « conversation de la vulve », là où nous l'avions laissée. Je lui ai raconté l'affaire Tiberius en détail et j'avoue avoir été assez contrarié lorsque Stefan m'a demandé si c'était vraiment une bonne idée de quitter Berlin dans de telles circonstances. D'un autre côté, nos conversations servaient justement à cela. Je lui ai assuré que Dieter Tiberius ne nous avait jamais menacés physiquement, ce n'était pas un homme dangereux. La soirée passant, je me suis abandonné au son de la trompette, je pensais n'avoir jamais entendu une musique aussi pénétrante, l'alcool n'y était sans doute pas étranger. Vers une heure, il s'est mis à pleuvoir, la musique a été noyée sous des trombes d'eau. Ça nous a pris un bon moment pour trouver des taxis. Certains voulaient finir la soirée dans un club, quant à moi je suis rentré à l'hôtel et j'ai appelé ma femme. Pas de réponse. Il était vingt heures en Allemagne, l'heure du coucher des enfants. Si j'avais été là, je leur aurais raconté une histoire. À cette époque, je vivais beaucoup au conditionnel. J'étais souvent en déplacement, imaginant en détail ce que j'aurais fait à tel ou tel moment avec ma famille. Cela me donnait l'illusion d'être un peu là – du moins par la pensée – et me rassurait par la même occasion. Brusquement, un sentiment d'inquiétude m'a étreint et j'ai songé à Dieter Tiberius. J'ai appelé de nouveau, cette fois en laissant un message. « Je t'aime », ai-je dit avant de raccrocher. Le lendemain, je trouvais un message de Rebecca, les enfants se portaient bien, elle aussi.

La veille du mariage, Stefan a organisé un enterrement de vie de garçon. Nous avons dîné dans un petit resto où l'on servait d'énormes côtes de porc. Après quelques bières dans différents bars, nous avons atterri dans un club réputé pour ses cocktails à base de champignons hallucinogènes. Je n'avais jamais pris de drogue, même jamais tiré sur un joint, pourtant j'ai trempé mes lèvres dans le verre qui circulait de main en main. Une bande de huit garçons en tout. Un gecko se promenait sur le mur, quelqu'un a dit que les geckos n'avaient pas de cils et devaient se lubrifier les yeux avec la langue, ce qui expliquait pourquoi ils tiraient la langue sans arrêt. J'ai éclaté d'un rire bruyant. Trois femmes se sont approchées de notre table et ont commencé à danser au son que crachaient les enceintes – leurs gestes à la fois gracieux et minimalistes. Chaussures à talons et bikinis léopard. Elles venaient de Bali, je le voyais à leur jeune corps menu et délicat. Elles se sont déhanchées cinq bonnes minutes rien que pour nous. Au bout d'une demi-heure, elles étaient de retour, c'était agréable de reluquer de jolies filles, même si je les ai aussi vite oubliées. C'était à peine si je ressentais l'effet des champignons.

Nous avons décidé de continuer la fête chez Stefan, avec sa fiancée et ses amies. J'attendais déjà les autres sur mon scooter lorsqu'une des danseuses s'est approchée. Elle avait enfilé un jean et un tee-shirt blanc ; ses longs cheveux noirs étaient noués à l'aide d'un ruban rouge. Elle m'a souri et je lui ai rendu son sourire, un peu perplexe, ignorant ce qu'elle attendait de moi. Les autres avaient enfourché leur scooter. Au moment de démarrer, elle est montée derrière moi. Je l'ai laissée faire, difficile de le dire autrement. Je ne l'avais pas invitée à proprement parler. J'aurais pu à la rigueur me reprocher de lui avoir souri, mais si l'on ne peut même plus sourire ! Elle a entouré ma taille, posé ses mains sur mon ventre et s'est blottie dans mon dos. Nous avons roulé à travers la nuit, bientôt rattrapés par les amies de la future mariée. À mi-chemin, on a fait halte dans une échoppe pour acheter de la bière, du vin, de la vodka, des chips et du chocolat. Ma passagère m'a demandé mon prénom, qu'elle est finalement parvenue à prononcer après plusieurs tentatives. Elle s'appelait Putu.

Stefan habitait sur la colline surplombant Seminyak. Une maison ouverte sur l'extérieur, comme souvent ici, avec une cuisine donnant directement sur la piscine. Tout le monde s'est vite pressé derrière le bar pour boire et grignoter quelque chose. Deux types, sous l'effet des champignons hallucinogènes, ont commencé à pousser les femmes dans la piscine avant d'y sauter à leur tour, comme la plupart des convives d'ailleurs. Je n'ai pas résisté longtemps. Deux grands baraqués chahutaient sur la pelouse, on aurait dit deux éléphants mâles, avant de sauter à leur tour dans l'eau. Putu – miraculeusement épargnée – nous a apporté des cocktails au bord de la piscine et nous avons continué à bavasser, les yeux perdus dans ce ciel sans étoiles. Quelqu'un a dit : « Ce n'est pas un problème si les Asiatiques contrôlent le monde, tant qu'ils nous laissent les piscines ! » Ce qui a provoqué un éclat de rire général. On s'est mis en tête d'essayer les vêtements de Stefan et de sa fiancée, ils nous allaient plus ou moins bien. Une femme du Goethe Institut a dansé autour d'un mât de parasol, prétendant qu'il s'agissait d'une barre de pole dance. Stefan a saisi le mât et l'a malencontreusement enfoncé dans le ventilateur de la cuisine. L'appareil s'est bloqué puis est reparti d'un drôle de vrombissement, provoquant un fou rire général. Je me prélassais dans une chaise longue, Putu dormait à mes côtés, il était six heures du matin et je me demandais si je devais l'inviter dans ma chambre. À sept heures trente, alors que le jour commençait à poindre, mon portable s'est mis à sonner. Tout le monde a bondi pour mettre la main sur son téléphone, on était nombreux à avoir la même sonnerie. Des jurons ont fusé, lorsque certains ont aperçu leur portable au fond de la piscine. La sonnerie s'est interrompue un court instant avant de reprendre de plus belle. Je me suis péniblement levé de ma chaise longue – avec l'âge, tout devient plus difficile – pour récupérer mon portable abandonné sur le bar. Sur l'écran, le prénom de ma femme clignotait. En Allemagne, il était une heure trente du matin. « Salut », ai-je dit d'une voix dont j'espérais qu'elle ne sonne pas comme un lendemain de fête. « Tiberius est dans notre jardin », a annoncé ma femme, paniquée.

12.

Par la suite, je me suis souvent interrogé sur cette drôle de coïncidence, pourquoi ce coup de fil, là maintenant ? J'aurais préféré un moment plus approprié, préféré ne pas être surpris dans un contexte si frivole. Il est vain d'essayer de tout contrôler, de rester digne en toutes circonstances. Mais je m'égare, je perds le fil, cela ne sert à rien. Pourquoi essayer de se justifier ?

Rebecca avait déjà appelé la police. Elle s'était couchée tôt et, ne parvenant pas à trouver le sommeil, elle avait fini par se relever pour boire un verre d'eau. Notre cuisine se trouve à l'arrière de la maison et ma femme, qui buvait en regardant le jardin éclairé par la lune, avait aperçu une ombre se dessiner derrière le bouleau. Elle ne pouvait être vue car elle n'avait pas pris la peine d'allumer la lumière. L'ombre s'était détachée du bouleau et elle avait reconnu Dieter Tiberius qui traversait le jardin en courant, en direction de notre maison, il grimpait maintenant les marches qui menaient à notre véranda. Une fois en haut, il s'était penché par-dessus la rambarde pour regarder par la fenêtre de notre fille. Il était en nage. Puis il avait fait demi-tour et s'était posté derrière le bouleau, avait jeté un dernier coup d'œil vers la fenêtre de Fee et rebroussé chemin. Ma femme avait alerté la police, avant de m'appeler.

« Où est Tiberius maintenant ? ai-je demandé

— Au fond, près du compost.

— Prends le couteau à pain.

— C'est déjà fait !

— Les portes sont toutes fermées ? ai-je lancé désespéré.

— Évidemment, a répondu ma femme avant d'ajouter : J'ai peur.

— Pourquoi la police n'est-elle pas déjà là ?

— Il fait les cent pas dans le jardin. Il n'arrête pas d'aller et venir. Qu'est-ce qu'il fiche ?

— Bon sang, ils font quoi les flics ? », ai-je crié.

Silence.

« Qu'est-ce qu'il y a ? Où est-il ? ai-je hurlé dans le téléphone.

— Je ne le vois plus. »

J'ai entendu la sonnette.

« C'est la police, a annoncé ma femme.

— Rappelle-moi.

— O.K. », a-t-elle confirmé et elle a raccroché.

Je me suis retourné et j'ai vu les vestiges de la fête. Les bouteilles vides, les sachets de chips éventrés, la piscine et autour les invités endormis sur leurs chaises longues – parmi eux, la diplomate qui connaissait Aung San Suu Kyi, et Putu, à peine réveillée, qui me souriait. Stefan est venu me demander ce qui se passait. Je lui ai raconté, il fallait que je parte sur-le-champ. Il comprenait bien sûr et m'a demandé s'il pouvait faire quelque chose.

« Tu peux te charger de raccompagner la fille chez elle ?

— T'inquiète », a-t-il répondu.

On s'est donné une accolade, j'ai jeté un coup d'œil en direction de Putu, visiblement déconcertée. Puis j'ai traversé la ville endormie en scooter jusqu'à mon hôtel. J'ai rappelé ma femme, la police était toujours là, elle me tiendrait au courant, m'a-t-elle répondu. J'ai fait mes bagages, payé ma chambre et commandé un taxi pour l'aéroport.

Rebecca m'a rappelé et expliqué que la police était allée voir Tiberius pour le mettre en garde.

« Une mise en garde ? C'est tout ?

— Oui, c'est tout.

— Et la violation de domicile ?

— Non, il n'a pas essayé d'entrer dans l'appartement. »

Je ne comprenais pas. Cet homme s'était introduit dans notre jardin ce qui, de mon point de vue, constituait une violation de domicile.

« Ce type nous harcèle, il doit bien y avoir un moyen de faire quelque chose ! »

J'ai entendu la sonnerie de l'interphone, Mathilde, la meilleure amie de ma femme, venait d'arriver. Elle allait passer la nuit à la maison, Rebecca ne se sentait pas le courage de rester seule ici avec les enfants. J'ai eu l'impression qu'elle avait prononcé le mot *seule* avec emphase. Je lui ai annoncé que je prenais le premier avion. Je m'apprêtais à lui dire bien d'autres choses lorsque j'ai distingué la voix de sa meilleure amie. Rebecca m'a dit au revoir et a raccroché.

J'ai acheté un billet pour Berlin via Singapour et Paris. Il ne restait plus qu'une place en business class, départ à 18 h 05, soit pas avant huit heures. J'ai attendu au Starbucks dans le hall de départ du petit aéroport de Denpasar, buvant un expresso après l'autre et regrettant toutes les décisions que j'avais prises ces deux derniers mois et aussi celles que je n'avais pas prises : remettre Dieter Tiberius à sa place, rester auprès des miens. Je regrettais mon voyage à Bali et d'avoir ramené Putu à la fête. Où avais-je la tête ? Il ne s'était rien passé, c'était déjà ça. J'ai réfléchi à ce qu'il me restait à faire : consulter notre avocate, aller trouver le propriétaire de M. Tiberius, parler à la police. Dieter Tiberius devait quitter le sous-sol, c'était non négociable, il n'y avait pas de réconciliation ni d'arrangement possible, nous ne pouvions plus vivre sous le même toit que cet homme. J'ai tapé *harcèlement* dans Google et parcouru quelques sites. Malheureusement, on n'avait aucun recours tant qu'il n'y avait pas eu de violence avérée. Je me suis senti anéanti puis relativement optimiste. M. Tiberius ne pourrait pas s'en sortir, pas dans notre pays, pas dans un État de droit. En début d'après-midi, j'ai appelé ma femme. Elle pleurait, elle n'avait pas réussi à dormir. Je lui ai promis de tout faire pour nous débarrasser au plus vite de ce salopard. Ma femme m'a répondu qu'elle irait dormir avec les enfants chez son amie. J'ai parlé à Paul et à Fee, je leur ai dit ce que je leur disais à chacun de mes voyages : qu'ils me manquaient, que je serais bientôt à la maison et que, oui, nous irions au zoo. Ma voix s'est brisée, j'avais les yeux baignés de larmes. J'ai dormi durant tout le vol de Denpasar à Singapour, aussi bref soit-il.

Après l'atterrissage, j'ai tout de suite rallumé mon portable et attendu impatiemment d'obtenir du réseau. Rebecca avait laissé deux messages : *Rappelle-moi de toute urgence* puis *Pourquoi tu n'appelles pas ?* Ce que je me suis empressé de faire.

Dieter Tiberius avait laissé une lettre sur le paillasson, trois pages manuscrites. Il disait nous soupçonner depuis quelque temps d'abuser de nos enfants, voilà pourquoi il s'était mis à nous observer depuis le jardin. Il avait des preuves et comptait les remettre à la police. J'ai éclaté de rire : « Nous le tenons, ai-je répondu. Avec sa saloperie de lettre, on va très vite pouvoir le mettre dehors.

— Et si la police le croit ? a demandé ma femme.

— Elle ne le croira jamais, ai-je répondu, tout ça est absurde. »

Ma batterie était vide. J'avais deux heures d'attente avant mon vol pour Paris. Je me suis d'abord mis en quête d'une boutique vendant des adaptateurs. J'avais bêtement laissé mon adaptateur universel dans ma valise, voilà à quoi ressemblait le citoyen du monde que j'étais. Je me hâtais, passant devant un nombre impressionnant de boutiques – parfums, vêtements, électronique, alcool, toutes les grandes marques étaient représentées – avant de tomber enfin sur un adaptateur. Il ne me restait plus qu'à trouver une prise. Direction les toilettes où je branchais mon portable dans une prise destinée aux rasoirs électriques. Des hommes entraient et sortaient, je les entendais pisser, certains poussaient des soupirs, d'autres se lavaient les mains juste à côté de moi, je voyais leurs yeux fatigués se refléter dans la glace. L'un d'eux m'a regardé d'un air surpris. Qui voyait-il ? Un violeur d'enfant ?

Mes espoirs s'étaient envolés. « Et si la police le croit ? », s'était inquiétée ma femme. Ce n'était pas impossible. Les autorités se montraient particulièrement intraitables dans les affaires d'abus sexuel sur enfants, à juste titre d'ailleurs. Un film s'est alors joué dans ma tête, un film que j'avais vu des milliers de fois, avec une netteté et une profondeur de champ aussi réelles qu'au cinéma. Tout commençait par un travelling dans une banlieue résidentielle américaine – étrangement nous étions aux États-Unis ou peut-être pas si étrangement que cela en fait puisque tous les films que nous regardons ou presque sont américains. Nous imaginer en personnages de films, c'est forcément nous imaginer dans un décor de ville ou de campagne américaines. Il s'agissait d'une banlieue proprette où toutes les maisons se ressemblent : décoration à l'identique, gazon parfaitement entretenu, voiture de moyenne gamme garée dans l'allée. Le plus terrible dans ces banlieues résidentielles et aseptisées, c'est que le moindre écart se remarque comme le nez au milieu de la figure. Rien que des gens bien sous tous rapports, si ce n'est pas votre cas, vous êtes tout de suite repéré. La caméra s'arrête devant l'une des maisons, s'immisce par une fenêtre et montre le bonheur simple et entier d'un foyer. La famille est en train de prendre son petit déjeuner, une jolie épouse, un mari sérieux, deux enfants adorables. Nous sommes cette famille. Et voilà qu'apparaît le harceleur, il rôde autour de la maison, un type sordide, laid, aux vêtements sales, un vrai méchant déterminé à détruire la pureté de ce bonheur. Au départ, la famille semble inébranlable, puis soudain, l'histoire bascule : un travailleur social trop zélé, un avocat corrompu, un journaliste en mal de scoop et une opinion publique défavorable. À la fin, les enfants atterrissent dans un foyer, le père est en prison et la mère doit faire le trottoir pour survivre. Image de fin : la maison dans le crépuscule, avec, au premier plan, un panneau : *À vendre*. L'illusion du film demeurait simple et entière. Ce qui n'était pas le cas de notre famille.

Mon portable s'est rallumé, j'ai rappelé ma femme. Je lui ai dit que nous n'étions pas des violeurs d'enfants, que tout le monde le savait et qu'il ne fallait pas avoir peur.

« Où es-tu ? », m'a-t-elle demandé. Avait-elle entendu le bruit des pissotières ou de l'eau qui coulait ?

— Aux toilettes pour hommes, ai-je répondu.

— Pourquoi me téléphones-tu des toilettes pour hommes ? » Je lui expliquais que ma batterie était déchargée.

« N'aie pas peur, ai-je supplié – un homme m'a dévisagé, probablement un Allemand –, je t'appelle dans dix minutes », ai-je ajouté. J'ai raccroché et attendu. Mon portable chargé, j'ai rangé mes affaires, et je suis sorti presque en courant pour appeler ma femme. Elle n'a pas décroché, ni sur le fixe, ni sur son portable. J'ai retraversé l'aéroport, comme sous hypnose, et tandis que défilaient à nouveau les boutiques de luxe, j'entendais les haut-parleurs annoncer les départs pour Kuala Lumpur, Bangalore, Melbourne, Los Angeles, Phnom Penh.

Je connaissais Singapour, pour y être allé trois ans auparavant lorsque Stefan y travaillait. Je me souviens de ce grand dîner au Raffles Hotel et de mon agacement au milieu de tous ces Européens, de tous ces expatriés venus des démocraties occidentales bien à leur aise dans un État où la famille de Lee Kuan Yew régnait depuis des décennies d'une main de fer, et où l'on pratiquait encore les coups de canne et la peine de mort. Pourtant, au moment du plat principal, tout le monde avait loué l'ordre et la sécurité qui régnaient dans le pays. Alors que j'attendais dans la salle d'embarquement, j'ai songé : *Si tout cela m'était arrivé à Singapour, ils en auraient fini depuis longtemps avec Dieter Tiberius. Il aurait été condamné à mort.* Cette pensée constituait, si ma mémoire est exacte, mon pas suivant vers la barbarie.

Durant le vol pour Paris, impossible de fermer l'œil. J'allais par trois fois aux toilettes afin de consulter mes messages, redoutant un appel de la DDASS. Mais rien de tout cela. Je regardais trois films sans le son – un de Woody Allen, un avec Clint Eastwood, et un Harry Potter, j'ignore lequel – tout en suivant sur l'écran le petit avion qui se rapprochait de Paris. Pendant ce temps, un autre film défilait dans ma tête – mon film américain, interrompu par des pensées lugubres où je m'en prenais à M. Tiberius : un nez cassé, des hématomes un peu partout sur le corps. L'instant d'après, j'étais redevenu le citoyen modèle d'un État modèle où prévalait la loi. Nous avions agi dans le respect des lois, et continuerions de le faire, et la loi nous protégerait. Dieter Tiberius pouvait commencer à faire ses valises.

Charles-de-Gaulle, un autre aéroport – je hais les aéroports – l'attente une fois encore. Et puis Berlin, enfin. Ma femme m'attendait avec Paul et Fee, une longue étreinte délestée des dernières années de chaos de notre couple. Dans la voiture, sur le chemin du retour, je parlais à mes enfants des cerfs-volants en forme de vaisseau et des chiens sur la plage. Notre maison, immaculée dans la lumière du petit matin, semblait si calme, si paisible, aucun bruit aux alentours. Notre maison telle que je l'avais toujours connue et pourtant si différente.

13.

Au fond, je n'ai jamais eu de chance avec les maisons. Et avec la propriété en général. Tant que nous étions locataires au sixième étage dans le Foxweg, tout allait bien pour moi. Mes ennuis ont commencé quand nous avons emménagé dans notre maison à Frohnau – même si ce ne fut pas immédiat. Nous avons déménagé en 1973, je venais juste d'avoir dix ans. Je n'ai presque pas de souvenir des quelques années qui ont suivi, du moins aucun souvenir vraiment personnel. Bien sûr, je me rappelle où j'ai vu la finale de la Coupe du monde de football en 1974 : au club des supporters du Wacker 04, où on avait célébré la victoire de l'Allemagne avec des boulettes de viande et de la Fassbrause. Je me souviens aussi de la démission de Willy Brandt et de la réaction de mon père : « Faudrait fusiller le Guillaume ! » Pour moi, cela tombait sous le sens, Guillaume était un espion et, comme tous les espions de mes livres, il méritait un tel châtiment. Chez nous, on ne parlait pas des armes de mon père. Nous vivions avec elles, c'est tout. Ce qui ne m'empêchait pas d'être conscient que dans d'autres familles, les pères ne sortaient pas de chez eux avec une arme à feu. Au départ, je le soupçonnais d'avoir deux casquettes chez Ford Marschewski, celle de chef de la sécurité et celle de commercial. Sauf qu'ils gardaient très peu d'argent liquide sur place, il devait donc s'agir d'autre chose. J'ai alors songé à une double vie : mon père était tueur à gages ou à la tête d'un réseau mafieux, et nous, sa famille, étions sa couverture. Ou bien agent secret. Berlin grouillait d'agents et, avec les années, le rôle de ma ville natale dans la guerre froide m'était apparu de plus en plus clairement, nous étions au cœur d'une lutte entre deux systèmes, entre le bien et le mal. Ford n'était-elle pas une entreprise américaine susceptible de fournir une couverture pour des agents du gouvernement ? J'ai eu beau observer de près mon père, rien. La semaine, il quittait chaque jour la maison à huit heures moins le quart et rentrait à dix-neuf heures quinze. Nous dînions, puis nous discutions ou jouions au salon avec ma mère, pendant qu'il lisait, assis sur le sofa, ou nettoyait et lustrait son arme. Jamais je n'oublierai l'odeur du Ballistol. Le samedi, il partait au stand de tir – accompagné désormais de ma sœur – et le dimanche nous avions notre promenade dans la forêt de Grunewald.

Il m'arrivait de lui rendre une petite visite surprise chez Ford Marschewski, afin de vérifier qu'il était bien là. Et force était de constater qu'il était toujours fidèle au poste, jamais je ne l'ai surpris dans une situation délicate, prenant hâtivement congé d'un homme caché dans l'ombre ou raccrochant le téléphone avec fébrilité. En revanche, quelque chose avait changé au cours des dernières années. Les acheteurs potentiels ne s'extasiaient plus devant ces belles mécaniques, ils se comportaient désormais en connaisseurs. Chez Ford Marschewski, il n'était plus le roi, mais peu importait, puisqu'il était agent secret – je n'en démordais pas. Comme j'aurais aimé pouvoir dire à mes amis que nous n'étions pas la famille ordinaire qu'ils pensaient, mais une famille comme on en voyait à la télévision. Seulement c'était impossible, interdiction formelle de parler des armes de mon père, et ce, sous aucun prétexte. Je n'en avais même pas pipé mot à Klaus Karmoll, qui m'attendait parfois à la sortie de l'école pour me mettre une raclée sans aucune raison. Il était plus vieux, plus fort que moi ; je ne faisais pas le poids. Je lui aurais volontiers raconté que nous avions un Colt, à la maison, quelques fusils et même des pistolets, parmi lesquels un Walther PPK dont j'avais appris à me servir. Je me taisais pourtant et j'encaissais les coups, persuadé qu'un fléau s'abattrait sur nous si la vérité sur les armes de mon père venait à se savoir. Mon père a toujours craint qu'on nous cambriole ou que des voyous en manque d'armes ne lui tombent dessus, voilà pourquoi leur présence dans la maison ne m'a jamais rassuré.

Une anecdote m'est revenue en mémoire. C'était un samedi, mon père, contrairement à son habitude, ne s'était pas rendu au champ de tir. Je devais avoir treize ans et ne croyais plus à cette histoire d'agent secret. Pour moi, mon père était tout simplement un fondu d'armes. Ce samedi-là, il est revenu à la maison les bras chargés de paquets et de grands sacs qu'il a entreposés dans notre salon – avec interdiction à quiconque d'y toucher. Évidemment, nous nous sommes faufilés autour de cette montagne de plastique et de papier et avons vite saisi de quoi il s'agissait : une tente et tout un arsenal de survie pour une équipée en haute montagne. J'étais aux anges, enfin un peu d'action, l'aventure pouvait commencer, mon père et moi – le compagnon de route.

J'étais par ailleurs étonné, ma relation avec mon père s'était détériorée. Durant ces trois années de relative tranquillité entre 1973 et 1975, je l'avais en quelque sorte perdu. J'ignore ce qui s'était passé. Je ne parviens pas à isoler un événement en particulier, nous nous sommes éloignés progressivement sans que je m'en aperçoive. Je me souviens seulement que vers 1975, nos relations n'étaient plus au beau fixe. Impossible de me souvenir d'une conversation, ou d'un moment passé ensemble. Il ne venait plus me voir jouer au club de foot Wacker 04 depuis des années ; non pas que je fusse un mauvais gardien, pas au point, en tout cas, de lui faire honte. Il ne venait plus c'est tout, que ce soit à notre match contre Hertha Zehlendorf ou à celui contre Hertha BSC – ça valait le détour pourtant ! À treize ans, j'ai quitté l'équipe et il n'a plus eu l'occasion de venir voir son fils. Une peur mystérieuse, celle de me retrouver seul dans ma cage, s'était emparée de moi. À l'époque, on ne nous formait pas aux tactiques de jeu comme aujourd'hui. Les chances de marquer un but relevaient plutôt de l'attaque par surprise. Les défenseurs de mon équipe, qui rêvaient tous d'être attaquants, se trouvaient toujours à l'autre bout du terrain. Ils perdaient le ballon, trois joueurs de l'équipe adverse chargeaient dans ma direction, et il n'y avait personne pour venir à mon secours, pas de maillot mauve en vue. J'en avais eu tellement marre que j'avais demandé à changer de poste. Il s'est révélé que je n'étais juste pas assez doué, c'est ainsi que ma carrière de footballeur avait pris fin. En y songeant, je ne me rappelle pas avoir jamais vu mon père assister à un match, mais je suppose qu'il est venu quelques fois quand j'étais petit.

Il avait pourtant acheté l'équipement pour le voyage que nous avions jadis planifié, et je m'en réjouissais. Si seulement j'avais pu l'accompagner pour choisir le matériel, mais sans doute préférait-il me faire la surprise.

J'avais passé l'après-midi chez un ami ; à mon retour, la tente était montée dans le jardin. En ouvrant la fermeture Éclair, je suis tombé nez à nez avec un sac de couchage et un matelas de camping. Mes affaires se trouvaient sûrement dans ma chambre, mais après vérification : rien. Je suis redescendu au salon ; ma mère jouait avec mon frère et ma sœur, mon père lisait – un petit bonjour et il s'est replongé dans son magazine. J'ai joué une partie de dames chinoises et, comme personne ne pipait mot, je me suis carapaté au premier étage où j'ai passé un temps infini dans la baignoire à ruminer – tout cela était incompréhensible. En retournant dans ma chambre, enveloppé dans une serviette éponge, j'ai jeté un œil par la fenêtre et aperçu de la lumière dans notre tente d'alpinisme. En colère, j'ai monté quatre à quatre l'escalier en colimaçon qui menait à la chambre de ma sœur, au grenier.

« Qu'est-ce que tu me veux ? m'a-t-elle demandé d'une voix peu aimable – notre relation laissait à désirer.

— Rien, ai-je répondu sèchement en rebroussant chemin.

— Tu n'as rien à faire ici ! », s'est écriée Cornelia.

Cornelia est morte il y a plusieurs années et ces souvenirs sont douloureux. Il y a cette photo de nous deux, posée sur l'étagère de la bibliothèque, ma mère me l'a offerte pour mon dernier anniversaire. Un cadre doré, je dirais douze centimètres sur douze, avec un passe-partout mauve aux motifs floraux. C'est une petite photo, une miniature presque, ma sœur doit avoir quatre ans, et moi, en toute logique, trois. Elle porte des couettes et une petite robe, quant à moi, j'ai la coupe à ras et des culottes courtes. Nous nous tenons la main, ma sœur me devance d'un demi-pas, joyeuse et déterminée, comme si elle guidait sur le chemin de la vie le petit garçon introverti qui la suit.

« Voici la sœur que je n'ai jamais eue, ai-je dit un jour à ma femme en regardant la photo.

— C'est peut-être celle que tu avais à l'époque. »

Sa remarque m'avait stupéfié. Jamais je n'avais envisagé les choses sous cet angle : dans mon esprit ma sœur était la méchante contre laquelle je me battais pour lui ravir la première place. À force de nous faire du mal, nous avions fini par n'éprouver aucune affection l'un pour l'autre, et ce n'est qu'à vingt ou vingt et un ans que nous avions commencé à mieux nous entendre sans pour autant devenir vraiment proches. Même juste avant sa mort.

J'étais soulagé que ma sœur ne soit pas conviée elle non plus sous la tente, elle ne deviendrait pas son compagnon. Mon père entreprendrait son grand voyage sans moi, ce qui me peinait. Je suis resté éveillé longtemps ce soir-là, me relevant sans cesse pour observer le jardin depuis ma fenêtre. L'ombre de mon père se dessinait sur les parois. Il était sans nul doute plongé dans la lecture d'*Auto Moto et Sport*, à la lumière d'une torche suffisamment puissante pour l'ascension nocturne du mont Everest sous une tempête de neige. Puis ce fut le noir. À mon réveil, la tente avait disparu. On ne l'a plus jamais revue. Mon père avait renoncé à son grand voyage. Même en solitaire. À ma connaissance, il n'a jamais voyagé sans sa femme et ils ne sont jamais allés plus loin que le lac de Garde en Italie du Nord, où ils avaient loué une chambre dans une pension. Mon père était un rêveur, quelqu'un qui n'osait pas se lancer mais qui, toute sa vie, a cru le contraire. Au fond, c'était un éternel optimiste.

14.

Mon père se montrait parfois irritable, voire colérique, et les choses ont empiré lorsque j'ai atteint l'adolescence. Il pouvait se montrer d'une humeur massacrante pendant des jours entiers et personne, pas même ma mère, ne parvenait à l'en sortir. Il restait sur le canapé à ruminer, prêt à exploser à tout moment. Même dans nos chambres, il fallait écouter la musique en sourdine sous peine de recevoir sa visite. Une fois, cela m'avait coûté mon tourne-disque, quand mon père avait arrêté de force un morceau des Pink Floyd.

C'est à peine si nous nous parlions ou si mon père me remarquait, mais il n'était pas le seul responsable. La révélation, je l'ai eue adolescent, lorsque mes professeurs et amis m'ont fait remarquer que j'étais un garçon intelligent. Non pas que mes parents soient idiots, pas du tout, mais ils n'ont pas eu la possibilité d'étudier. Mon père n'a pas eu son bac et ma mère a dû quitter l'école à quatorze ans, faute de moyens. Je me suis bientôt senti plus intelligent qu'eux et, à ma grande honte, je ne me privais pas de le leur signifier. Ma mère prenait part vaillamment à chaque débat que je lui imposais, même si je n'hésitais pas à me moquer d'elle. Lorsque je prenais la parole pendant le dîner, mon père se levait de table et s'asseyait dans le canapé. Il lisait ou nettoyait ses armes – mais je savais qu'il écoutait. Je savais aussi qu'il finirait par se lever et par crier. Alors je quitterais la pièce, un sourire narquois aux lèvres, le cœur battant. Et une fois dans ma chambre, je n'aurais qu'une peur, qu'il débarque avec son arme pour me tuer.

J'avais quinze ou seize ans, je savais désormais que mon père n'était ni un agent secret, ni un simple tireur sportif, pas plus qu'il n'était véritablement chasseur ou amateur d'armes. En réalité, il ressentait le besoin de se protéger ; il avait peur. J'ignorais de quoi, il n'y avait, selon moi, aucune raison objective. Il n'était pas du genre à traîner sur la Stuttgarter Platz ou dans des quartiers mal famés, pas même dans un bar ordinaire où il aurait pu, après quelques bières, se retrouver pris dans une rixe. Quand il ne travaillait pas, il restait le plus souvent à la maison. Je le voyais toujours enfiler son holster avant d'accompagner ma mère faire les courses. De quoi avait-il si peur ? Pourquoi ne lui ai-je jamais demandé ? Je pourrais le faire maintenant, mais pas en présence de M. Kottke, or, par définition, M. Kottke est toujours présent lorsque je rends visite à mon père.

Impossible d'ignorer que mon père se promenait avec une arme, non pas dans l'unique but de tirer sur des cibles, mais sur des gens aussi – en cas de danger, j'imagine, car il n'était pas du genre à tirer le premier. Il apprenait à manier le revolver ou le pistolet en cours d'autodéfense et je le voyais s'entraîner à la maison. Il portait un holster de ceinture, lançait une pièce en l'air et dégainait son arme. Il ne tirait pas : le but était de dégainer avant que la pièce de cinq marks ne retombe sur le sol. Mon petit frère aimait le regarder. Quant à moi, je m'éclipsais dans ma chambre dès qu'il commençait.

Bruno a trois ans de moins que moi, et du temps de Foxweg nous partagions la même chambre. Il y a cette photo où on le voit assis dans une grande poussette, fixant l'objectif. C'est moi qui le pousse, moi le grand frère. Pourtant, je ne l'ai pas tout de suite porté dans mon cœur ; il fallait faire de la place dans ma petite chambre, sans compter que le bébé pleurait beaucoup. Plus tard, je lui demandais de ramasser les voitures que je lançais à toute vitesse sur mon circuit automobile électrique et de me les rapporter. En échange, il avait le droit de jouer avec. Je l'ai aimé avant même de connaître le mot, et je l'aime encore même si ce n'est pas toujours facile entre nous. Lorsque nous allions tous les deux chez Ford Marschewski, il se précipitait dans l'atelier, un endroit bruyant et crasseux que je n'appréciais guère – à l'époque, les ateliers sentaient encore l'huile de moteur, tandis qu'aujourd'hui ils ressemblent davantage à des laboratoires d'électronique. Il était aux anges lorsqu'un mécanicien l'autorisait à donner quelques tours de tournevis ou de clé à molette. Pour ma part, je préférais m'asseoir au volant d'une voiture neuve à l'odeur épicée, j'avais un faible pour celles avec des sièges en cuir.

Durant un temps, mon père a emmené mon petit frère au champ de tir, mais Bruno n'est pas fait pour la discipline or, comme mon père se plaisait à le répéter, la discipline est primordiale sur un champ de tir. Bruno, lui, se contentait de gesticuler avec son arme, ce qui avait le don d'énerver les autres tireurs. Le jour où mon petit frère a tiré sur un oiseau, mon père a mis un terme aussi sec à sa carrière. Seule ma sœur a persévéré ; elle a même été couronnée vice-championne dans une catégorie junior quelconque. La coupe trônait dans notre salon ; nous nous moquions, Bruno et moi, en partie par jalousie. Je ne mesure pas à quel point cela a pu être difficile pour mon père de se faire à l'idée qu'aucun de ses fils n'était doué pour le tir. Je sais en revanche qu'il m'a autant déçu que mon petit frère et moi l'avons déçu.

Un soir où je lisais allongé sur mon lit, j'ai entendu un coup de feu. J'ai dévalé l'escalier, effrayé à l'idée que mon père ait pu tuer mon petit frère. Bruno n'avait pas son pareil pour le mettre hors de lui. Mais Bruno était bien vivant, il jouait au Memory avec ma sœur et ma mère à la table de la salle à manger. Mon père, son holster à la ceinture, se tenait debout, face à la porte de la terrasse, et regardait fixement un trou dans la vitre. Sur le sol gisait une pièce de cinq marks. Visiblement, le coup était parti tout seul – une chance que personne ne se soit trouvé à proximité. De retour dans ma chambre, une idée a commencé à me trotter dans la tête : mon père gardait chez nous des armes chargées. Je savais que les munitions ne manquaient pas – les boîtes de cartouches aux couleurs vives s'entassaient parfois sur la table de la salle à manger. Mon père veillait cependant à les garder toujours séparées des armes et ne les sortait jamais en même temps. Mon père se montrait très à cheval sur les règles de sécurité.

15.

J'aimerais être bien clair, j'ai vécu une adolescence parfaitement normale. L'autre piège, quand on se pose en historien, c'est de faire la part belle aux événements dramatiques, d'y voir la preuve d'épisodes mouvementés, voire troublés. Nous avions une petite vie tranquille au contraire, surtout à la maison. Nous nous levions le matin, le petit déjeuner était prêt, nous allions à l'école, faisions nos devoirs, rencontrions nos amis, mangions le soir avec nos parents, discutions avec notre mère – tandis que notre père bouquinait tranquillement. Il ne s'immisçait que rarement dans nos conversations pour raconter un souvenir de jeunesse ou un incident survenu chez Ford Marschewski. Et quand il broyait du noir, nous l'ignorions. Nous menions notre vie à notre guise. Après le dîner, je retournais dans ma chambre pour lire ou écouter de la musique tandis que ma sœur et mon frère jouaient en bas avec ma mère. Quand Bruno montait se coucher, je lui lisais une histoire, nous bavardions un peu avant que notre mère ne nous rejoigne pour la prière du soir. Secrètement, je continue à remercier le Bon Dieu pour cette belle vie.

Nous avons connu aussi notre lot d'angoisse, cette peur latente – pour moi et surtout pour mon frère. L'époque du cintre était révolue, ma mère ne nous corrigeait plus, en revanche, elle nous privait de sortie, ou confisquait notre argent de poche, ce qui n'était pas sans douleur non plus. Mon petit frère, lui, continuait de recevoir des coups, de la main de mon père désormais. Lorsque Bruno le piquait au vif, mon père perdait tout contrôle. Je me souviens d'une fois où j'ai entendu mon frère hurler. J'ai dévalé les marches quatre à quatre – c'était désormais dans mes compétences –, je l'ai trouvé recroquevillé par terre, les mains en protection sur sa tête. Mon père, penché au-dessus de lui, aveuglé par la rage, faisait tomber sur lui une pluie de coups. Ma mère tentait de s'interposer, sans succès. « Hermann, criait-elle, Hermann, arrête ! » Au moment où il est tombé nez à nez avec moi, mon père a suspendu son geste avant d'assener un dernier coup. « Je vais te… », m'a-t-il dit dans un grognement. « Hermann ! », l'a coupé ma mère. J'ai emmené Bruno dans ma chambre. Il s'est laissé tomber sur mon lit en sanglotant. Je me suis assis près de lui et je lui ai caressé les cheveux. « Je vais le tuer ! », a-t-il murmuré entre deux sanglots. Le genre de phrase qui doit être prononcée plus souvent qu'à son tour dans une chambre d'adolescent ou bien pensée très fort ; elle n'avait toutefois pas la même résonance dans une maison remplie d'armes. « Calme-toi », ai-je répondu d'une voix inquiète. J'avais peur qu'entre-temps mon père soit allé chercher un pistolet ou un Colt dans le coffre de sa chambre et qu'il débarque pour nous tuer. J'ai collé mon oreille à la porte, rien, aucun bruit, j'ai fermé à clé. Nous avions presque fini d'assembler notre circuit Carrera quand la poignée s'est abaissée. Nous nous sommes figés de terreur, avant d'identifier la voix de notre mère. Je lui ai ouvert. Pour une fois, on pouvait voir qu'elle n'avait pas pleuré. Mon frère a refusé qu'elle le prenne dans ses bras, alors elle s'est assise derrière le bureau. Parler avec ma mère, même après une scène aussi violente, procure toujours le sentiment que tout va pour le mieux dans le meilleur des mondes. Ma mère et sa faculté d'arrondir les angles. Comme ce soir-là où elle a demandé à Bruno sur un ton très doux, presque compréhensif, de ne pas provoquer son père, oui, ce serait bien s'il cessait de le provoquer constamment.

« Mais je ne lui ai rien dit, a rétorqué Bruno.

— À moi si, tu as dit que j'étais sa domestique, et ce n'était pas gentil. »

Bruno s'était contenté de me raconter que papa avait perdu son sang-froid après l'avoir vu se disputer avec maman : « Il a jeté son journal par terre et il a bondi du canapé pour m'en coller une. »

« Je ne suis pas la domestique de votre père, a expliqué ma mère à Bruno, j'ai arrêté de travailler de mon plein gré, je l'ai fait aussi pour vous. »

J'imaginais sans mal la manière dont Bruno lui avait parlé, répétant son accusation encore et encore, chaque fois de manière plus agressive. C'était dans son tempérament, et dans le mien aussi.

« Ce n'est pas une raison pour tabasser les gens, ai-je dit.

— Votre père ne ferait jamais cela, a-t-elle rétorqué.

— C'est pourtant ce qu'il a fait », a hurlé Bruno.

Et voilà que recommençaient ces sempiternelles discussions avec ma mère. Nous lui rappelions à quel point notre père était violent et elle tempérait. Chaque fois que nous disions du mal de lui, elle prenait sa défense. De même qu'elle prenait notre défense lorsqu'il se mettait en colère contre nous. C'était son rôle : jouer les médiateurs, adoucir, apaiser. Elle parlait d'une voix sereine, comme si, au bout du compte, tout cela était normal et sans gravité. J'ignore au juste si elle le voyait ainsi. C'est possible. Lorsqu'on a traversé, enfant, la ville de Cologne en flammes, en pleine nuit, dans le vacarme des bombes et des sirènes, lorsqu'on a senti l'odeur de la chair humaine calcinée, vu des corps déchiquetés, on se dit probablement que le pire est derrière soi et qu'une querelle familiale n'est rien en comparaison. À moins que ma mère, qui avait été chassée de sa maison par les bombardements et avait perdu son père à la guerre, ait connu trop de malheurs dans sa jeunesse pour s'apitoyer sur son sort. Pour elle, le monde serait toujours parfait, peu importe que sa maison regorge d'armes. Ou peut-être savait-elle, en son for intérieur, que ses enfants ne couraient aucun danger, car personne ne connaissait son mari mieux qu'elle. Je ne sais pas. Il faudrait que je le lui demande un jour. Je sais en revanche que ma mère gardait toujours son sang-froid. Cette soirée ne faisait pas exception. Nous avons discuté une demi-heure, puis elle nous a souhaité bonne nuit, comme si de rien n'était, et elle est allée rejoindre son époux. J'ai verrouillé la porte derrière elle.

Mon frère et moi avons joué avec notre circuit automobile jusqu'à minuit. Puis j'ai installé le matelas de Bruno au pied de mon lit. Il n'a pas fallu longtemps pour que j'entende sa respiration lourde, paisible. De mon côté, impossible de fermer l'œil : je réfléchissais à la stratégie à adopter si mon père se décidait finalement à venir. « Je vais te… », avait-il dit, comment achever sa phrase autrement que par *tuer*, même si, avec le recul, je suis sûr que ce n'est pas ce qu'il avait en tête. C'était typique de mon père, prononcer une menace sibylline : « Attends un peu que je te… » Dans un foyer comme le nôtre, il ne pouvait pas faire pire. Tout était possible, y compris un coup de feu mortel. Cela m'a au moins appris une leçon : ne jamais menacer mes enfants et toujours les informer de ce qui leur pendait au nez s'ils ne changeaient pas de comportement, s'ils continuaient à jouer avec la nourriture ou à bombarder le chien de balles de tennis.

J'avais mûri une stratégie pour parer à l'assaut de mon père. J'avais un instant songé à protéger la porte avec mon matelas. Cette nuit-là, nous en avions même deux. Mais mon père pouvait très bien faire sauter le verrou. S'il faisait irruption dans la chambre, il nous faudrait sauter par la fenêtre, puis glisser le long du toit pour atterrir dans le jardin. Une question subsistait : qui de mon frère ou moi devait sauter le premier ? Il n'y avait pas d'option idéale. Si je sortais avant Bruno, il serait plus vulnérable mais je pourrais le réceptionner, une fois en bas. Non, il valait mieux le laisser sortir le premier – il réussirait à sauter sans peine. Une fois dans le jardin, il nous faudrait zigzaguer sur l'herbe qui, bien entendu, se révélerait un champ de tir rêvé, mais on pourrait compter sur l'obscurité – des nuages, pas de lune –, et tout au fond du jardin, à droite, des buissons nous abriteraient. Nous serions alors sauvés, jamais mon père ne nous trouverait dans les jardins avoisinants. C'était notre territoire.

« Je t'ai sauvé la vie ce jour-là », avais-je dit à mon frère des années plus tard, alors que nous prenions un verre dans un bar. C'était idiot, et faux par-dessus le marché ; j'ai vu la bouche de mon frère se crisper : « Dans ce cas, je ne veux pas d'une vie que je devrais à ta bravoure », m'avait-il rétorqué. Une stupide dispute avait éclaté entre nous que quelques bières avaient vite désamorcée. Cela ne fait aucun doute, lui et moi – les enfants rescapés de nos parents – avions peur. Rien de dramatique ne nous était jamais arrivé. Mon père ne nous avait jamais tiré dessus, il ne nous avait jamais mis en joue ni même menacé d'une arme. Nous avions grandi comme tout un chacun à l'abri des balles, mais la seule présence des armes changeait beaucoup de choses, elle ouvrait le champ des possibles et faisait planer une menace. Cela avait modifié notre manière de penser, parfois même, avec le recul, jusqu'à l'hystérie. Pour moi, la maison était l'endroit où l'on risquait de se prendre une balle.

Je sais où conduit ce raisonnement. Mes difficultés d'adaptation à un nouvel appartement, mes dîners en solo dans des restaurants étoilés ont peut-être un lien avec ces années d'adolescence où mon foyer m'apparaissait comme une menace. Peut-être y a-t-il du vrai là-dedans, mais je ne peux m'empêcher de trouver pareille interprétation un peu réductrice. Je ne suis pas la victime des armes de mon père. On peut aussi considérer les choses sous un autre angle : notre enfance était grisante, intense, avec ses moments forts.

Aujourd'hui je suis surtout frappé par les peurs qui tiraillaient mon père. Un incident, entre autres, nous avait laissés sans voix. Nous nous étions rendus en famille au grand magasin Karstadt dans la Schloß-strasse – pas en Ford M12, devenue trop petite, mais en Ford Granada. « Il nous faut de nouveaux habits pour l'hiver », avait déclaré ma mère. Nous avions tourné un bon moment sur le parking, une récompense – un Nuts – était promise au premier qui trouverait une place. « Là-bas ! », avait triomphé mon frère, au grand dam de Cornelia et moi. Mon père approchait tranquillement de l'emplacement quand, tout à coup, une Opel Kadett GTE de type rallye – elle était jaune et noire – avait déboulé par la gauche et nous avait bloqué l'accès. Nous ne pouvions plus avancer et, de son côté, impossible pour la Kadett de se garer, le virage était trop serré. Mon père s'était mis à fulminer, comme il savait si bien le faire, hurlant et gesticulant devant le chauffeur de la Kadett qui affichait un sourire malicieux. Nous étions demeurés dans ce statu quo un bon bout de temps ; j'ai senti la peur m'envahir peu à peu à l'idée que mon père descende de voiture et flingue le type. Il avait son revolver dans son holster d'épaule, je l'avais vu quand nous avions enfilé nos vestes. Puis mon père s'était calmé subitement, et j'avais paniqué : le calme avant la tempête, me suis-je dit. Contre toute attente, mon père n'était pas descendu du véhicule, il avait braqué son volant, appuyé sur l'accélérateur et circulé. Notre fratrie était sous le choc de ce dénouement, comment avait-il pu céder sa place à ce malotru ? Mon père, ce grand gaillard, serait venu à bout de lui, même sans avoir recours à son arme. Il n'avait pas pris la peine de chercher une autre place, nous avions filé à la maison à bord de la Granada plongée dans le silence. Mon petit frère avait bien tenté de réclamer son Nuts, au prétexte qu'il avait trouvé la place et que ce n'était pas de sa faute si mon père ne s'y était pas garé, mais ma sœur s'était empressée de lui mettre la main devant la bouche, avec mon approbation.

Je pense avoir beaucoup appris sur mon père ce jour-là. Il était incapable de se quereller, de s'imposer par des mots ou des gestes. En situation de conflit, sa seule option était de fuir ou de tirer – heureusement, il avait toujours choisi la fuite. Pourquoi ? Je l'ignore. D'après ses dires, il avait eu une enfance sans accroc – il était fils unique, ses parents possédaient un petit bistrot à Spandau. Il n'avait pas enduré les traumatismes de la guerre, ses parents l'ayant envoyé dans la ferme d'un oncle en Westphalie quand les bombardements s'étaient intensifiés. Mon père disait que sa mère le battait souvent avec un tisonnier et que son père, avant d'ouvrir son bistrot, avait été policier et qu'il rapportait son arme de service à la maison. Cette arme l'avait intrigué, ajoutait mon père. Plus tard, il s'était beaucoup disputé avec ses parents, ces derniers le pressant de reprendre l'affaire familiale. Sauf que lui, il s'était pris de passion pour les voitures et, après avoir raté son bac, il était devenu mécanicien, même s'il aurait préféré devenir ingénieur. Il n'a pas fait son service militaire : trop jeune pendant la guerre, trop vieux après. Tous ces faits peuvent-ils expliquer la vie si particulière de mon père ? Lorsqu'il sortira de prison, j'aurai un tas de choses à lui demander.

16.

Le matin qui a suivi mon retour de Bali, une lettre nous attendait sur le rebord de la fenêtre de l'entrée commune. *Pour Rebecca Tiefenthaler* était-il écrit sur l'enveloppe, et au dos : *Dieter Tiberius*.

« Elle est de qui cette lettre ? a demandé Paul.

— D'un ami », a répondu ma femme.

C'est à partir de là que nous avons commencé à *faire semblant*, même si ma femme avait probablement commencé durant mon absence. Nous sommes des parents plutôt enjoués, gais on peut dire, en tout cas la plupart du temps. Et nous n'avons pas varié d'un pouce, malgré les menaces de M. Tiberius, si ce n'est que dorénavant nous jouions un rôle. C'est le premier changement marquant auquel il nous a obligés : interpréter notre propre rôle devant nos enfants, sur la grande scène de notre vie. En arrivant à l'appartement, j'ai inspecté en éclaireur chacune des pièces. Tout semblait en ordre, c'était une belle journée, le soleil inondait les pièces. Ma femme s'est enfermée dans les toilettes – je savais qu'elle y lirait la lettre. Pendant ce temps, j'ai préparé le petit déjeuner des enfants et je leur ai raconté Bali, la mer, le surf.

« Imaginez-vous, papa sur une planche de surf », ai-je dit, la gorge nouée.

Tous deux ont éclaté de rire. Ma femme est revenue, le visage blême. Elle avait rangé la lettre dans un endroit auquel les enfants n'avaient pas accès.

« Papa a fait du surf, a dit Fee.

— Ça devait sûrement être drôle, a commenté ma femme.

— Super drôle, a renchéri Paul.

— Papa a été champion du monde de surf avant, suis-je intervenu.

— Ouah ! s'est extasiée Fee.

— C'est pas vrai », a croassé Paul.

Une pensée me hantait : voilà un dialogue entre des parents accusés d'avoir abusé sexuellement leurs enfants, et les enfants en question. Le plus affreux, c'était que Fee et Paul nous dérangeaient. Je voulais savoir ce qu'il y avait dans cette lettre, il fallait que je sache, mais impossible tant qu'ils étaient là.

« Allez, préparez-vous, on y va », ai-je dit en me levant.

Profitant que Rebecca soit en train d'aider les enfants à se préparer, je suis allé au garage en coupant par le sous-sol. J'ai tendu l'oreille en passant devant la porte de M. Tiberius : rien, pas un bruit. J'ai enfoncé la porte d'un coup de pied, et je me suis jeté sur l'homme endormi, mais seulement en pensée. J'ai sorti mon vélo du garage, puis celui de Paul, comme un somnambule. Ma femme m'a rejoint avec les enfants, elle avait fait le tour de la maison pour éviter de passer par le sous-sol. S'est ensuivi le petit rituel du matin : enfiler les casques, installer Fee dans le siège enfant et embrasser ma femme.

« Tu es sûre de ne pas vouloir venir ? lui ai-je demandé.

— Non, tout va bien », m'a-t-elle répondu avant d'embrasser Paul et Fee. J'ai déposé les enfants à l'école maternelle et j'ai foncé à la maison. Assise sur le canapé, ma femme parlait avec sa mère au téléphone, la lettre posée à côté d'elle.

« Je vais te lire ce qu'il a écrit, a-t-elle dit après avoir raccroché.

— Pas ici, allons dans la cuisine. »

Notre salon est situé juste au-dessus de l'appartement de M. Tiberius, notre cuisine au niveau de la buanderie. Depuis le salon il nous arrivait d'entendre Dustin Hoffman, ce qui signifiait que M. Tiberius pouvait, lui aussi, nous entendre. Nous nous sommes assis à la table de la cuisine et ma femme a commencé sa lecture à haute voix. Il y avait onze pages. Onze pages abjectes dans lesquelles M. Tiberius détaillait ce que, d'après lui, nous faisions subir à Paul et à Fee. C'est au-dessus de mes forces d'en citer ici des extraits, même si je me souviens au mot près de leur contenu, pour les avoir lues et relues avec un sentiment de dégoût indicible au cours des mois qui ont suivi. Je me contenterais de dire que la plupart des scènes décrites par M. Tiberius se passaient dans la baignoire ou dans la douche, d'autres dans notre chambre. Certains mots revenaient souvent comme *zizi* ou *minette*, les enfants criaient : *Oh là là, c'est chaud !* ou : *Ne frotte pas si fort.* Le plus perturbant pour moi c'est que ce récit n'était pas seulement les élucubrations d'un malade, il était également nourri d'éléments de notre intimité. Aucun doute, nos enfants ont bel et bien prononcé les phrases : *Ne frotte pas si fort* et *Oh là là, c'est chaud !* dans notre salle de bains. Aussi naturellement que n'importe quel enfant dans n'importe quelle salle de bains du monde. M. Tiberius, en nous épiant, avait mêlé ces éléments intimes à ses propres délires, et nous avait ainsi dépossédés du sentiment d'innocence dont nous avions tant besoin face à de pareilles accusations.

Avant même que ma femme ne soit venue au bout de sa lecture, je me torturais déjà. Quand avais-je mal réglé la température de la douche ? Quand avais-je frotté un peu trop fort avec une serviette un peu trop rêche ? Est-ce que le fait de laver de bon matin ses enfants avec de l'eau trop chaude et de les sécher à la va-vite avec une serviette trop rêche ne relevait pas d'une forme de maltraitance ? Avec sa lettre, M. Tiberius avait semé le doute dans nos esprits, et cela n'était pas près de s'arrêter.

Ma femme a posé la lettre sur la table de la cuisine et a déclaré : « Ce qu'il veut, ce sont nos enfants. » Je m'étais dit la même chose. Seul un pédophile était capable de faire un récit aussi détaillé de relations sexuelles avec des enfants. Elle a bondi et a hurlé : « Je vais le tuer ! – d'une voix de plus en plus stridente. Ce porc, ce cloporte, je vais le buter ! » J'ai enlacé ma femme. Nous sommes restés accrochés l'un à l'autre au milieu de la cuisine, durant un long moment. Je n'avais, je crois, jamais enlacé ma femme de cette manière après un de ses accès de colère, jamais de manière aussi spontanée du moins. Je me suis dit que tout irait bien entre nous à présent, que nous avions certes traversé une mauvaise passe, mais que, face au danger, nous avions su la surmonter. Je me trompais. Les relations de couple sont plus complexes que cela. Et je ne parle pas seulement de notre étreinte, qui m'avait un peu troublé, non. Une nouvelle image de ma femme m'était apparue, deux images en réalité. Dans la première, elle me lisait la lettre d'un ton presque monocorde, la voix parfois vacillante, tremblante même au moment de décrire les scènes où elle abusait de ses enfants. Dans la seconde, ma femme se trouvait avec Paul et Fee dans la baignoire ou sous la douche et leur faisait subir ce que M. Tiberius avait décrit. Je n'en croyais pas un mot, pas une seconde, et pourtant ces images tournaient dans ma tête, avec ma femme dedans. J'essayais de les ignorer mais elles revenaient me hanter, et puis d'autres se présentaient et, cette fois, j'y tenais un rôle.

17.

Cet après-midi-là, nous avions rendez-vous avec notre avocate. En chemin, nous avions fait un petit détour par l'école maternelle afin de nous assurer que les institutrices de nos enfants ne les confient *sous aucun prétexte* à une tierce personne. Une mesure qui, de toute façon, figurait dans le règlement intérieur de l'école : personne n'était autorisé à venir chercher un enfant sans l'accord préalable des parents et une présentation en bonne et due forme à l'institutrice. Mais nous avions besoin d'être rassurés, nous avions besoin de nous sentir utiles. Nous étions donc assis, main dans la main, dans le bureau de l'avocate occupée à lire la lettre de M. Tiberius. Un sentiment nouveau me taraudait, un sentiment dont j'aurais du mal à me défaire par la suite : Et si elle le croyait *lui* plutôt que nous ? Et si un doute s'immisçait dans son esprit ? Assis là, j'étais un homme sur lequel pesait l'accusation d'abuser de ses enfants, un homme qui, pour la première fois, se demandait comment prouver son innocence. Désormais, notre sort dépendait de la confiance et de la bienveillance des autres. Je me souviens avoir éprouvé un réel sentiment d'intégrité et de respectabilité, envers et contre tout. À mes yeux, M. Tiberius avait commis une erreur, je n'avais aucun doute là-dessus, et ce tissu de mensonges signait son éviction de la maison et de nos vies, pas sur-le-champ certes, mais dans les prochaines semaines à n'en pas douter.

« C'est ignoble, a dit l'avocate, je suis sincèrement désolée que vous deviez endurer tout cela.

— Ça relève de la diffamation, non ? C'est de la pure calomnie. »

À l'époque, je ne connaissais rien au droit ni aux termes juridiques, comme beaucoup je voyais grosso modo ce qui était légal et ce qui ne l'était pas.

« Avec cette lettre, ce ne sera pas difficile de le chasser de son appartement », ai-je poursuivi.

L'avocate m'a observé un moment sans rien dire. Elle portait ses cheveux bruns attachés et la veste de son tailleur-pantalon reposait sur le dossier de sa chaise Charles Eames. Autour de nous, des meubles USM Haller noirs, un autre rouge, un tableau de Dokoupil représentant un léopard, une gravure sur liège. Puis elle a fini par dire quelque chose qui m'a fait perdre toute confiance.

« Malheureusement nous vivons dans un État de droit.

— Pourquoi *malheureusement* ? s'est enquise ma femme sur un ton glacial.

— J'ai toujours pensé que c'était une chance, au contraire », ai-je renchéri.

L'avocate nous a jeté un regard compatissant avant de poursuivre froidement :

« Dans ce cas précis, ce n'est pas particulièrement un avantage. Je crains en effet que votre espoir, aussi légitime soit-il, de voir cet homme éloigné de votre domicile ne soit pas aussi simple à satisfaire.

— Nous pouvons tout de même porter plainte contre lui, ai-je déclaré naïvement.

« — Bien entendu », a répondu l'avocate, tout en énumérant un certain nombre d'articles de lois. Elle ferait le nécessaire, mais cela ne signifiait pas pour autant que M. Tiberius serait sommé de partir. C'était regrettable, mais dans ce pays il était presque impossible de déloger quelqu'un de chez lui, surtout lorsque son loyer était pris en charge par les services sociaux, ce qui semblait probable vu la situation de M. Tiberius. Elle avait tout un tas d'histoires sinistres concernant ses propres locataires ! Ses propos méprisants m'avaient déconcerté. Je n'avais encore jamais envisagé notre situation en termes de classes ou de privilèges sociaux et je n'avais aucunement l'intention de commencer. Ma femme a répondu que, pour elle, un État de droit signifiait une protection de la loi à l'égard de ceux qui la respectaient. Une laborieuse discussion s'est engagée entre elles, sur un ton de plus en plus vif, cela ne menait nulle part. Mon malaise grandissait, je croyais dur comme fer aux vertus d'une bonne conduite, et je craignais que l'avocate n'en vienne à douter de notre innocence si nous la contrariions. Je suis intervenu en lui disant que nous lui serions reconnaissants d'user de tous les moyens légaux pour déloger M. Tiberius. Elle a acquiescé. Après avoir fait une photocopie de la lettre et nous avoir fait signer une procuration, elle nous a raccompagnés. Si nous ne nous sentions pas en sécurité, elle pouvait nous procurer une arme. J'ai refusé d'un signe de tête, et nous sommes partis. Dans l'ascenseur, ma femme a explosé. Je ne me souviens plus de ses propos exacts, mais je sais que cela a duré le temps des cinq étages. Au rez-de-chaussée, elle pleurait et je l'ai serrée dans mes bras, impuissant. Je suis de ceux qui ont foi en la justice, il en a toujours été ainsi. Je crois que les lois existent pour permettre aux gens comme moi de vivre en paix. Et si cette paix devait se trouver mise à mal, alors les autorités se devraient de la restaurer. Cette confiance avait subitement volé en éclats dans le bureau de l'avocate. Pourtant, le temps d'arriver à la voiture, l'optimiste que j'étais, en digne fils de ma mère, avait repris le dessus : « La justice nous protégera. » Puis nous nous sommes rendus dans un magasin spécialisé dans l'autodéfense où nous avons acheté à ma femme une bombe au poivre.

Sur le rebord de la fenêtre de l'entrée nous attendait une autre enveloppe, plus mince cette fois-ci, laquelle contenait un simple feuillet : *Dans ma dernière lettre, j'ai oublié de préciser que j'avais déposé une plainte contre vous au commissariat.*

Nous avons passé en revue les différentes options et avons conclu que ma femme irait passer quelques jours avec les enfants chez sa mère à Lindau. Pendant qu'elle récupérait Paul et Fee à l'école, j'ai réservé un vol pour Friedrichshafen pour le lendemain matin. J'en ai profité pour effectuer quelques recherches en ligne sur notre situation légale en tapant des mots clés comme *diffamation* ou *harcèlement*, mais je n'ai rien trouvé susceptible de conforter mon optimisme. À l'époque, il n'existait encore aucune loi punissant le harcèlement, et je doute fort que cela nous aurait été utile. M. Tiberius n'était pas un harceleur, à proprement parler, même si nous le considérions comme tel.

J'ai consacré l'après-midi à jouer avec les enfants. Je suis un constructeur de Lego hors pair, rien d'étonnant somme toute pour un architecte, sauf que j'excelle à la fois dans la construction de maisons, de voitures et de bateaux. Paul et Fee ont parlé sans discontinuer, comme à leur habitude. J'écoutais d'une oreille distraite, mon attention était totalement accaparée par Dieter Tiberius et le danger qu'il représentait pour notre famille. Sans compter que les deux dernières nuits sans sommeil commençaient à peser. En entendant le bruit de sa chasse d'eau, j'ai ressenti une bouffée de haine comme jamais.

Une fois les enfants couchés, j'effectuai deux rondes autour de la maison, la première à vingt et une heures, la seconde à vingt-trois. J'étais sur les nerfs, je pouvais me retrouver face à Dieter Tiberius à n'importe quel moment. Je retenais ma respiration, épiant le moindre bruit, estimant le temps qu'il me faudrait pour atteindre le tas de bois à côté de la porte du garage et saisir une bûche – les voisins au dernier étage possèdent une cheminée.

Le lendemain matin, après avoir conduit ma famille à l'aéroport, j'ai abordé ce que je nomme aujourd'hui, avec le recul, ma « phase active ». Pour avoir une vue d'ensemble de l'histoire, mieux vaut la détailler. J'ai composé le numéro de la DDASS du Steglitz-Zehlendorf et demandé à parler au directeur. Je lui ai expliqué notre situation, les accusations terribles de notre voisin, fausses bien entendu, totalement fausses, d'ailleurs il pouvait venir le constater par lui-même.

« Qui êtes-vous ? », m'a-t-il demandé.

Je lui ai répété mon nom, avant d'ajouter : « Même si ce n'est pas de gaieté de cœur, sachez que nos enfants restent à votre disposition. »

J'avais lu des articles concernant des tests pratiqués sur les enfants pour déterminer s'ils avaient été abusés ou non. On leur demandait de dessiner. J'ignorais ce qu'il fallait ou non dessiner, mais je savais que Paul et Fee s'en sortiraient sans encombre. L'idée qu'ils puissent accidentellement dessiner une image suspecte m'a néanmoins traversé l'esprit, un arbre par exemple dans lequel le psychologue décèlerait immanquablement un symbole phallique. Une pensée terrible que je me suis empressé de chasser.

Le directeur de la DDASS m'a répondu que personne ne l'avait encore appelé pour déclarer qu'il n'avait pas abusé de ses enfants ; puis il a ajouté qu'il se pencherait sur la question et me tiendrait informé. Pour la première fois, j'ai pris conscience que nous versions dans l'hystérie, cela ne nous a pourtant freinés en rien. Nous étions prêts à tout pour empêcher Dieter Tiberius de s'approcher de nos enfants. D'où ma satisfaction après ce coup de téléphone. Plus tard, j'ai été contacté par un conseiller qui m'a informé s'être renseigné auprès de la brigade criminelle, une plainte contre X avait été déposée, « l'affaire » était aux mains de la police. Je n'y comprenais rien, cela n'avait aucun sens. Comment ça « contre X » ? M. Tiberius avait bien dû nommer les prétendus coupables.

« Que va-t-il se passer ? ai-je repris.

— Probablement rien », a répondu le conseiller.

Je craignais désormais qu'une vaste administration, régie par ses propres règles, ne prenne en charge notre cas – sans que nous en soyons informés ni que nous y soyons associés – et que nous finissions broyés par cette terrible machine administrative. J'ai appelé à mon tour la brigade criminelle. À ma grande surprise, j'ai obtenu un rendez-vous avec Mme Kröger, de la section des « délits contre la personne », l'après-midi même.

Mme Kröger avait les cheveux courts, teints en rouge cuivré, et portait un jean et une veste en jean. Au moment de lui serrer la main, j'ai remarqué qu'elle portait une arme dans son holster. Nous avons pris place à son bureau, où était posé un dossier fermé, pas très épais, pour ne pas dire mince. Ce qui était plutôt rassurant s'il s'agissait du nôtre et plutôt inquiétant s'il s'agissait de celui de M. Tiberius. Plus son dossier serait fourni et plus il y aurait d'éléments à charge contre lui. Derrière Mme Kröger était affiché un poster de deux chatons. Je lui ai expliqué notre « affaire », clamant au passage notre innocence, ce à quoi Mme Kröger a répondu que la police ne pouvait, pour le moment, rien entreprendre contre M. Tiberius, ne disposant d'aucun moyen légal.

« Et quand le pourrait-elle ? me suis-je enquis.

— S'il s'en prenait à votre femme ou à vos enfants.

— Il s'en est pris à ma femme, avec des mots.

— Physiquement, a précisé Mme Kröger.

— Ce qui signifie que la police interviendra uniquement s'il arrive quelque chose à ma femme ou à mes enfants ?

— Je ne peux rien vous dire d'autre.

— Je ne comprends pas. »

Elle m'a regardé sans piper mot. Un homme est entré dans le bureau :

« On va commencer, a-t-il dit.

— J'arrive, a-t-elle répondu avant de se lever.

— S'il vous plaît, encore une minute », ai-je protesté.

Elle s'est rassise.

« Dites-moi ce que nous devrions faire, selon vous.

— Essayer d'obtenir une ordonnance de protection auprès du tribunal.

— En quoi ça consiste ?

— Une ordonnance de protection interdirait à M. Tiberius d'approcher votre femme et vos enfants à moins de cinquante mètres, a répondu Mme Kröger.

— Et qu'en est-il de son accusation d'abus sexuels sur mineurs ?

— Il se peut qu'un psychologue procède à une expertise sur vos enfants. »

Pendant tout ce temps, Mme Kröger était restée de marbre. Pas une expression n'était passée sur son visage, aucun témoignage de sympathie. Je doutais fort qu'une enquête soit ouverte, pas plus sur Dieter Tiberius que sur nous. Durant notre échange, elle n'avait pas touché une seule fois au dossier, il n'était pas près de s'étoffer, ai-je songé tout en prenant congé. Au moins, je n'avais pas tout perdu. La notion d'« ordonnance de protection » me redonnait espoir. Si M. Tiberius ne pouvait approcher mes enfants et mon épouse à moins de cinquante mètres, alors il ne pourrait pas rester dans son appartement. Il serait contraint de déménager, et nous en serions débarrassés. J'ai essayé de joindre notre avocate, elle était en réunion. Je l'ai finalement eu deux heures plus tard : elle avait déjà envisagé de demander une ordonnance de protection, seulement il était peu probable qu'elle trouve un tribunal disposé à lui en délivrer une.

« Pourquoi pas ? ai-je demandé, une pointe de désespoir dans la voix.

— Parce qu'il habite dans votre maison, aucun tribunal ne l'expulsera.

— Essayez tout de même, l'ai-je prié.

— Très bien. »

18.

Le soir, je me suis préparé des tomates mozzarella avec quelques feuilles de basilic du jardin, puis j'ai appelé ma femme. J'avais à cœur de lui montrer que les choses progressaient ; j'enjolivais la situation, brandissant l'ordonnance de protection comme un signe tangible d'espoir en passant bien entendu sous silence les réserves de notre avocate.

Je lui ai dit qu'elle me manquait, ce qui était vrai.

« Tu me manques aussi, a-t-elle répondu. On va y arriver, hein ?

— Oui, l'ai-je rassurée, toi et moi, nous y arriverons. »

Il y a eu un instant de gêne, peut-être parce que nous n'avions pas éprouvé une telle affection l'un pour l'autre depuis longtemps. Puis elle m'a passé les enfants qui m'ont raconté leur joyeuse escapade sur le lac de Constance en bateau à vapeur.

J'ai regardé un match de foot à la télé, fait une ronde autour de la maison et je me suis couché à vingt-deux heures trente. Incapable de fermer l'œil, je suis resté les yeux rivés à mon réveil, au moins jusqu'à trois heures du matin, cherchant à comprendre pourquoi un danger me menaçait à nouveau dans ma propre maison. Non pas que je comparais notre situation à celle de mon enfance, encore moins M. Tiberius à mon père, seulement je ne pouvais nier une sensation de déjà-vu. Pourquoi moi ? me demandais-je en vain. Une autre question m'obsédait : la question de ma virilité. Je n'étais plus si sûr que l'État viendrait à mon secours, aussi devrais-je sans doute me résoudre à me débrouiller par moi-même pour nous débarrasser de M. Tiberius et protéger ma famille.

Un souvenir tournait en boucle dans ma tête : celui d'un réveillon fastueux, passé en famille, il y avait quelques années de cela. Nous avions invité mes parents, la mère de Rebecca et sa propre mère – l'arrière-grand-mère de mes enfants –, ainsi que Cornelia et son nouveau copain, Mircea. Mon petit frère était absent, il venait rarement aux réunions de famille. Cette fois-là, il avait annulé depuis Minneapolis-St. Paul où il avait obtenu un contrat *qui pourrait changer beaucoup de choses*, m'avait-il dit au téléphone avant d'ajouter qu'il m'enverrait un mail très bientôt, mail que je n'avais jamais reçu.

Cela faisait six mois que ma sœur était divorcée, elle fréquentait depuis deux mois un Roumain de Bucarest responsable d'une salle de fitness à Berlin, c'était d'ailleurs là qu'elle l'avait rencontré. Mircea était « spécial », m'avait prévenu ma mère, sauf qu'à première vue il m'avait paru somme toute gentil, ouvert, le cœur sur la main. Il était aussi d'une grande beauté, doté d'un corps vigoureux et de larges épaules. Un nouveau type de partenaire pour ma sœur, qui avait passé son existence avec des hommes doux et peu enclins à prendre des initiatives. Elle n'avait pas voulu d'enfants de son ex-mari, incapable, selon elle, de pourvoir à leurs besoins et, avant même qu'il n'ait pu lui prouver le contraire, elle l'avait quitté. Mircea, quant à lui, débordait d'énergie.

Depuis que ma femme se chargeait d'organiser Noël, nos réveillons revêtaient toujours un bel esprit de fête. Contrairement aux petits arbres malingres de mon enfance, Rebecca achetait des sapins Nordmann dont la cime se courbait sous les hauts plafonds du salon. Ma femme a un don pour ça, nos sapins sont toujours décorés avec goût et raffinement, parfois en rouge, parfois en blanc, parfois même dans des tons miel. Nous n'observons aucune tradition particulière, personne dans la famille n'étant pratiquant, à l'exception de Cornelia qui à l'âge de quinze ou seize ans s'était rapprochée du protestantisme. Elle était devenue depuis une fervente convertie. D'où ma surprise en rencontrant Mircea, dont la joie de vivre me semblait en décalage avec l'image que j'avais de ma sœur. Elle ne faisait pas de prosélytisme pour autant, nous laissant fêter Noël comme nous l'entendions. Nous nous rendions pour commencer à la messe, puis suivait la distribution des cadeaux qui, je suis au regret de l'admettre, transforme un peu plus chaque année mes enfants en de parfaits étrangers à mes yeux. Je ne peux l'exprimer autrement : Paul et Fee ouvrent leur montagne de paquets sans manquer de demander à la fin, avec une légère déception dans la voix, si *c'est tout*. Pendant cette demi-heure, je ne les reconnais plus. À Noël, nous n'entonnons pas les chants de circonstance, pas plus que nous ne récitons de poèmes ou de prières. Une fois les cadeaux ouverts, nous passons à table. C'est ma mère qui prépare le repas, selon un menu invariable : dinde farcie servie avec du chou rouge, des pommes de terre et des pommes cuites au four. En préambule, ma sœur récitait le bénédicité, une minute d'embarras pour nous qui ne savions que faire de nos mains. Sur la table ? Sous la table ? Les joindre ? Les superposer ? Où porter son regard ? Que penser ? À l'époque où je me comportais encore comme un crétin avec Cornelia, je me montrais condescendant, je crois. Par la suite, j'ai réussi à mettre cette minute à profit, à plonger dans une sorte de transe introspective, de neutralité intérieure. Mais c'était un peu tard, ma sœur est morte peu après.

Je me demande si nous aurions pu nous sortir plus brillamment de ce réveillon que la famille a baptisé ensuite « le désastre Mircea », si nous avions pratiqué des rituels plus établis. Nous aurions peut-être réussi à garder le contrôle de la soirée, en exigeant qu'elle se déroule comme bon nous semblait, à savoir sans dispute, sans heurts et dans la bienveillance. Notre idée de Noël s'apparentait à un cessez-le-feu en somme.

La soirée n'avait pas si mal commencé : Mircea se montrait charmant envers ma sœur et envers les autres femmes, y compris la grand-mère de Rebecca – toujours prompt à resservir de la sauce ou du vin dont il remplissait généreusement nos verres. Nous étions comme envoûtés par tant de gentillesse et d'attention qui, à dire vrai, n'étaient pas d'usage entre nous – du moins du côté de ma famille. Mircea nous avait enserrés dans la toile chatoyante de ses histoires, avec l'habileté d'un conteur. Il nous avait transportés comme par magie dans le gigantesque palais que Ceaușescu avait fait bâtir à Bucarest dans les années 1980. Nous avions erré à sa suite dans les appartements privés aussi vastes que des gymnases, au fil de couloirs sans fin, de coins et de recoins où personne n'avait jamais mis les pieds, nous avions admiré les chandeliers monumentaux, les robinets en or, nous avions croisé d'étranges personnages de l'ombre affairés, remplaçant la mosaïque au sol ou époussetant les rebords de fenêtres. Lui-même y travaillait comme électricien, vissant des milliers d'interrupteurs sur les murs du palais, sans jamais en voir le bout ni croiser âme qui vive. À l'entendre, on avait l'impression qu'il régnait sur ce royaume de pierre, il était l'homme de la situation, celui qui veillait à la bonne marche des travaux même lorsque la livraison du matériel prenait du retard. Si sa sympathie affichée pour le régime de Ceaușescu me dérangeait, j'y voyais surtout une forme de nostalgie délirante. Après que la révolution eut balayé le régime de Ceauşescu et de sa femme – je me souviens avec précision des photos de leur exécution – Mircea était parti à l'Ouest où, après quelques errances, il avait fini par atterrir à Berlin. Il avait commencé comme coach sportif avant de diriger une salle de fitness.

À ce stade de son récit – peu après les pommes au four –, j'avais commencé à ressentir un malaise. Mircea savait non seulement sculpter les corps, mais aussi soulager les âmes grâce à ses *dons de magnétiseur*. Ses mains, qui avaient vissé tant d'interrupteurs sur les murs du palais de Ceauşescu, avaient, selon lui, le pouvoir de guérir. Face à mon scepticisme, il avait bondi de sa chaise et s'était mis à masser la grand-mère de Rebecca qui se plaignait de douleurs à la nuque. Ne se sentait-elle pas déjà mieux ? Que pouvait bien répondre la vieille dame, âgée de quatre-vingt-douze ans, sinon oui ? Après m'avoir gratifié d'un regard triomphal, il avait poursuivi son massage tout en racontant que la semaine précédente, *des bandits*, comme il disait, s'étaient introduits dans sa salle de fitness pour y dérober son ordinateur et une chaîne hi-fi. « Que fait la police ? », avait-il demandé d'une voix goguenarde. Pour lui, la réponse était claire : « Rien. En Allemagne, la police ne fait jamais rien. » S'il était passé à la salle cette nuit-là, les voleurs ne seraient plus de ce monde à l'heure qu'il est. Il fallait se montrer impitoyable si on ne voulait pas que les choses s'enveniment, or en Allemagne les choses empiraient de jour en jour, sans que personne proteste. J'avais rétorqué que nous vivions dans un État de droit où la police résolvait le gros des affaires. « Ah bon ? », s'était-il exclamé, les mains toujours posées sur le cou de la grand-mère, avant de dresser une liste de vols et de meurtres pour lesquels la police n'avait jamais levé le petit doigt. Et dont les victimes se trouvaient, comme par hasard, être des proches à lui. J'avais jeté un coup d'œil à mon père qui, en son temps, aurait pu tenir ce genre de discours ; il avait beaucoup évolué depuis – il votait même pour les verts ! Il avait fixé Mircea, sans un mot, son regard semblait l'implorer d'être bon avec Cornelia même si ce n'était pas exactement l'image qu'il renvoyait à ce moment précis. « Les Allemands sont tout simplement trop mous », avait précisé Mircea. Tout ce qui les intéressait, c'était de bouffer et parler retraite, ils n'avaient plus l'énergie de se battre, voilà pourquoi l'Allemagne était en train de sombrer.

Je m'étais levé pour remplacer les bougies consumées du sapin. J'avais bien essayé une dernière tentative pour défendre notre pays, mais Mircea y avait coupé court : « Ce qu'il vous manque, ce sont des hommes. Vous avez de jolies femmes, avait-il ajouté en adressant un regard charmeur à ma sœur et à mon épouse, mais des hommes, des vrais, vous n'en avez plus. » Je me suis alors demandé si allumer les bougies du sapin était l'apanage des hommes ou des femmes. Le feu est communément associé à la cuisine, ce qui expliquait pourquoi les femmes en avaient la charge depuis la nuit des temps. Par conséquent, ma tâche ne s'avérait pas masculine – mais davantage féminine ou, selon un point de vue typiquement masculin : efféminée. D'un autre côté, j'avais vu des reproductions montrant des hommes des cavernes chassant des mammouths avec leurs torches. En ce sens, je perpétuais donc une longue tradition masculine, avais-je songé tout en allumant les bougies couleur miel avec mes allumettes extra-longues.

« Tant qu'il y a de jolies femmes », avais-je lancé dans une tentative un peu pitoyable pour détendre l'atmosphère. Mircea avait enchaîné avec une longue tirade contre les Allemands replets et nous l'avions regardé sans ciller lui accordant mollement notre blanc-seing, nous avions nos raisons. Nous savions déjà à l'époque que ma sœur était atteinte d'un cancer du sein. Son gynécologue l'avait diagnostiqué deux ans auparavant après être passé à côté pendant des années. Ma sœur passait des mammographies régulièrement, son médecin s'était tout simplement avéré incompétent. Lorsqu'il avait découvert la tumeur, les métastases avaient déjà atteint le foie – à ce stade, les chances de survie sont minimes. Ma sœur s'était battue avec une force et une énergie dont je ne l'aurais jamais crue capable : elle avait suivi une hormonothérapie, était devenue végétarienne et se levait tous les matins à cinq heures trente pour faire du taî-chi dans un parc. Le cancer avait disparu. Cornelia se pensait miraculée, et nous, sa famille, nous abondions dans son sens, pour son bien et le nôtre. Nous en savions assez long sur le sujet, même si nous ne l'évoquions jamais de vive voix : le cancer pouvait rester tapi avant de resurgir, surtout dans le cas de métastases hépatiques. Nous nous réjouissions donc de tout ce qui pouvait participer au bien-être de Cornelia, un homme ne pouvait lui faire que du bien, surtout après son divorce. Si elle avait choisi Mircea pour ses prétendus dons de guérisseur, je n'y voyais rien à redire. Peut-être la faisait-il tout simplement grimper aux rideaux. Après tout, ce genre de choses pouvait avoir des effets très bénéfiques contre le cancer. Pour rien au monde, nous ne nous serions mis en travers de son bonheur. C'est pourquoi nous n'avions pas bronché ce soir-là et pourquoi j'avais trahi mes convictions. Une double trahison en fait, car non seulement je n'avais pas réagi à l'énoncé de cette vision barbare et méprisante de l'État de droit, de la démocratie et de la civilisation, mais j'avais aussi espéré en mon for intérieur que mon père se rendrait dans la chambre d'amis où il avait dû ranger l'une de ses armes. À Noël, mes parents dormaient toujours à la maison, et nous avions dû encourager mon père à ne pas laisser son arme sous son oreiller, comme il le faisait habituellement chez lui. Dans ma colère, j'imaginais mon père sortir son arme et la coller sur la tempe de Mircea, pour qu'il cesse de débiter toutes ces conneries et qu'il constate par lui-même que nous savions encore nous défendre ! Ce soir-là, je m'étais montré lâche au regard de mon impuissance à défendre la civilisation, tout en succombant secrètement à la tentation de la barbarie.

Nous avions terminé le réveillon sans accroc. Mircea avait fini par se fatiguer, il s'était rassis et montré aimable envers nous tous. Ma sœur, qui était restée muette durant tout son réquisitoire, gazouillait à présent avec son amoureux comme si de rien n'était. Je n'étais pas mécontent quand ils ont enfin pris congé bien après minuit.

Voilà à qui je songeais durant mon insomnie. Qu'aurait fait Mircea à ma place ? Il y avait fort à parier qu'il aurait déjà liquidé Dieter Tiberius. Ou alors il l'aurait tabassé pour le forcer à déménager. Peut-être même qu'il l'aurait torturé. Si seulement Mircea avait été un beau-frère sur lequel j'avais pu compter… J'aurais pu lui passer un coup de fil et l'affaire aurait été réglée. J'avais honte de penser de la sorte. Sans compter que ça n'avait ni queue ni tête. Mircea était aussi mort que ma sœur ! Fauché dans un accident de voiture en Roumanie, avant même le décès de Cornelia. Jamais je n'aurais fait appel à lui. J'avais encore foi en l'État de droit, même si, dans notre cas, une brèche avait été ouverte.

Notre système démocratique n'est pas dénué de défauts, loin de là – la classe politique compte trop d'inconséquents. Pourtant je demeure convaincu qu'il constitue notre meilleure option. Dans une dictature, le pouvoir tomberait aux mains de ceux que je redoute le plus, la minorité des intelligents sans scrupule ; lesquels feraient alliance, pour asseoir leur pouvoir, avec des gens plus effrayants encore : la minorité des bêtes et méchants. J'ai peur de la dictature car j'ai peur de la soumission : les intelligents sans scrupule ordonnant aux bêtes et méchants de s'en prendre à moi au seul motif que je tiens à ma liberté. La démocratie, en revanche, est un mode de gouvernance envisageable pour tous ceux qui refusent la violence. Par le passé, on y aurait sans doute vu une forme de gouvernement pour les lâches. Dans ce cas, je veux bien m'inscrire parmi les lâches. Ma place dans la société, je la défends en débattant, en négociant et non avec les poings ou les armes. Nous les lâches avons tout intérêt à ce que l'homme ne soit pas un loup pour l'homme. C'est pour cela que nous avons fondé l'État de droit et créé la police pour l'imposer. L'inconvénient, c'est que nous sommes doués pour mettre en place une société protectrice, mais totalement incapables de nous défendre par nous-mêmes quand cette dernière échoue à le faire. Nous rechignons même à nous battre, de peur de voir nos précieuses cellules grises se répandre sur le trottoir. Rien ne nous rend à la fois aussi fort et aussi faible que notre cerveau.

Je me demandais, cette nuit-là, si j'étais l'homme de la situation, un homme, un vrai selon la tradition. L'État ne protégeait pas ma famille, moi seul étais en mesure de le faire. N'avais-je pas déjà échoué ? En ne défiant pas Dieter Tiberius dès le début ?

En bas M. Tiberius a tiré la chasse d'eau. Quelle humiliation, ai-je songé, d'entendre ce bruit, puis d'imaginer cet homme essuyer son gland – puisqu'il était si à cheval sur l'hygiène – avant de rentrer son pénis dans son pantalon de pyjama. Cet homme qui désirait la même femme que moi. C'est le problème avec les belles femmes, nous sommes nombreux à les convoiter, y compris des idiots et des malades mentaux. Et tandis que, épuisé, j'essayais de m'ôter cette idée de la tête, empruntant d'improbables détours, une image m'est soudain apparue : Putu se trémoussant en bikini léopard, le corps tendu, juché sur des talons hauts. C'est la dernière image dont je me souvienne avant d'avoir sombré.

19.

Mon premier réflexe en me levant a été de vérifier s'il y avait une nouvelle lettre sur le rebord de la fenêtre. Il n'y en avait pas. À neuf heures, j'ai quitté l'appartement pour le pressing situé non loin de la station de S-Bahn Lichterfelde-West. Il ne s'agissait pas d'une petite affaire familiale où l'on dépose une robe ou une chemise, plutôt d'une usine dédiée à une clientèle professionnelle : chambres d'hôtes ou restaurants locaux. Le propriétaire du pressing, un certain M. Walther, était le bailleur de Dieter Tiberius. Au comptoir, une femme m'a dirigé vers l'arrière-boutique ; j'ai franchi une lourde porte en acier et débarqué dans une espèce de petite remise où s'alignaient des machines dont de gigantesques lave-linge. Une chaleur moite me collait à la peau, de la vapeur dansait devant mes yeux, je percevais des grondements et chuintements. Des silhouettes en tablier blanc se découpaient entre les machines. Impossible d'identifier M. Walther à travers toute cette fumée. J'ai demandé autour de moi et l'ai enfin trouvé à côté d'une machine à laver, qui riait avec une jeune femme occupée à sortir des draps blancs du tambour. Il se souviendrait de moi, ai-je pensé, tout comme je me souvenais de lui. Mais non. Il ne me remettait pas. Après lui avoir rafraîchi la mémoire, je lui ai demandé si je pouvais m'entretenir avec lui en privé. La femme était moldave, elle ne comprenait pas un mot d'allemand, m'a dit M. Walther. Ma présence ne semblait en effet nullement la déranger et elle a continué d'extraire le linge de la machine comme si de rien n'était. Son locataire, me suis-je lancé, harcelait ma femme, serait-il envisageable de résilier son bail ? Continuer à vivre sous le même toit que M. Tiberius nous semblait tout bonnement inenvisageable. Je m'engageais, bien sûr, à lui trouver un nouveau locataire et à prendre tous les frais afférents à ma charge. J'avais parlé d'une voix forte afin de couvrir les grondements et chuintements des machines.

« Qu'est-ce qu'il fait, le Dieter ? a demandé M. Walther.

— Il écrit des lettres obscènes à ma femme. »

M. Walther ne paraissait guère troublé par ma révélation.

« Des lettres d'amour ?

— Non, des lettres obscènes. Du sexe, du sexe dégueulasse. »

Après avoir acquiescé en connaissance de cause, M. Walther a précisé ne jamais avoir eu de problèmes avec Dieter. Le fait qu'il l'appelle par son prénom ne me rassurait guère.

« M. Tiberius prétend que nous abusons sexuellement de nos enfants. »

La femme moldave m'a jeté un regard. Elle avait sorti tous les draps du tambour et les avait transférés dans un panier à roulettes.

« Que vous abusez sexuellement de vos enfants, a répété M. Walther sur un ton interrogateur.

— Nous n'abusons pas de nos enfants », ai-je répondu, conscient que le simple fait de se justifier vous transforme immédiatement en coupable idéal. Personne ne devrait jamais avoir à prononcer cette phrase. De la sueur perlait sur mon visage ; il faisait si chaud au milieu de toutes ces machines. À présent M. Walther m'observait avec intérêt, presque avec curiosité.

« Et comment Dieter en est venu à croire ça ?

— Je l'ignore. Tout ce que je sais, c'est que je n'ai pas envie de vivre un jour de plus sous le même toit que cet homme.

— C'est un bon locataire. Le loyer est payé par les services sociaux, au moins on est sûr de ne pas avoir de mauvaise surprise, a précisé M. Walther. Vous avez prévenu la police ?

— Oui, elle enquête pour le moment.

— Bien, dans ce cas, attendons le résultat et ensuite on en reparlera, d'accord ? »

Son ton n'était pas hostile, mais ça n'arrangeait pas mes affaires pour autant.

« Très bien », ai-je dit d'un air abattu.

Si seulement c'était ma femme qui était venue le voir, elle aurait su se montrer plus ferme ; nous avions mal réparti les rôles. D'un autre côté, elle ne pouvait décemment pas rester seule dans l'appartement avec ce Dieter Tiberius sous ses pieds. Je suis reparti au bureau, mais j'avais la tête ailleurs.

Cette nuit-là, j'ai eu de nouveau une insomnie, épiant le silence, me demandant si M. Tiberius était, lui aussi, allongé sur son lit sans dormir et s'il pensait à moi comme je pensais à lui. Dix mètres, quinze tout au plus nous séparaient l'un de l'autre. Deux hommes sous leur couette, la tête posée sur l'oreiller. Deux êtres paisibles en apparence dont les existences étaient tragiquement liées. D'un côté l'architecte aisé et bourgeois, marié avec une belle femme, deux enfants, de l'autre, un enfant de la DDASS, seul et sans emploi, bénéficiant du Hartz-IV, le minimum social.

J'avais l'avantage mais je redoutais qu'il ne se transforme en désavantage, que les travailleurs sociaux, les journalistes se servent de notre histoire comme d'un symbole de lutte des classes, d'un bras de fer entre le pauvre du sous-sol et la famille aisée à l'étage noble. À la fin, ce serait de ma faute, la faute de ma classe sociale contre laquelle M. Tiberius devait s'insurger. L'opinion publique voudrait le voir gagner et c'est ce qui se passerait. Mon cœur a commencé à s'emballer.

Le lendemain, je me suis rendu aux bureaux de la DDASS, dans le quartier de Steglitz-Zehlendorf. J'avais appelé au préalable, on m'avait signifié que je n'obtiendrais aucune information par téléphone. Difficile de trouver le bon service, il fallait attendre devant des salles noires de monde. Sur les visages je lisais le découragement, la tristesse, la colère. J'ai fini par atterrir dans une pièce complètement nue, pas la moindre décoration ni la moindre plante. Deux hommes et une femme étaient assis en face de moi, il n'y avait aucun dossier sur la table qui nous séparait. Je leur ai raconté mon histoire, de façon presque routinière. J'ai raconté mon histoire à ces visages impassibles. Une fois terminé, la femme a déclaré ne pas être en mesure de discuter de M. Tiberius avec moi, ni même de me dire si les services sociaux prenaient ou non son loyer en charge. Ils me priaient de bien vouloir l'accepter, a ajouté l'un des deux hommes. « Je n'ai pas d'autre choix, ai-je répondu avant de leur demander de considérer la situation sous un autre angle. M. Tiberius a peut-être besoin d'aide, et dans ce cas, cela relève des services sociaux, n'est-ce pas ? » Haussements d'épaules. Silence. J'ai posé ma carte de visite sur la table et je suis parti.

Dans le couloir, j'ai bousculé par mégarde un homme si imposant qu'il fallait être aveugle pour ne pas le voir.

« Désolé, ai-je grommelé.

— Faites attention la prochaine fois », a-t-il crié derrière moi. *Gros tas*, ai-je pensé, *gros tas décérébré*.

En rentrant le soir à la maison, j'ai trouvé une enveloppe dans la boîte aux lettres. Elle ne provenait pas de Dieter Tiberius, l'écriture était différente et l'enveloppe timbrée. Un avocat m'indiquait qu'il défendait les intérêts de M. Tiberius sans donner davantage de précisions, cependant j'ai interprété ce courrier comme une menace. Cela signifiait que M. Tiberius avait engagé un avocat pour livrer bataille par tous les moyens. Tout en dînant dans un restaurant italien près de la gare, je me suis dit que cette lettre était peut-être un bon signe. Visiblement, M. Tiberius avait décidé de suivre la voie légale, un terrain sur lequel nous pouvions gagner, quel qu'en soit le coût, nous avions les moyens, et s'il le fallait, je pourrais toujours emprunter.

J'ai appelé ma femme pour lui insuffler à nouveau un peu de courage et d'optimisme. Tout en lui annonçant quelques menues victoires, je jouais, je l'avoue, à l'homme d'action, celui qui entreprend tout ce qui est en son pouvoir pour protéger sa famille, un guerrier en somme. En vérité, je n'avais pas avancé d'un iota. La police ne s'était pas manifestée, notre avocate, avais-je appris au cours d'une conversation téléphonique, n'avait pu obtenir d'ordonnance d'éloignement, et le Mircea qui sommeillait en moi ne s'était pas encore réveillé. Même Dieter Tiberius s'était fait discret. Je commençais à croire que je me battais contre des moulins à vent.

« Peut-être est-il revenu à la raison et que le pire est derrière nous », a dit ma femme lorsque dix jours plus tard, je lui exposais la situation avec plus d'objectivité. Nous avons décidé que les enfants et elle reviendraient à la maison le lendemain. Nous redoublerions de prudence. Ma femme n'avait pas peur de Dieter, elle avait peur pour Fee et Paul. Ce que je comprenais parfaitement, rien ne nous rend plus vulnérable – et angoissé – que nos enfants.

20.

Que l'on soit enfant ou adulte, n'est-ce pas terrible de vivre perpétuellement dans la peur ? Outre celle que m'inspirait mon père, ma grande peur lorsque j'étais jeune, c'était la guerre nucléaire. Nul besoin d'être incollable sur la course aux armements, ou de tout comprendre, une seule sentence suffisait à vous donner la chair de poule : *Au terme d'une attaque nucléaire, plus rien ne subsistera.* Je regardais par la vitre du bus en m'imaginant qu'aucune de ces maisons ne résisterait, j'étais terrifié à l'idée qu'aucun élève de ma classe ne serait épargné. La guerre nucléaire faisait sombrer des vies pleines de promesses dans le néant, et personne ne pouvait en réchapper. Les pensées auxquelles je me raccrochais d'ordinaire pour lutter contre mes angoisses s'avéraient inefficaces. Lorsque je prenais l'avion, et que l'éventualité d'un crash me paniquait, je me disais qu'une seule personne en sortirait indemne et que cette personne, ce serait moi. Ce genre de miracle se produisait ! En revanche, personne ne réchappait d'une guerre nucléaire, c'était sans doute préférable. Qu'aurais-je bien pu devenir seul dans un désert irradié ? Avec des rats de la taille d'un chien pour seuls compagnons. Je ne connaissais pas encore le mot *mutation*, mais j'avais entendu dire que les radiations pouvaient engendrer des êtres monstrueux. Sans parler du cancer. La peur de la guerre nucléaire conjuguait à la fois la peur de mourir et celle de vivre. C'est ce qui rendait la chose si insidieuse. Les nuits sans sommeil, j'imaginais la disparition d'un monde, de mon monde.

Voilà comment je suis devenu pacifiste, si tant est que je ne l'étais pas avant en réaction aux armes de mon père. Vers seize, dix-sept ans, je me suis mis à lire des articles et des ouvrages sur le désarmement de manière frénétique. Je suis bientôt devenu incollable sur tous les acronymes et mots d'ordre de cette ère étrange : SALT I, MIRV, riposte graduée, équilibre de la terreur, Minuteman, SALT II, SS 20, Pershing II, option-zéro. Sur la porte de ma chambre, j'avais affiché une colombe de la paix, blanche sur fond bleu, que mon père ne pouvait ignorer. Cela faisait une éternité qu'il n'avait plus mis les pieds dans ma chambre. Si ma musique (du reggae désormais) le dérangeait, il me criait de baisser depuis le bas de l'escalier, et si le volume couvrait le son de sa voix, il ouvrait brusquement ma porte pour crier à nouveau, mais jamais il n'entrait.

Lors de la crise des euromissiles en octobre 1981, le mouvement pacifiste a appelé ses sympathisants à une manifestation à Bonn, la capitale de l'Allemagne de l'Ouest, je m'y suis rendu avec des amis. C'était l'année du baccalauréat, nous avions fait une demande par écrit pour être dispensés de cours, car il en allait de la survie de l'humanité. Le corps enseignant était divisé. D'un côté, il y avait ceux qui, comme nous, étaient opposés au déploiement des missiles par l'OTAN et acceptaient par conséquent de nous laisser manifester. De l'autre, ceux qui partageaient la ligne de Helmut Schmidt et s'y opposaient. Schmidt prétendait que la seule stratégie susceptible d'amener les Soviétiques à un accord contre la prolifération de l'arme nucléaire était de développer un tel armement. Une pure folie. Le directeur a tranché : nous devions assister aux cours le jour de la manifestation, mais un professeur acquis à notre cause nous a assuré qu'il n'y aurait pas de sanction en cas d'absence.

Nous avons effectué le voyage en train. Les gardes frontières de la RDA qui ont vérifié nos papiers se sont montrés plus aimables que jamais – ni fouille ni malveillance. Pour la première fois, j'ai vu sourire ces femmes et ces hommes en uniforme gris ; après leur départ, le silence s'est installé dans notre compartiment. Dans les journaux de Springer, la presse conservatrice, on disait que nous représentions la cinquième colonne du bloc de l'Est, que nous allions aider Brejnev à dominer le monde. Cela nous amusait car nous n'avions aucune sympathie pour le socialisme. Nous avions passé trop de temps à Berlin-Est pour trouver ce mode de vie acceptable. Nous voulions la paix, nous voulions sauver le monde et dans notre esprit, chaque nouveau missile augmentait le risque d'une guerre nucléaire. Et voilà que l'on nous traitait comme des alliés du pacte de Varsovie. Les premiers kilomètres, nous étions mal à l'aise, mais ce sentiment s'est rapidement dissipé au moment d'ouvrir une bouteille de Martini pour une petite célébration. Avec modération, l'affaire était trop sérieuse pour se saouler. Le train est arrivé à Bonn dans la soirée, et après avoir traîné un petit moment dans la gare, nous avons passé la nuit dans le froid, blottis sur des bancs le long du Rhin. Le lendemain, je me tenais avec la foule immense dans le Bonner Hofgarten, à écouter des discours prônant la paix et le désarmement, en pensant à mon père. Cela faisait bien longtemps que nous n'avions plus eu de véritable conversation tous les deux. La provocation était devenue mon seul mode d'interaction avec lui. Quand il ne se mettait pas dans une colère noire à propos de mes opinions, il m'ignorait tout bonnement. Je n'irais pas jusqu'à comparer nos rapports à ceux des États-Unis et de l'Union soviétique ; ni mon père ni moi n'avions l'intention de nous détruire mutuellement. Pas question non plus d'un équilibre de la terreur, juste une *coexistence tendue*, pour reprendre l'expression consacrée à l'époque. Après ce meeting du Bonner Hofgarten, je me suis promis de rapporter à la maison un peu de ce désir de paix.

J'en ai d'abord touché un mot à ma mère, qui souffrait elle aussi de la lubie de mon père pour les armes. Elle ne voulait plus en entendre parler, elle avait plus souffert que lui durant la guerre. Qu'elle ait choisi cet homme et décidé de rester avec lui s'avère pour moi, aujourd'hui encore, l'un des plus grands miracles de l'amour. Comme attendu, elle a vite adhéré à mon idée, tout comme mon frère et ma sœur. Avec leur aide, j'ai élaboré un traité de désarmement. J'avais déjà acquis une certaine expérience dans ce domaine pour avoir énormément lu sur le sujet, je connaissais le jargon et j'employais des termes comme *mesures de confiance* ou *aide-mémoire*, au grand dam de mon petit frère qui en réalité n'y comprenait strictement rien. Au bout du compte, ai-je conclu, le seul moyen d'obtenir quelque chose de mon père était de lui proposer autre chose en échange.

« Toi, ai-je déclaré en m'adressant à mon frère, tu pourrais arrêter de fumer.

— Mais il ne fume pas, a répliqué ma mère.

— Bien sûr qu'il fume, ai-je répondu.

— Pas du tout », s'est-il défendu.

Ma mère est alors entrée dans une colère noire – elle me faisait davantage confiance qu'à mon frère – et il a dû lui promettre d'arrêter de fumer. En revanche, nous l'avons assuré de ne jamais en parler à notre père.

« Sinon, il tirera une dernière salve avant de déposer les armes, a dit Bruno.

— Votre père ne tire pas sur ses enfants », a rétorqué ma mère.

Et c'est ainsi que la cigarette sortit des négociations.

Le cas de ma sœur était plus épineux : aux yeux de mes parents, elle ne commettait jamais d'erreur.

« Cornelia pourrait reprendre le tir », a proposé mon petit frère.

Elle avait arrêté le jour de ses dix-huit ans. Nous avions tous mesuré la déception de mon père, mais il avait accepté sa décision sans rechigner.

« On ne peut décemment pas ouvrir des négociations sur le désarmement en annonçant que quelqu'un va reprendre le tir, ai-je opposé, c'est en contradiction totale avec l'esprit des négociations dont le but est de rendre le monde plus sûr, non plus dangereux.

— Je ne mets pas le monde en danger quand je tire, a affirmé ma sœur, je tire sur des cibles, et contrairement à toi je ne les rate pas. »

Sa remarque m'était destinée. En d'autres circonstances, je lui aurais lancé une vacherie bien pire, mais le projet était sérieux, alors j'ai rongé mon frein, à regret.

« Et si tu arrêtais tout simplement d'être aussi arrogant ? a proposé ma sœur. Je suis sûre que papa donnerait tous ses fusils en échange.

— Pas même Dieu ne peut éradiquer ta stupidité », ai-je rétorqué, excédé.

Notre mère a joué les juges de paix. C'était son plus grand rôle et elle y excellait. Pour finir, tout le monde est tombé d'accord sur une liste de propositions à soumettre à mon père. Nous lui promettions de ranger la maison, de ne plus garer les vélos devant la porte du garage, de rester moins de temps sous la douche, de tondre la pelouse, d'écouter notre musique au casque. Ma mère s'engageait à reprendre quelques cours de conduite pour ne plus cabosser ni rayer la carrosserie de nos Ford à chaque créneau.

« Et nos revendications à nous ? ai-je demandé.

— Vendre toutes les armes, a dit mon petit frère.

— L'option-zéro donc, ai-je répliqué.

— Tu te crois malin ? a dit ma sœur.

— Nous pourrions peut-être commencer par la moitié », a avancé ma mère, au soulagement de tous.

Je me suis proposé de conduire les négociations avec mon père à la faveur d'une promenade dans le Grunewald. Loin de moi l'idée de nous comparer à l'Américain Paul Nitze et à son homologue russe Juli Kwizinski qui, lors d'une promenade en forêt dans les environs de Genève, étaient parvenus à un accord sur un désarmement étendu en Europe – accord qui s'était vu aussitôt rejeté par leurs gouvernements respectifs. Cette affaire datait de 1982, c'est-à-dire *après* nos négociations à Frohnau. Mon initiative était motivée par l'exaltation et le caractère enjoué auxquels j'associais mes escapades avec mon père. Les autres s'y sont opposés à l'unanimité : ils voulaient y participer, surtout ma sœur qui entendait garder un œil sur moi, craignant sans doute que ses contributions personnelles ne pèsent trop lourd dans la balance. On est tombé d'accord sur l'organisation d'un dîner un peu spécial.

Tout s'est déroulé de travers. J'avais préparé un long discours, nourri de références sur l'état du monde, qui avait laissé mon père de marbre. Lorsqu'il avait saisi où nous voulions en venir, il s'était montré péremptoire : « Jamais. » Nous avions eu beau insister, en y mettant les formes, il s'était contenté de manger sa cuisse de dinde en silence, l'air sinistre, puis il avait posé couteau et fourchette et quitté la pièce. À ce jour, il n'a toujours pas vendu une seule de ses armes, même si à l'évidence il ne peut plus en disposer. La police les a saisies.

Après cette débâcle, il ne me restait qu'une petite année à vivre à la maison, jusqu'à l'examen du baccalauréat. Puis je suis parti à l'université et, dès lors, mon père et moi avons pratiquement arrêté de nous parler.

J'ai souvent repensé à mes années d'adolescence depuis, pesé le pour et le contre, sans jamais parvenir à une conclusion probante. Bien sûr il y a eu des bons côtés : les amis, ma première copine. Je savais y faire avec les gens, et j'étais un bon élève, apprécié et respecté. Mais tout cela est entaché par ces heures inquiétantes durant lesquelles je craignais que mon petit frère ou moi-même ne prenions une balle. J'ai certes eu une enfance heureuse, mais je ne peux pas en dire autant de mon adolescence. Le pire, c'est cette sensation d'avoir manqué d'un père, il était distant, méprisant. J'ai toutefois une théorie selon laquelle plus tôt on connaît le malheur, et plus on a de chance de connaître le bonheur par la suite. J'ai toujours voulu fuir – les armes, mon père –, c'est ce qui m'a donné des objectifs dans la vie, de l'ambition, j'en ai toujours d'ailleurs. Cela m'a aidé à réussir dans mon métier d'architecte. Cette théorie me réconcilie en quelque sorte avec ma jeunesse, mais elle me rend aussi un peu inquiet. Qu'en sera-t-il de nos enfants alors que nous faisons tout ce qui est en notre pouvoir pour les rendre heureux ? Un bonheur précoce peut-il se traduire par un bonheur futur ? Je n'en sais rien.

Il n'y a pas longtemps j'ai croisé par hasard, dans un hôtel à Munich, un copain de classe que j'avais perdu de vue. Revoir Saif, c'était comme de me revoir moi-même jeune, sauf que je ne me suis pas reconnu. Pendant longtemps, j'ai pensé à mon histoire – celle que je me racontais ainsi qu'aux autres – comme à une histoire de non-violence. Saif m'a fait douter. Nous avons évoqué le passé et il m'a demandé si je savais ce qui l'avait le plus choqué à l'époque. Je l'ignorais. Il m'a raconté qu'un jour je m'étais battu avec un certain Schliephake. Est-ce que je me souvenais de Schliephake ? Un vague souvenir et encore. J'avais oublié son prénom, et Saif aussi.

« Tu l'as battu, a dit Saif, tu étais sur lui, et tu lui as saisi la tête et tu t'es mis à la cogner plusieurs fois contre le sol.

— Ce n'est pas possible, ai-je dit.

— C'est pourtant ce qui s'est passé. »

Je n'ai aucune raison de douter de Saif, mais deux choses m'effraient : la première que j'aie pu faire une chose pareille, et la seconde que j'aie pu l'oublier. Quand on est capable d'oublier une telle chose, susceptible d'altérer l'image que l'on a de soi, comment savoir qui on est vraiment ?

Quelle est au juste mon histoire ? Peut-être qu'en définitive, lors d'une de ses crises, mon père a vraiment braqué un revolver sur ma tempe et menacé de presser la détente. Suite à la révélation de Saif, je considère mon histoire avec circonspection. Il reste toujours des aspects à découvrir.

Ce qui m'inquiète davantage c'est que l'on puisse se souvenir d'événements qui n'ont jamais eu lieu. Je m'inquiète par exemple que mes enfants puissent penser un jour qu'ils ont été abusés par mon épouse ou par moi. Après tout, des soupçons ont été exprimés, même si c'était de la bouche de ce personnage douteux de Dieter Tiberius. Il n'empêche. Cela fait partie de notre histoire familiale. Paul et Fee pourraient très bien l'avoir inconsciemment intégré et si, par malheur, les choses tournaient mal pour eux dans l'avenir, ils pourraient en venir à imaginer qu'ils ont été violés.

21.

Vingt heures à peine après le retour de ma famille de Lindau, une nouvelle lettre attendait sur le rebord de la fenêtre. Rebecca m'a appelé au bureau ; M. Tiberius nous annonçait avoir envoyé des mails aux chaînes RTL et Sat. I et au quotidien *Bild. Vous connaissez le genre de sujets dont ils raffolent,* écrivait-il. Ma femme était descendue, lettre en main, pour le *confronter* – c'est le terme qu'elle a utilisé. Je l'imaginais haussant la voix, tandis que M. Tiberius se contentait de l'écouter avec un rictus. J'ai transmis la lettre à notre avocate, ainsi qu'une copie à Mme Kröger à la brigade criminelle. Selon elles, cela ne ferait pas de grande différence, pour moi, si. Ça a signé le début de ce que j'appelle aujourd'hui « la phase de surveillance ». Chaque soir, lorsque j'arrivais dans notre rue, je redoutais de tomber sur une haie de véhicules de presse et de journalistes armés de micros et de caméras. Aucun de ces fourgons ne s'est montré, mais j'avais désormais une caméra embarquée avec moi en permanence, dans ma tête. J'ai commencé à regarder ma vie comme à travers un objectif : la vie d'un homme qui n'était pas un violeur d'enfants. Quand j'allais au square avec Paul et Fee, j'agissais comme l'homme qui n'avait pas violé ses enfants. Je n'avais aucune idée du comportement exact à adopter, alors j'agissais comme je l'aurais fait en temps normal, à ceci près que je le faisais en pleine conscience. Je me voyais à travers les yeux des policiers, enquêteurs, journalistes, travailleurs sociaux, tous ceux qui prenaient part à ce casting infernal. J'essayais de soutenir leurs regards accusateurs. Je suivais la loi à la lettre. Je ne jetais pas même un papier de bonbon par terre, ce qui de toute façon n'était pas mon genre, sauf que, cette fois, je me disciplinais au titre de l'homme qui n'abusait pas de ses enfants.

Mon quotidien, ma normalité s'étaient mués en une performance. Je jouais l'homme inoffensif, l'homme-qui-n'abusait-pas-des-enfants. Sauf qu'en ne *l'étant pas*, je *l'étais* par ricochet : le simple fait d'avoir conscience de ne *pas* être un violeur d'enfant provoquait en moi le sentiment contraire. Du moins c'était comme cela que je le vivais, suivant ma propre logique. Je m'appliquais si bien à affirmer qui je n'étais pas que des images incongrues surgissaient dans mon esprit. Je voyais des choses que je ne faisais jamais à mes enfants, que je n'aurais jamais faites, et que je ne ferais jamais. Je n'étais plus moi-même : j'étais mon double inversé, le contraire de moi-même. Jusqu'alors, j'avais combattu M. Tiberius comme un envahisseur extérieur, si tant est que l'on puisse parler de combat : l'homme d'en bas, le fou du sous-sol et, dans les moments de rage, le porc. Ce n'était plus le cas. Désormais il avait pris possession de moi. Je devais me battre contre moi-même, contre des pensées et des images qui me hantaient. J'avais tellement honte que je n'ai pas même osé en parler à ma femme.

Il m'avait fallu du temps et des efforts pour assimiler l'idée que j'étais un petit gars de la classe moyenne. Cela n'allait pas de soi, car les armes ne collaient pas vraiment avec l'image que je me faisais de ce milieu, or notre maison en était remplie. Pour moi, les armes sont traditionnellement associées à l'aristocratie ou, à l'autre bout de l'échelle sociale, au monde des truands. La flegmatique classe moyenne allemande a pris grand soin de maintenir sa réputation de *Bürger* pour ne pas se voir associée à des milieux si douteux. Notre réputation c'est un peu notre armure, mais elle peut tout aussi vite se fendre. C'est pourquoi nous nous tenons sur nos gardes : il ne suffit pas d'être honnête et respectable, nous nous devons également de renvoyer cette image aux autres. Une rumeur, aussi peu fondée soit-elle, peut suffire à vous détruire.

Je m'imaginais déjà en une de ces journaux que je ne lis jamais, ces feuilles de chou aux titres volontairement orduriers et racoleurs, qui m'assènent des nouvelles dont je me contrefiche. *Un célèbre architecte pédophile ?* Poser ce genre de question, c'est déjà y répondre. Fin de l'histoire. Je suis loin d'être célèbre, j'ai des qualités et je bénéficie d'une certaine reconnaissance dans le milieu, mais je ne joue pas dans la même catégorie que Calatrava ou Herzog. Ni que Kollhoff. Les journalistes abusent des mots *star*, *célèbre* ou *réputé* pour capter l'attention du public. Lorsque je passe devant un kiosque à journaux dans une gare et que je lis *Une star de foot s'en prend à son entraîneur*, j'en déduis que le coupable joue en deuxième division. S'il s'agissait de Bastian Schweinsteiger, le journal titrerait : *Schweinsteiger s'en prend à son entraîneur*. On désigne une célébrité par son nom, et un individu lambda par le terme *star*. Voilà comment cela fonctionne. On fera de moi un architecte en vue pour me mettre plus bas que terre aux yeux des lecteurs. De star à pédophile, ha ha ! Quelle chute !

« Toi et tes valeurs de petit-bourgeois », me taquine parfois mon frère. Au cours d'une de nos fameuses soirées, j'avais déclaré que l'acte de voter était un devoir pour les classes moyennes supérieures.

« Qu'entends-tu au juste par *classes moyennes supérieures* ? », avait rebondi une invitée journaliste, d'un ton tranchant qui sous-entendait que je n'en faisais pas partie.

Nous étions neuf ce soir-là : la journaliste en question et son époux banquier, un metteur en scène de théâtre et son compagnon qui se disait galeriste même s'il ne possédait aucune galerie, un médecin spécialisé dans les maladies pulmonaires et sa nouvelle petite amie, attachée de presse au ministère de la Famille, et, enfin, mon petit frère, célibataire une fois de plus. Jusque-là, nous avions passé une bonne soirée, avec au menu du ragoût de sanglier, un gibier que mon père avait tué à la chasse, arrosé d'un bon Black Print, dont la robe était si sombre qu'elle colorait les gencives en bleu. J'avais annoncé le plat en décrivant notre garage familial dans lequel mon père suspendait des demi-sangliers, des gigots de chevreuil ou des lapins ; une véritable angoisse pour ma sœur, amie des bêtes.

Il n'en avait pas fallu davantage pour éveiller la curiosité de la nouvelle compagne du médecin que nous rencontrions pour la première fois. Je lui racontais les armes, la personnalité de mon père, mon frère ajoutait son grain de sel de-ci de-là. Elle écoutait les yeux rivés sur le tatouage qu'il avait dans le cou. Le visage bleu vif d'une sombre créature, le dénommé Klingsor, dessinée par mon frère lui-même. Mon père est toujours un bon sujet, tout le monde écoutait, captivé. Les armes ne font plus partie de notre quotidien, et quoi de mieux que la transgression pour susciter l'intérêt ? Quand j'ai eu terminé, le galeriste sans galerie m'a fait remarquer que j'avais dit « chez moi » en parlant de la maison de mes parents.

« Vraiment ? », ai-je demandé incrédule, le banquier a confirmé et mon frère d'ajouter avec une grimace : « Mot pour mot.

— Chez moi, c'est ici », ai-je rétorqué en jetant un coup d'œil à Rebecca.

S'était ensuivie une discussion pour déterminer le moment où l'on cessait de dire « la maison » en parlant de chez nos parents. Jamais, pour la journaliste : elle continuait de dire « je vais à la maison » en rentrant à Regensburg. Quand on devient parent soi-même, a avancé le médecin. Selon Rebecca, le moment charnière c'était lorsqu'on invitait nos parents pour le réveillon au lieu d'aller chez eux. Je débouchai la sixième bouteille de Black Print, bien que la bouteille sur la table soit encore à moitié pleine. C'est essentiel de donner le temps au Black Print de s'aérer, j'ai développé au fil des années un sens certain du timing. La cadence ce soir-là était raisonnable : deux bons buveurs, une autre qui sirotait son verre du bout des lèvres, et une majorité qui faisait plutôt justice à la qualité du vin, même si la plupart sous-estimaient l'effet secondaire de ses 14,5°.

Puis la conversation a embrayé sur la politique, et c'est à ce moment-là que j'ai prononcé cette fameuse phrase à laquelle la journaliste a vivement réagi. À présent, j'étais prié de donner ma définition des « classes moyennes supérieures » ; rien de bien difficile, c'est un sujet sur lequel je m'étais abondamment interrogé.

« Un désir d'éducation, c'est primordial, ai-je énoncé, et le fait de travailler à sa propre éducation. La maîtrise de soi, ai-je poursuivi : ni excitation ni hystérie. L'argent bien sûr, mais ce n'est pas la priorité. Pour les classes moyennes supérieures, il est insensé de vivre à la merci des chiffres, du cours de la Bourse, des dividendes et autres taux d'intérêt. La famille est essentielle – par famille, ai-je précisé, j'entends toutes attaches durables. Une vie respectable, certes, mais avec quelques secrets jalousement gardés. Un intérêt pour ce qui se passe dans le monde, particulièrement pour la politique, puisqu'elle a un impact sur leur quotidien. Et une sensibilité vis-àvis de tout ce qui touche à la liberté. » C'était mon dernier point, délibérément gardé pour la fin, et énoncé avec un savant mélange de désinvolture et d'emphase.

À peine ai-je eu terminé qu'un silence s'est abattu autour de la table. J'ai pris une gorgée de Black Print. Mon petit frère, qui, pendant mon exposé, m'avait regardé avec une attention mêlée de pitié, a levé son verre et fait mine de porter un toast.

« Pour moi, a annoncé la journaliste, la première des valeurs de la classe moyenne consiste à respecter une certaine forme de tradition. » Je savais que son père avait repris la petite boutique de textile de son propre père et qu'il l'avait considérablement développée. Qui étais-je pour en juger ? La définition de la journaliste m'excluait de fait et, après avoir entendu l'histoire de mon père, elle le savait. Piqué au vif, j'ai manqué de repartie.

« N'est-ce pas une vision un peu féodale ? a coupé ma femme, en volant à mon secours. Ne croyez-vous pas que les valeurs de la classe moyenne sont par définition acquises contrairement à celles de l'aristocratie qui sont un héritage ? »

Rebecca avait éveillé l'intérêt de la tablée, à l'exception de la communicante occupée à lire et à rédiger des SMS. Ils ont poursuivi le débat, pour ma part j'étais trop contrarié pour m'intéresser vraiment à la discussion.

Les derniers invités sont partis à deux heures, en nous remerciant pour l'agréable soirée.

« Pourquoi tu ne peux jamais lâcher l'affaire ? », m'a demandé mon petit frère.

Nous étions assis tous les deux dans la cuisine, un peu étourdis non par l'alcool mais par le parfum enivrant des fleurs que les invités avaient offertes à ma femme, et qu'elle avait réparties dans quatre vases alignés sur la table de la cuisine. « Tu sais bien comment c'était chez maman et papa, a-t-il ajouté.

— Mais on a tous fait du chemin depuis, moi en tout cas j'en ai fait.

— C'est pas aussi simple. Quand comprendras-tu qu'on n'échappe jamais à son histoire, à ses racines ? »

Il grimaçait. Mon petit frère peut faire des grimaces vraiment atroces, démoniaques. Ce n'est pas dû à son visage, à la fois juvénile et amical, mais à cette sinistre créature tatouée sur son cou. J'ai regardé mon frère. On était d'humeur belliqueuse. Il m'a traité de prétentieux, de conformiste, de cynique, de coincé, de type pathétique. Je l'ai traité d'irresponsable, de fourbe, de profiteur, de gamin, de fou. C'était ma jalousie qui parlait – j'enviais sa liberté et sa spontanéité. De son côté, il regrettait parfois, je crois, de ne pas avoir une vie établie et stable comme la mienne. Ça a mal tourné quand on a commencé à s'accuser mutuellement de mal traiter nos parents.

J'ai dit : « Tu les vampirises. »

Il a dit : « Et toi t'as pas été fichu de faire la paix avec papa ! »

On s'est toujours chamaillé de la sorte, c'est notre façon d'assainir les choses, d'évacuer notre rage et nos frustrations. Et puis après on se dit combien on a de la chance de s'avoir l'un l'autre, qu'est-ce qu'on ferait l'un sans l'autre ? Sauf que ce soir-là, ma femme a coupé court à notre rituel, en venant me chercher pour aller au lit. Tournée d'embrassade générale. Ma femme et mon frère. Mon frère et moi. « Frérot », il m'a dit.

Rebecca et moi n'avions pas de relations sexuelles, à cette période. J'imagine que Dieter Tiberius, depuis son sous-sol, nous avait confisqué notre libido. En patrouillant, j'avais trouvé une échelle dissimulée dans les buissons juste au-dessous de notre chambre. Il nous avait observés. Il avait vu la nudité de ma femme, sa manière élégante de jouir, le moment où je lâchais prise, peut-être qu'il m'avait aussi entendu dire des choses vulgaires. Il nous avait regardés faire l'amour et l'idée de ses yeux posés sur nous, le dégoût qu'il nous inspirait avaient contaminé l'acte lui-même et empoisonné notre désir.

À part cela, notre couple se portait plutôt bien, du moins à première vue, la menace nous avait rapprochés. Je n'essayais plus de l'éviter, nous nous consolions dans les bras l'un de l'autre, nous parlions de notre combat à mener. Notre couple avait recouvré sa plénitude. Nous avions tout simplement absorbé Dieter Tiberius dans notre monde du « quoi qu'il arrive ». Jusqu'à ce qu'un événement vienne tout bouleverser, un événement dont je dois avouer qu'il me trouble encore aujourd'hui. Un soir, peut-être deux ou trois semaines après le retour de Rebecca de Lindau, je me suis *retrouvé* – impossible de le formuler autrement – assis à une table du Luna. M. Tiberius ne s'était plus manifesté depuis un bon moment, nous avions émis l'hypothèse d'un éventuel abandon de sa part ; peut-être n'avions-nous plus rien à craindre. La bataille était toutefois loin d'être terminée : vivre sous le même toit était au-dessus de nos forces, il restait une menace pour Rebecca et les enfants. Et pourtant ce soir-là, je suis allé au Luna. Ce n'était pas prémédité, j'avais agi par pur automatisme, et voilà que je me retrouvais assis à ma table, à griffonner des esquisses en rêvassant devant mon menu à six plats. Ce n'est qu'entre le quatrième et le cinquième plat, entre la joue de bœuf à la bière, marrons et feuilles de chicorée et la fondue de Mont d'Or, avec pain aux noix, poire et céleri, qu'une pensée m'a traversé l'esprit. Par mon absence, je mettais en danger ma femme et mes enfants. Je me suis vite rassuré en me disant que jamais M. Tiberius ne s'en prendrait à ma famille dans notre appartement.

J'ignorais si le client dont je concevais la maison apprécierait le clin d'œil à l'architecture de Bruno Taut, en m'appliquant à dessiner une fenêtre d'angle. J'ai déchiré la page de mon bloc à dessin – chaque fois le même bruit désagréable –, les clients des tables voisines ont interrompu leurs tête-à-tête pour dévisager l'homme étrangement seul, assis devant son flan de semoule accompagné de sa marmelade de dattes au gingembre et de sa glace au beurre noisette. C'était plus embarrassant que d'ordinaire, et je me suis demandé si, au fond de moi, je ne nourrissais pas le vague espoir que Dieter Tiberius réglerait, une fois pour toutes, mes problèmes conjugaux. J'ai posé ma cuillère ; cette marmelade de dattes au gingembre ne me disait plus rien et j'ai tenté de me persuader que notre esprit concevait parfois des pensées totalement absurdes à notre insu. J'ignorais si cette théorie avait un quelconque fondement scientifique ou si elle répondait à une tentative désespérée de me convaincre moi-même. J'ai repoussé cette pensée et laissé mon dessert de côté. Je n'ai commandé ni café ni digestif ; je suis rentré à la maison, le cœur battant. M. Tiberius était devant sa télé ; je pouvais me détendre, il n'avait certainement pas le sang-froid de tuer trois personnes, puis de retourner regarder la télévision. Mes enfants dormaient dans leur lit et ma femme ronflait légèrement, aucune trace de sang en vue. Je me suis brossé les dents en me jurant de ne plus jamais abandonner ma famille.

22.

Dans les jours qui ont suivi, je me suis rendu de nouveau chez l'avocate et à la brigade criminelle. Il ne se passait rien, nous faisions du sur-place. Le 2 juin, ma femme m'a appelé au bureau, sa voix était plus stridente que jamais. Fee avait invité son amie Olga. Elles avaient joué un peu à la maison et Rebecca avait voulu les emmener faire un tour dans la campagne. Comme elles descendaient, M. Tiberius était sorti de sa tanière en disant à ma femme qu'il l'avait entendue abuser sexuellement de Fee et d'Olga, la police était en chemin. « Vous êtes une violeuse d'enfants », avait-il dit mot pour mot à Rebecca. Elle lui hurlait toujours dessus lorsque la voiture de l'officier Leidinger était arrivée. Dieter Tiberius a fait sa déposition à la police, tandis que Rebecca et les filles patientaient sagement à côté. Dans les cas de suspicion d'agression sexuelle sur mineur, la police est tenue de se déplacer – même si les allégations semblent douteuses. Rebecca m'a appelé juste après le départ de la police. « J'arrive tout de suite », ai-je dit et j'ai sauté dans un taxi. Sitôt arrivé, j'ai foncé au sous-sol. J'ai sonné, frappé, hurlé. Je ne sais plus très bien quoi, j'étais tellement hors de moi. Je l'ai sans doute menacé de lui coller une dérouillée, j'ai dû lui dire qu'il était complètement malade, qu'il avait besoin de se faire soigner. Mais je n'ai sûrement pas hurlé que j'allais le tuer, comme il l'a prétendu.

Les deux policiers se sont présentés à nouveau chez nous une heure plus tard, pour m'interroger suite à la plainte pour agression déposée par Dieter Tiberius. J'ai démenti catégoriquement, ce que je continue de faire. Les policiers se sont montrés avenants, et j'ai compris à leurs regards qu'ils étaient de notre côté. Je leur ai demandé conseil, ils se sont contentés de hausser les épaules.

« Que feriez-vous à ma place ? »

L'officier Leidinger a de nouveau haussé les épaules, son collègue m'a adressé un rictus mauvais, le doigt posé sur son arme de service. Peut-être s'agissait-il d'un pur hasard, mais à l'époque j'ai pensé qu'il me signifiait qu'il réglerait l'affaire avec son arme. J'étais en plein désarroi. Si même un policier pensait que faire justice soi-même s'avérait la seule solution, alors nous n'avions plus rien à attendre des autorités. Rebecca était du même avis.

Lorsque mon fils est revenu de chez son copain, nous avons rassemblé les enfants dans la cuisine afin de leur expliquer ce dont M. Tiberius nous accusait. Nous n'avions plus d'autre choix, étant donné que Fee avait vu sa mère se faire traiter de violeuse d'enfants. Nous n'avions encore jamais parlé des choses de la vie avec notre fille, j'ai dû reprendre depuis le début, mais à la façon que Fee avait de ricaner, j'ai vite compris qu'elle en savait déjà long sur la sexualité. Je me suis éclairci la gorge : « Dieter Tiberius prétend que maman et papa font ce genre de choses avec vous. »

C'était la pire des phrases que j'avais eue à prononcer de toute ma vie. Fee m'a jeté un regard de stupéfaction, Paul a froncé le nez.

« C'est même pas vrai, a dit Fee.

— Non », a renchéri Paul.

Même si je connaissais par avance leur réaction, j'ai été rassuré.

« C'est un méchant monsieur, a tenté d'expliquer ma femme, nous ne lui avons rien fait et pourtant il s'en prend à nous. »

Nous les avons bien sûr rassurés, il ne pouvait rien nous faire, nous ferions attention, ils étaient en sécurité.

« Sinon oncle Bruno va venir et il va passer un sale moment, a dit Paul.

— Oui, ai-je acquiescé, oncle Bruno va lui donner une bonne correction s'il recommence. » Les enfants ont éclaté de rire et applaudi. « Et moi aussi », ai-je ajouté.

Rebecca a posé sa main sur mon épaule et m'a gratifié d'un sourire. Elle savait ce qui me trottait dans la tête. Pourquoi les enfants comptaient-ils sur mon petit frère lorsqu'il s'agissait de les protéger plutôt que sur leur père ? Ils avaient leurs raisons : lorsque Bruno nous rendait visite, il se défoulait avec eux des heures durant. Il avait un air sauvage, il avait ce tatouage dans le cou et il leur racontait ses aventures en Amérique du Sud ou en Afrique. Ils l'aimaient et l'admiraient. Ils m'aimaient aussi, je n'avais aucun doute là-dessus, mais j'étais leur gentil papa, celui avec qui ils jouaient, celui qui faisait des constructions en Lego, je n'avais rien de sauvage. Pour cela, ils avaient oncle Bruno. J'avais toujours accepté cet équilibre mais à ce moment précis, cela m'a fait souffrir.

Une fois les enfants couchés, Rebecca et moi avons étudié nos options. Il n'y avait plus rien à attendre des autorités. Fallait-il déménager ? Nous avions déjà évoqué cette solution avant de la rejeter. Pourtant, elle nous aurait permis de nous débarrasser du monstre, de le laisser derrière nous. Seulement il était hors de question de nous faire chasser de chez nous, nous étions dans notre bon droit et n'avions nulle intention de céder. Nous aimions notre appartement : c'était notre chez-nous, notre confort petit-bourgeois, notre placement pour nos vieux jours. Cette discussion remontait à deux semaines et, à présent, nous étions encore plus désespérés. J'étais prêt à partir, mais ma femme s'y refusait : « Il n'en est pas question, si quelqu'un doit partir, alors c'est notre sous-homme », a-t-elle déclaré avant de quitter la pièce. Et je l'ai bientôt entendue se brosser les dents.

J'étais un peu choqué par l'expression qu'avait employée Rebecca, même si je savais qu'elle n'avait dans sa bouche aucune connotation nazie. Il n'était en rien question d'infériorité raciale mais de topographie. L'emploi du possessif n'était pas anodin : il était l'homme vivant au-dessous de chez nous, par conséquent notre sous-homme.

Au cours des deux semaines qui ont suivi, il n'y eut aucun incident à déplorer. Nous vivions dans notre monde du « quoi qu'il arrive ». Enfreignant ma résolution, j'ai dîné un soir au Beluga, le dernier restaurant étoilé de Berlin que je n'avais pas encore testé. Je dégustais un tataki de biche cuit au charbon de chêne servi avec des coings et une sauce au gingembre et à la réglisse tout en discutant avec le sommelier du vin que je trouvais trop puissant pour la biche, lorsque ce dernier m'a soudain jeté un regard étrange, à la fois interdit et dégoûté. Je sentais quelque chose me démanger du côté de ma narine gauche.

« Vous saignez du nez », a dit le serveur.

J'ai tapoté ma lèvre du doigt et senti le liquide épais. Le sommelier, ayant recouvré toute son amabilité, m'a tendu une serviette en tissu.

« Vous ne vous sentez pas bien ? a-t-il demandé.

— Si, si », me suis-je hâté de répondre.

Je ne saignais pas abondamment mais la serviette s'est peu à peu teintée de rouge. Cela aurait pu s'avérer embarrassant si j'avais eu de la compagnie, au lieu de quoi, seul, c'était tout bonnement insupportable. De toute manière, dîner seul dans un grand restaurant vous attire toujours des regards méfiants. On vous suspecte de passer votre temps à épier les conversations des tables voisines ; d'être trop particulier pour la compagnie d'une femme ou d'un ami ; on s'agace du bruit du papier de votre carnet de croquis au moment où vous déchirez une page. En saignant tristement du nez vous devenez le malade, le pestiféré, le trouble-fête, celui qui gâche la soirée des autres – une soirée à 500 euros – en leur imposant votre solitude. J'ai attendu que ça se calme et j'ai décidé d'interrompre mon dîner ; après avoir payé pour tout le menu, je suis rentré à la maison. Ma femme était assise en tailleur sur le canapé – juste au-dessus de l'appartement de Dieter Tiberius – plongée dans un roman. Je suis resté sur le seuil de la porte et j'ai dit en pointant le parquet du doigt : « Ce n'est pas lui qui détruit ma famille, c'est moi. »

23.

J'ai rencontré Rebecca au resto U de Bochum. J'avais atterri à Bochum après mon bac – je voulais fuir mes parents, mais aussi Berlin, leur ville. Le choix de l'architecture ne datait pas d'hier, c'était pour moi une évidence car j'adorais le dessin. Le revers de la médaille, c'était qu'à Bochum je ne pourrais pas être exempté de service militaire, contrairement à Berlin, mais ça m'était égal. J'ai loué un deux-pièces, commencé les cours d'architecture, trouvé un travail alimentaire sur un chantier tout en attendant ma convocation militaire qui est arrivée quelques mois plus tard. La visite médicale passée, j'ai rempli une demande pour devenir objecteur de conscience. La composition de la commission était des plus convenues : quelques vieux messieurs dont l'un, invalide de guerre, avait perdu un bras. Après les questions d'usage, ils étaient entrés dans le vif du sujet : « Vous vous promenez avec votre petite amie en forêt. Soudain, vous tombez sur trois soldats russes qui veulent la violer. Vous êtes armé, vous pouvez les en empêcher. Que faites-vous ? » Les garçons de ma génération étaient rompus à ce genre de questionnaire. Il y avait plusieurs argumentations possibles : soit on gardait les Russes en joue, soit on leur tirait dessus tout en réussissant à se faire passer pour un pacifiste. Je connaissais toutes les ruses, il y avait des livres pour préparer ce type d'entretien. J'avais pourtant opté pour une autre approche. Et déclaré que, quelles que soient les circonstances, je ne tirerais jamais sur quelqu'un, cela m'était impossible. J'essaierais de dissuader les trois hommes en argumentant.

« Ils ne sont pas du genre à se laisser dissuader, avait précisé l'homme qui avait perdu un bras.

— Je ne tirerai pas.

— Dans ce cas, ils violeront votre petite amie, c'est ça que vous voulez ? avait renchéri un autre.

— Bien sûr que non, mais je ne peux pas tirer, c'est impossible.

— Alors ils la violeront, avait repris le premier.

— Je ne peux pas tirer sur un homme. »

Nous nous étions renvoyé la balle comme ça pendant un moment, puis on m'avait prié de sortir le temps des délibérations. J'avais réussi l'examen. Le président de la commission avait déclaré qu'ils étaient convaincus qu'au final j'aurais tiré, cependant j'avais défendu mon point de vue avec une telle détermination qu'on ne pouvait nier mes convictions pacifistes. J'étais donc exempté de service militaire, j'accomplirais un service civil. On m'avait également accordé un report jusqu'à la fin de l'année universitaire.

Mon quotidien était, somme toute, celui d'un étudiant ordinaire : je sortais, buvais des bières, jouais aux cartes, fréquentais quelques amis, parfois une petite amie mais jamais très longtemps. À Noël, je rentrais chez mes parents où rien n'avait changé. Ma sœur étudiait le stylisme à l'école des beaux-arts et vivait toujours chez mes parents, tout comme mon petit frère. Il y avait ce sapin minable au milieu du salon, nous mangions de la dinde, jouions au Scrabble avec ma mère pendant que mon père lisait – le séjour se passait dans un climat relativement serein.

Un beau jour, au cours de mon quatrième semestre, mon frère s'est présenté à ma porte : « Je viens vivre avec toi », m'a-t-il dit. J'étais bien incapable de le renvoyer, même si je voyais d'un mauvais œil qu'il arrête l'école. La pièce qui faisait jusqu'alors office de salon est devenue sa chambre. On travaillait au chantier ensemble, on picolait, on se chamaillait, je donnais parfois des conseils aux filles qu'il rendait malheureuses. Il m'arrivait même de coucher avec elles – avec la bénédiction de mon petit frère, cela va de soi. Au début, il y avait quelque chose de très agréable dans notre vie à deux, puis Bruno a commencé à sortir énormément et je le retrouvais le matin en piteux état. Il m'a avoué depuis qu'il avait tout essayé à cette époque « sauf de se piquer ». Certains soirs, il était tellement défoncé que je lui faisais la lecture à haute voix pendant des heures, de peur qu'il ne s'endorme et ne se réveille plus. Je lui lisais *Le Seigneur des anneaux* – c'était bien avant les films –, le genre de roman qu'appréciaient ceux qui se croyaient différents. Je lisais pour défier le regard vitreux de mon frère, sa lente dérive, et parfois je hurlais et le secouais quand il s'assoupissait un peu trop longtemps. En parallèle, mon frère s'était mis à dessiner des motifs tirés du *Seigneur des anneaux* à l'encre de Chine, les prémices de sa future carrière que je suis fier d'avoir accompagnée.

Au bout d'un an et demi, mon frère a disparu. J'avais commencé mon service civil dans une maison de retraite et, en rentrant un soir, j'avais trouvé un mot laconique sur la table de la cuisine : *Merci, grand frère*. Je m'étais précipité dans sa chambre : ses affaires n'étaient plus là. J'avais passé des coups de fil, personne ne savait où il se trouvait, pas même ma mère et ma sœur. On s'est tous fait beaucoup de souci pour lui, jusqu'à ce que je reçoive, six mois plus tard, une carte postale de Montevideo qui se résumait à une poignée de mots et quelques dessins. Si je comprenais bien, Bruno avait rejoint la marine et traversait actuellement une partie du globe au bord du destroyer *Mölders*.

« Tu y comprends quelque chose, toi ? avais-je demandé à ma mère.

— C'est le fils de son père.

— Et moi alors ?

— Toi aussi. »

Quelques semaines après la reprise des cours, j'ai rencontré Rebecca. Je déjeunais seul, une fricassée de poulet insipide que j'avais noyée sous une montagne de Maggi, quand elle s'était assise à ma table et m'avait lancé : « Toi, j'aimerais bien te connaître. » Sous le coup de la surprise, je n'avais rien trouvé à répondre.

« Tu sais parler ? m'avait-elle taquiné.

— Oui », m'étais-je contenté de répondre.

Je l'avais déjà aperçue dans les parages plusieurs fois. Elle avait le teint hâlé et des cheveux noirs mi-longs, elle était un peu ronde – pas grosse, non, plutôt avec de jolies formes. Elle avait un grain de beauté sur le front, presque au milieu. Cela m'avait agacé au début, les signes distinctifs ne doivent pas se trouver au milieu mais en décalé, du moins d'un point de vue esthétique. Elle avait le type méditerranéen et parlait sans accent.

« T'es sûr ou t'as besoin d'un coup de main ? s'était-elle moquée.

— Ça va aller, avais-je répondu. Puis je m'étais présenté : nom, spécialité.

— Pourquoi l'architecture ? », m'avait-elle demandé.

Si ma mémoire est exacte, je lui avais fait une réponse fleuve du genre : « Regarde les villes dans lesquelles on vit, regarde les maisons, regarde le monde. Bâtir des maisons, des villes, ça n'est plus suffisant, il faut reconstruire le monde. » J'étais comme ça à l'époque, plein de grands projets, pour moi la folie des grandeurs n'était pas une mauvaise chose, bien au contraire. Devant ses yeux, j'avais fait apparaître des mondes que je souhaitais construire, des mondes dans lesquels habiter, travailler, faire ses courses et tout le reste se combineraient d'une toute nouvelle manière – et je ne disais pas seulement ça pour l'épater, j'y croyais dur comme fer. J'avais sorti un carnet à dessin et esquissé quelques croquis que je lui décrivais en détail ; et quand je levais les yeux, je voyais bien que c'était moi qu'elle regardait.

À partir de cette date, nous avons commencé à nous voir régulièrement Rebecca et moi, nous allions boire un verre, danser, voir des pièces au théâtre de Bochum, en revanche cela a pris un certain temps avant que l'on puisse parler d'amour entre nous. Rebecca étudiait la médecine, son père était professeur de lettres à l'université d'Aix-la-Chapelle, sa mère dermatologue. Elle a hérité sa chevelure noire de sa mère, laquelle ne vient pas de Méditerranée mais d'une petite enclave germanophone de Belgique. J'appelais parfois Rebecca : « mon Espagnole flamande », bien qu'elle n'ait jamais beaucoup aimé ce surnom. Personne ne sait d'où vient ce teint hâlé dans sa famille, sans doute d'un gitan, d'après Rebecca. Certains jours, elle décrétait : « Aujourd'hui on va se vouvoyer », et on se donnait du « monsieur » et du « madame » jusqu'au soir. D'autres fois, nous devenions des personnages de Tchekhov, elle m'appelait Ivan Ivanovitch et moi Anna Petrovna. Rebecca déclamait des tirades du genre : « Le caractère, Ivan Ivanovitch, vous rabâchez sans cesse à propos du caractère. » Ce à quoi je répliquais : « Ne trouvez-vous pas aussi que c'est ennuyeux, Anna Petrovna, terriblement ennuyeux ? » Nous ne récitions pas fidèlement les répliques, nous en aurions été bien incapables, nous nous contentions d'en reproduire l'esprit. Il avait fallu six mois pour que Rebecca emménage enfin chez moi. Nous n'avions encore jamais couché ensemble, et nous allions connaître de merveilleuses années d'épanouissement sexuel : du sexe jusqu'à ne plus en pouvoir ni en vouloir et pourtant nous recommencions, parce que c'était impossible de faire autrement. Rien ne devait jamais finir : nos conversations, nos soirées, nos voyages, et si le devoir nous appelait ailleurs, nous annulions nos engagements ; et quand cela était impossible (il aurait fallu vivre sans passer d'examens, sans amis, sans aller chez le dentiste), nous nous quittions avec une tristesse comparable à celle qu'éprouvent les émigrants sur le point d'embarquer.

« Ce sont les années de notre mythe fondateur, m'avait dit un jour Rebecca. Lorsque je n'arrive pas à établir la connexion avec toi, pas au téléphone, je veux dire, quand nous sommes dans la même pièce, tout à côté, et que je n'arrive pas à attirer ton attention, je repense à nos années fondatrices, et je me dis que ce que nous avons vécu ne peut pas avoir disparu, que ça reviendra. » J'aime cette idée, même si je me suis parfois demandé si ce mythe fondateur ne nous avait pas bercés d'un sentiment de sécurité illusoire, si ce n'était pas là une des raisons pour lesquelles nous avions fini par accepter ma dérive dans l'indifférence.

Après trois ans d'absence, mon frère était revenu. Il avait sonné à l'interphone et m'avait demandé de le rejoindre en bas.

« Tu ne veux pas monter plutôt ?

— Non, j'ai quelque chose à te montrer. »

Je m'étais exécuté, curieux de savoir pourquoi mon frère tenait tant à des retrouvailles dans la rue. J'ai d'abord remarqué son tatouage dans le cou, puis ses cheveux longs. Nous nous sommes serrés dans les bras, et enfin j'ai aperçu la moto garée sur le trottoir, un chopper avec une longue fourche et une assise basse. Réservoir, garde-boue et carénage latéral avaient été peints ; c'était son style, sa manière de créer de nouveaux mondes – sombres et mystiques, des mondes inspirés du *Seigneur des anneaux*.

« Alors, qu'en dis-tu, frérot ?

— C'est très beau.

— Un peu plus d'enthousiasme, s'il te plaît ! C'est grandiose, magnifique, hallucinant ?! »

Il m'a boxé la poitrine, je l'ai imité, et on est retombé dans les bras l'un de l'autre.

« Où as-tu trouvé l'argent pour un engin pareil ? », lui ai-je demandé en le regrettant aussitôt.

Mon petit frère était de retour, quel besoin avais-je de jouer les tuteurs ?

« C'est à un client », m'a répondu Bruno.

Comme nous buvions du café avec un trait de whisky à la maison, il m'a expliqué qu'il avait appris une technique d'aérographie grâce à laquelle il « sublimait » maintenant autos et motos.

« Ça marche plutôt bien », a-t-il lancé.

En vérité, cela n'a jamais vraiment marché, pas plus à cette époque qu'aujourd'hui. Ses rentrées d'argent sont aléatoires, et quand il n'y en a pas, il vit de ce que je lui donne ou de ce que gagnent ses conquêtes, lesquelles ne gagnent pas beaucoup et ne restent jamais bien longtemps. Il a des fans en Amérique, en Chine, au Qatar. Il voyage beaucoup, prend pas mal de drogues, et décroche ensuite. Je crois qu'il va bien. Il n'a jamais voulu d'une autre vie. Parfois je me dis que sa vie est plus simple que la mienne. De temps en temps, il a fallu que je lui transfère de l'argent via la Western Union à Lima ou à Houston pour son ticket retour. Une fois j'ai même dû aller le chercher à Blantyre au Malawi, où on le retenait prisonnier dans une hutte à cause d'une dette de 1 000 dollars qu'il ne pouvait honorer. Ça ne me pose aucun problème, c'est mon petit frère. Il a été ma seule famille pendant longtemps.

Il a fini par s'installer avec Rebecca et moi. On était un peu à l'étroit dans l'appartement, mais on s'en sortait pas si mal, ils s'aimaient bien avec Rebecca. Au bout d'un an, il a pris un petit appartement à Bochum où il habite encore aujourd'hui.

Que dire de plus de mes années à Bochum ? Une chose peut-être. Un événement qui m'a profondément troublé. Un jour – c'était bien avant les portables – le téléphone avait sonné, et j'avais écouté sans vraiment comprendre ce que mon interlocuteur disait, c'étaient des mots tellement étrangers à mon oreille : « C'est papa, je voulais savoir comment tu allais. » J'étais resté muet un bon moment. Je ne connaissais pas la voix de mon père au téléphone, jamais il ne m'appelait, pas même pour mon anniversaire. C'est ma mère qui s'en chargeait, elle me racontait chaque fois l'histoire de ma naissance. « Ton père aussi te souhaite un bon anniversaire », m'assurait-elle. Cette fois, c'était lui à l'autre bout du fil, et il me demandait comment j'allais. Que pouvais-je répondre ?

« Bien.

— Et les études ?

— Ça va. »

Il y avait eu un silence : je cherchais mes mots mais mon père avait rebondi avant moi.

« Alors tout va bien, je voulais juste savoir comment tu allais. »

Puis il avait raccroché. Quand j'avais raconté la scène à Rebecca, elle avait prétendu qu'il essayait de me tendre une perche, de me dire que je comptais pour lui.

« Mais il ne s'est jamais intéressé à moi.

— Si, il t'emmenait au tir avec lui, non ?

— Ça remonte à la nuit des temps », l'avais-je coupée d'un air buté.

Les jours suivants, Rebecca m'avait encouragé à rappeler mon père, mais je ne l'ai jamais fait. Aujourd'hui, je le regrette. Je crois qu'il avait envie de redécouvrir son fils, mais il s'est heurté à un cœur de pierre. Le mien. Je ne peux pas dire qu'il m'ait manqué durant mes années à Bochum, en revanche, j'ai manqué d'un père. J'en avais fait la douloureuse expérience, un soir pendant les fêtes de Noël où j'attendais le train qui me ramènerait à Bochum. À côté de moi se trouvait un homme de mon âge avec son père. Lorsque le train était entré en gare, ils s'étaient longuement et tendrement enlacés, les larmes aux yeux, à tel point que ça m'avait fait pleurer. C'était pour moi une scène insoutenable.

J'ai terminé mes études l'année de la réunification. Il fallait que je rentre à Berlin, je voulais participer à la construction de la nouvelle ville, comme je l'affirmais à l'époque. Rebecca m'a suivi et s'est inscrite dans une université réputée. Pour elle, devenir médecin était une évidence. Elle s'intéressait au génome humain et voulait y consacrer ses recherches. Nous n'avons pas tardé à nous marier, car nous étions faits l'un pour l'autre. Est-ce que je vois les choses différemment aujourd'hui ? Non. Nous sommes faits l'un pour l'autre, même si nous savons désormais que cela ne nous garantit pas une vie commune heureuse, tout du moins pas toujours.

24.

Le 15 juin de l'année Tiberius, nous avons donné une *soirée*. Il s'agissait d'un premier pas vers le retour à une vie normale, pensions-nous. Nous avions invité trois couples d'amis, qui connaissaient tout de notre situation, et un ami d'enfance de Rebecca, de passage en ville avec son épouse que nous n'avions encore jamais rencontrée. Rebecca et moi avions convenu de ne pas évoquer M. Tiberius ce soir-là, nous voulions passer une soirée normale, une soirée comme avant. C'est d'ailleurs ce que nous avions dit à tout le monde en lançant l'invitation. Seul l'ami d'enfance, invité à la dernière minute, n'avait pas été mis dans la confidence.

Comme toujours, Rebecca avait cuisiné un succulent dîner, digne d'un restaurant étoilé, et la soirée avait commencé sous les meilleurs auspices. Je débouchais les bouteilles à un rythme soutenu. Après le dessert, nous avions évoqué un récent scandale politique et nous avions débattu du bien-fondé de confier nos enfants à l'école de la république ou à une école privée pour leur assurer la possibilité d'aller un jour à Yale ou à Cambridge. Les opinions étaient tranchées. L'épouse de l'ami de Rebecca, une avocate spécialisée dans les affaires familiales, avait une idée précise sur la question. Elle se disait « contre les privilèges dès l'enfance » et « en faveur de l'école publique pour encourager le plus tôt possible la mixité sociale ». J'étais en un sens d'accord avec elle, précisant néanmoins que le bien-être de mes enfants pouvait me conduire à agir de manière « anti-sociale ». Une notion violemment rejetée par la tablée, y compris par Rebecca. Je débouchais une nouvelle bouteille de Black Print malgré les deux bouteilles entamées sur la table, au risque de me répéter, c'est un vin qui a besoin d'être aéré. Un de nos amis a rebondi, en arguant que ce qui distinguait, selon lui, les différentes classes sociales c'était leur comportement en société. Une des « caractéristiques admirables de la petite bourgeoisie disons » résidait dans sa propension à ne pas imposer ses mauvaises manières aux autres. Nous ne mangions pas de kebab dans le métro ou dans le bus, nous ne buvions pas de bière dans la rue, et nous ne pissions pas contre un arbre, même quand nous étions ivres.

La spécialiste en affaires familiales s'est faite l'avocat du diable en déclarant à quel point les voyages en train en première classe s'étaient dégradés à cause de tous ces petits-bourgeois qui vous imposaient leurs conversations téléphoniques, sans se soucier le moins du monde que tout le wagon en profite. Tout le monde y était allé de son commentaire et le volume sonore autour de la table était brusquement monté d'un cran. Sur les coups de deux heures, j'ai prié nos invités de baisser d'un ton : « Nous ne voulons pas, avais-je dit en pointant du doigt le parquet, déranger notre cher Tiberius. » Tous avaient affiché un sourire narquois, attisant la curiosité de l'ami d'enfance de Rebecca qui voulait maintenant en savoir davantage sur ce M. Tiberius, un cas visiblement intéressant puisque tout le monde autour de la table semblait le connaître.

Puisque j'avais bêtement commis l'erreur de mettre le sujet sur le tapis, Rebecca, renonçant à notre plan de départ, s'est lancée dans un portrait détaillé de M. Tiberius et, se laissant emporter par la rage, elle avait même lâché les termes « notre sous-homme ». Je l'exhortais à bien vouloir baisser d'un ton ; à peine trente centimètres nous séparaient de M. Tiberius. L'avocate haussait déjà les épaules et tordait la bouche. Est-ce que Dieter Tiberius ne serait pas au fond une victime ? Après tout, il avait grandi dans un foyer, et tout le monde savait comment on traitait les enfants là-bas.

Il ne m'était encore jamais venu à l'esprit d'employer le mot *victime* au sujet de Dieter Tiberius. Pour nous, il était notre bourreau. Même si nous savions qu'il avait sans doute connu une enfance terrible, cela ne lui donnait pas le droit de nous terroriser ainsi. Ma femme a répondu de manière cinglante, et la discussion s'est échauffée à tel point que toutes nos tentatives pour calmer le jeu ont échoué.

Le « pauvre homme » en bas, a dit l'avocate, en était réduit à être le témoin de notre confort opulent, à entendre le bruit des « talons aiguilles Gucci » au-dessus de sa tête et à voir nos enfants promis à un grand avenir. Cela devait sûrement être très difficile à supporter pour un « pauvre homme » comme lui, pour lequel la société n'avait trouvé d'autre place qu'une « cave sombre et sentant le renfermé ». Il fallait bien qu'il se défende.

« Se défende ? a hurlé ma femme. Nous ne lui avons rien fait.

— Oh, que si, a rétorqué l'avocate, nous le provoquions avec notre jargon nazi. »

J'en avais assez entendu et j'ai protesté à mon tour contre ces accusations. Rien n'y faisait : d'une voix calme, l'avocate a ajouté qu'elle savait, de par sa profession, que les abus sexuels sur enfants existaient aussi dans les milieux aisés, et qu'un « pauvre homme » comme Tiberius qui, « sans l'ombre d'un doute », avait lui-même été abusé enfant, était particulièrement sensible à la question. Il avait un « sixième sens » pour ce genre de choses.

Ma femme a bondi de sa chaise et sommé l'avocate de quitter les lieux sur-le-champ. Mon meilleur ami, assis à côté d'elle, a retenu Rebecca sans quoi elle se serait jetée sur elle. Elle avait déjà saisi une bouteille de Black Print et l'avait balancée par terre. Une bouteille vide heureusement qui s'était contentée de rouler sur le sol. Rebecca a continué à hurler jusqu'à ce coup de sonnette. Soudain, le silence s'était abattu autour de la table, il était environ deux heures trente du matin, nous n'avions pas commandé de taxi et entendu aucune voiture passer dans la rue. La voisine du dessus était en voyage avec sa fille, le couple sous les combles, enclin lui aussi à faire la fête, ne s'était jamais plaint du bruit. Je me suis résolu à aller ouvrir la porte. « Je ne peux pas dormir, a dit M. Tiberius, est-ce que vous pourriez faire moins de bruit ? » Il n'y avait aucune once de fatigue dans sa voix, de la malice plutôt. Pouvait-il parler à ma femme ? a-t-il demandé. Elle criait si fort !

Je ne parvenais pas à le voir distinctement, il n'avait pas pris la peine d'allumer la lumière dans le hall. Il portait un peignoir, bien trop grand pour lui, ou du moins trop long, ses mains disparaissaient sous les manches.

Il ne pouvait en aucun cas parler à ma femme, lui ai-je répondu sans retenue, je l'avoue, tant j'étais excédé par son impudence.

Dieter Tiberius : « Mais elle hurlait avec une telle rage !

— Nous allons faire moins de bruit », ai-je coupé.

Puis j'ai fermé la porte.

De retour dans le salon, j'ai été surpris de trouver les hommes postés en protecteurs derrière les chaises de leurs épouses respectives. Si mes souvenirs sont exacts, je crois les avoir gratifiés d'un sourire plein de mépris.

« Dieter Tiberius nous prie de faire moins de bruit », leur ai-je dit.

Nous n'avons jamais réussi à relancer la conversation, pas même sur la politique, et un silence embarrassé a fini par s'installer pour de bon. L'avocate a fait remarquer qu'il se faisait tard et qu'ils feraient mieux de regagner leur hôtel. Les autres leur ont emboîté le pas. J'ai appelé des taxis et papoté de choses et d'autres – Rebecca s'était éclipsée. Les taxis sont arrivés, j'ai raccompagné nos invités au portillon du jardin, où il y a eu des embrassades, des poignées de mains, et quelques regards discrets en direction du sous-sol de M. Tiberius. Les rideaux avaient été tirés.

Ma femme m'attendait sur le canapé. Elle a effleuré du pied la bouteille de Black Print qui s'est mise à tourner en émettant un léger gargouillis.

« Il faut que tu fasses quelque chose, a-t-elle dit, il faut vraiment que tu fasses enfin quelque chose. »

25.

L'avocate spécialisée en affaires familiales a appelé le lendemain pour s'excuser auprès de Rebecca. Ma femme a accepté ses excuses froidement, puis l'a traitée de connasse après avoir raccroché. Je ne l'avais jamais entendue prononcer ce genre de grossièreté, mais je la comprenais. S'il est une chose qu'on ne peut nous reprocher, c'est bien un manque de compassion à l'égard des gens défavorisés. Nous sommes toujours prêts à aider autrui. Nous parrainons un enfant en Afrique avec qui nous entretenons une correspondance et, pour faire plaisir à Fee, nous parrainons aussi un tigre en Inde ; et quand il y a un tremblement de terre ou une autre catastrophe naturelle dans le monde, nous faisons invariablement un don significatif.

L'après-midi, je suis allé voir mon banquier avant de retourner au pressing. J'ai trouvé le propriétaire au milieu de la vapeur des machines. Je lui ai fait une première offre à 100 000 euros pour le sous-sol, deux fois la valeur du marché. Puis je suis monté à 150 000, bien que mon conseiller financier m'ait dit de ne pas dépasser 120 000 euros. Le remboursement de l'appartement pesait encore lourd sur nos finances, et je ne compte pas parmi les architectes fortunés. Je fais tout moi-même, de la conception des plans jusqu'au suivi de chantier, avec une secrétaire à mi-temps et un stagiaire occasionnel. C'est la seule manière pour moi de m'assurer des honoraires confortables, ce qui me limite, en contrepartie, à concevoir cinq maisons maximum par an. Nous sommes aisés, pas riches.

« L'appartement n'est pas à vendre, m'a opposé le propriétaire du pressing.

— Ce n'est qu'un sous-sol, ai-je insisté.

— Pour vous peut-être, a-t-il répliqué, en faisant signe à la Moldave d'éteindre la machine qui faisait un sacré vacarme. Je suis né dans ce sous-sol. Ma mère était la domestique de la famille à laquelle appartenait la maison. Elle s'occupait de la cuisine, du ménage. J'y ai vécu avec elle jusqu'à mes vingt ans. »

Enfant, il n'était pas autorisé à monter avec elle dans les étages supérieurs. Il restait confiné au sous-sol, à écouter les pas de sa mère et des propriétaires. Il avait passé des heures à regarder passer les piétons et les voitures *d'en bas*. Aujourd'hui, une partie de la maison lui appartenait, pas question de la vendre.

« Pourriez-vous au moins mettre M. Tiberius dehors ? », ai-je insisté à nouveau.

— Qu'en dit la police ?

— Rien, ai-je dû admettre.

— Dans ce cas, pas question de mettre le Dieter à la rue pour rien, a-t-il tranché, en revanche si vous voulez vendre, je peux vous faire une offre. »

Je suis parti sans relever sa remarque.

Aujourd'hui, je crois que ça a été l'erreur de ma vie. Nous aurions dû lâcher notre appartement. À l'heure qu'il est, mon père ne serait pas en prison, et notre famille n'aurait pas un meurtre sur la conscience. Nous aurions en quelque sorte capitulé face à M. Tiberius, injustement certes, mais quelle importance ? Je ne souscris pas à l'idéologie masculine selon laquelle on doit refuser à tout prix la défaite. Pourtant, je ne voulais pas céder. J'étais encore fermement convaincu que justice nous serait rendue, selon notre bon droit. Une illusion digne d'un Michael Kohlhaas[1], un héros qui nous parle particulièrement à nous Berlinois. L'été, avec les enfants, nous allons parfois à l'auberge Kohlhaasenbrück, située au bord du canal, pour manger une glace. On dit que Michael Kohlhaas y aurait vécu. Mais je ne suis pas Kohlhaas, décidément pas. Je me suis demandé un temps si je n'y avais pas vu une chance pour mon père et moi de nous rapprocher – nous rapprocher par le crime, était-ce si inconcevable ?

Au plus fort de la crise Tiberius, Paul a commencé à développer un tic. Il faisait la moue et fronçait le nez d'une manière bizarre. Juste un peu au début puis cela s'est aggravé et il s'est mis à le faire toutes les vingt ou trente secondes. Secrètement j'appelais cela « faire le groin » et ce tic nous inquiétait beaucoup. Bien sûr, nous blâmions Dieter Tiberius, comme à peu près pour tout ce qui nous arrivait, à l'époque. Nous avons alors demandé à Paul s'il avait peur de Tiberius, mais il nous a certifié que non.

Paul est un enfant joyeux, bien dans sa peau. Il n'a jamais été difficile : à table, il mangeait de tout, il n'a jamais insisté quand on refusait de lui acheter des bonbons, et quand on lui a interdit de dessiner sur les murs avec des feutres, il n'a plus jamais recommencé. Paul a les cheveux bruns de ma femme et son teint hâlé, et quand je lui en fais la remarque, Rebecca a la gentillesse de répondre qu'il a hérité de mon humeur songeuse et de mes poignets. J'ai des poignets fins qui m'obligent à porter de petites montres, et non ces

---

1. Héros du roman éponyme de Heinrich von Kleist, un marchand de chevaux qui, face à une justice corrompue, décide de lever une armée.

modèles massifs que l'on pourrait suspendre dans un hall de gare. Beaucoup de mes confrères adorent porter ce genre de grosse montre ; les plus crétins n'oublient jamais de préciser qu'elle leur a coûté la bagatelle de 15 000 euros, une dépense tout bonnement hors de ma portée. Paul a un petit doigt un peu tordu, comme moi, comme ma mère. Je dirais que c'est un enfant doux, un enfant qui m'émeut quand il me demande au téléphone : « Et toi, papa, comment vas-tu ? » Fee a aussi les cheveux noirs de sa mère, mais une peau très claire. Elle a mon ambition, ma volonté de se forger une vie à sa mesure. Son caractère est plus affirmé que celui de son frère et elle est du genre à rechigner à chaque repas. Jamais elle ne me demande comment je vais au téléphone. Elle est sans doute encore trop jeune. Moins songeuse que son frère, plus directe, plus vive ; et souvent irrésistiblement drôle. Quand la crise Tiberius a éclaté, nous nous sommes dit qu'il nous faudrait garder un œil sur elle, à cause de sa grande émotivité – elle réagit toujours intensément aux événements –, et en fin de compte c'est Paul qui a développé ce drôle de tic. À la même période, il avait des problèmes avec un garçon de son âge qui le harcelait et lui avait coupé l'envie d'aller au jardin d'enfants. Nous nous sentions démunis.

Nous nous efforcions de ne pas inquiéter les enfants, malgré la menace qui sommeillait au sous-sol. Nous n'en discutions pas avec eux et agissions comme si M. Tiberius n'existait pas. Cela nous était apparu comme la meilleure stratégie à adopter. Nos enfants jouaient à leurs jeux d'enfants et continuaient à vivre leur vie comme avant. Rien à signaler donc, jusqu'au jour où notre fils a commencé à faire cette drôle de grimace. Avions-nous eu tort ? La frénésie qu'ils mettaient à jouer cachait-elle autre chose ? Les enfants sont endurants, ils ne savent pas s'arrêter ; même avec 40 de fièvre, Fee et Paul jouent comme des fous avec leurs Lego. Avaient-ils ressenti l'état de stress de leurs parents ? Le danger auquel nous étions exposés avec, en prime, ce sentiment angoissant d'être tenus à l'écart ? Le tic de Paul était-il dû à l'anxiété, en dépit de ce qu'il disait ? J'avais fait de pathétiques tentatives pour le faire renoncer à cette habitude. En commençant par pointer gentiment du doigt son nez chaque fois qu'il le fronçait, en lui disant qu'il n'était pas obligé de faire ça, qu'il pouvait arrêter. Au fil des jours, j'avais perdu patience, et j'avais commencé à le rappeler à l'ordre sèchement. Je lisais dans ses yeux la culpabilité et l'incompréhension, comme s'il ne savait pas à quoi je faisais allusion. Un jour, je m'étais même emporté : « Arrête de froncer ton nez tout le temps ! » Il m'avait regardé avec ses grands yeux d'animal blessé et je m'étais excusé. Mais c'était trop tard. Ce qui est dit est dit.

Le 27 juin – à en croire mon journal – je suis descendu au sous-sol pour frapper à la porte de M. Tiberius. Rien. « Je voudrais vous parler, ouvrez s'il vous plaît. » Pas le moindre mouvement. Alors j'ai essayé le téléphone. J'ai entendu la sonnerie retentir en bas, et il a fini par décrocher.

« Dieter Tiberius.

— Tiefenthaler, votre voisin, ai-je précisé bêtement.

— Je m'en fiche d'aller en prison », a-t-il dit d'un trait.

Je n'ai pas relevé et lui ai fait ma proposition : 5 000 euros en liquide s'il quittait l'appartement dans un délai d'un mois. Nous couvririons aussi ses frais de déménagement. Il a dit qu'il aimerait y réfléchir, puis il a raccroché.

L'argent : la solution d'aujourd'hui à tous les problèmes. C'était méprisable, petit, sans courage ni panache. La solution de l'homme d'affaires devenu figure centrale de notre civilisation. Et la solution de ma classe sociale : nous avons les moyens d'acheter la vie que nous souhaitons avoir. Dans une certaine limite, évidemment. Je ne sais pas pourquoi j'ai offert 5 000 et pas 10 000, pourquoi le calcul entre en compte dans ce genre d'affaires. J'aurais pu lui proposer 50 000 euros, en me serrant la ceinture ou en empruntant à des amis. Mais j'ai dit 5 000 euros. Au regard de mes revenus, c'était sans doute la meilleure offre que j'étais prêt à faire pour compenser cette injustice.

La nuit suivante, sa tirade à propos de la prison n'a cessé de me hanter. Ses mots me terrifiaient, parce qu'ils le rendaient invulnérable. Tout ce que j'avais considéré être à mon avantage se retournait contre moi : ma famille, mon métier, ma vie confortable, mon argent, ma réputation. J'avais tout à perdre, lui rien. Il vivait seul dans un minable sous-sol, grâce à l'aide sociale. L'enfer il connaissait, peu importe qu'il s'agisse d'un foyer ou d'une prison. C'était un dur contrairement à moi. Car les gens comme moi ont trop à perdre. Et les jeunes loups en pleine ascension s'avèrent particulièrement vulnérables. Ils craignent de perdre tout ce qu'ils sont parvenus à créer, parce que rien n'est acquis, pas plus sur le plan moral que financier. Il nous manque la substance, les fondements d'une longue tradition familiale.

Deux jours après, une nouvelle lettre nous attendait. Ma précipitation à l'ouvrir s'est révélée à la hauteur de ma déception : *Je reste, vous ne pouvez rien contre moi.* Ma stratégie mercantile avait échoué.

26.

Le matin, je me levais désormais avec la volonté de reconquérir ma femme. J'essayais de l'impressionner en passant en revue les projets potentiels qui s'empilaient sur mon bureau, j'exagérais la bonne santé de ma comptabilité au regard des contrats réellement signés. Je lui ai même montré un article élogieux sur l'une des maisons que j'avais conçues dans *Architectural Digest*.

« Ne te fatigue pas à essayer de m'impressionner, a fini par dire Rebecca. De la normalité, c'est tout ce à quoi j'aspire, ce dont tu m'as toujours privée. J'aimerais que tu m'ennuies, ce serait un bon début. »

J'avais honte. Je n'avais rien compris. La question n'était pas de reconquérir ma femme mais de lui redonner confiance en moi. Une fois l'enjeu établi, ce n'était plus si difficile que cela. Je lui parlais de ce que j'avais vu, lu, pensé, et elle faisait de même. Nous nous retrouvions grâce à des gestes simples comme se tenir la main en faisant les courses, s'embrasser longuement à se donner la chair de poule – aucun érotisme là-dedans, plutôt de l'étonnement car nos corps n'étaient plus habitués à ce genre de situation.

Changer de point de vue sur les choses se révélait déterminant. Ne plus voir chez Rebecca ce qui me dérangeait, mais ce que j'appréciais en elle. En relisant différemment l'histoire de mon mariage, je découvrais une tout autre femme. Une femme dont je ne craignais plus les accès de colère, elle se montrait irascible trois fois par an tout au plus, rien de grave. Mieux valait se concentrer sur les périodes de calme entre les tempêtes. Je comprenais enfin cette vérité simple : nous ne vivons pas avec la personne à proprement parler, mais avec l'image que nous nous en créons, sur la foi de notre mémoire sélective. Et c'est plus vrai encore pour les relations au long cours. D'ailleurs, cette personne réelle n'existe sans doute pas. Chaque fois que Rebecca fait ou dit quelque chose, je le perçois à travers le prisme de mes souvenirs, lesquels varient sensiblement selon mon humeur.

Pendant cette phase de rapprochement, nous dînions souvent en tête à tête, dans le salon de préférence ; le choix de l'endroit était important. Nous cuisinions ensemble, enfin je m'occupais de l'épluchage et Rebecca des étapes exigeant davantage de savoir-faire. Puis nous passions à la salle de bains pour nous changer. Rebecca portait une robe noire, des talons hauts, des bijoux, et moi un costume, une chemise blanche et une cravate Tom Ford. Nous sortions les bougies, le service de l'arrière-grand-mère de Rebecca, un vin rouge de Majorque, superbement équilibré. Nous parlions de notre quotidien, de nos enfants, nous nous demandions si Rebecca ne devrait pas reprendre sa carrière. La musique était juste assez forte pour ne pas couvrir notre conversation, elle empêchait M. Tiberius d'écouter aux portes et Dustin Hoffman de nous déranger. Je ne verse pas facilement dans le sentimentalisme et je ne me suis jamais laissé aller à cela durant toute cette période, mais je dois admettre que ces soirées – notamment quand jouait en fond sonore la 7e *Symphonie* de Chostakovitch, la « Leningrad » – ont été en quelque sorte une exception à la règle. Cette symphonie a été écrite dans la ville assiégée, elle a des accents de marche militaire, surtout l'allegretto. La musique de la résistance. J'étais pour la résistance culturelle. Aujourd'hui, cela m'apparaît tellement absurde.

Tout se passait pour le mieux : nous étions un couple normal et bientôt un couple de nouveau amoureux. Il arrivait cependant à Rebecca d'avoir de drôles d'idées, comme autrefois.

« Allez, on va se dire des choses que seul notre amour peut tolérer. »

Je doutais un peu que notre couple soit tout à fait prêt pour ça, mais je me prêtais au jeu. Difficile de refuser quoi que ce soit à l'autre, dans ces moments d'intimité.

« L'hiver, tu es tout sauf sexy, avec ton peignoir, tes chaussettes et tes pantoufles.

— J'ai toujours les pieds gelés en hiver », me suis-je défendu.

Et Rebecca d'ajouter que les pieds gelés, c'était pas très sexy non plus. Touché coulé, je voulais être sexy, hiver comme été.

« Et maintenant, tu dois me pardonner », a-t-elle dit.

Je me suis exécuté après avoir ravalé mon orgueil tout en me disant *vraiment, quelle femme merveilleuse !*

« À ton tour », m'a défié Rebecca, impatiente.

J'ai réfléchi un petit moment, et je n'ai rien trouvé de mieux que « Tu respires fort quand tu manges.

— Allez, tu peux faire mieux que ça ! (Visiblement, elle était déçue.) Tout le monde fait ça, on ne peut pas vraiment parler d'un tue-l'amour.

— Parce que le coup des pantoufles c'était original, peut-être ?

— Allez ! S'il te plaît, s'il te plaît. »

J'ai cogité et fini par lâcher : « Tu ne sens pas bon, quand je te prends par-derrière. »

Ce qui était faux. J'aimais l'odeur de ma femme quand on faisait l'amour, mais je cherchais quelque chose qui lui ferait du mal. Elle a dégluti, j'ai craint d'être allé trop loin, puis elle a riposté : « Ça ne t'empêche pas d'aimer me prendre par-derrière.

— Oui, malgré ça, j'aime terriblement te prendre par-derrière.

— Parce que notre amour est tellement grand, a-t-elle dit.

— Parce que notre amour est tellement grand », j'ai confirmé.

Et nous avons trinqué.

« Auriez-vous l'amabilité de me passer un autre morceau de tomme, Ivan Ivanovitch », a dit Rebecca, un sourire mélancolique aux lèvres, comme si elle était atteinte de phtisie et que son heure approchait.

« Volontiers, Anna Petrovna, ai-je répondu en coupant un morceau de fromage, mais ne trouvez-vous pas que c'est ennuyeux, terriblement ennuyeux ?

— Oui, mais cessez, s'il vous plaît, de parler de caractère, je n'en veux plus entendre parler. »

Je le savais, elle tentait de renouer avec notre mythe fondateur, celui qui nous sauverait. Rebecca a pris une douche, ce qu'elle ne faisait jamais à une heure aussi tardive. Lorsqu'elle m'a rejoint au lit, j'ai dit : « Que je ne te reprenne pas à filer sous la douche pour effacer ta merveilleuse odeur.

— Tu as menti, il ne faut pas mentir si tu veux qu'on se retrouve. »

Nous avons fait l'amour et je me suis appliqué à ne pas penser à mon seul plaisir, mais à celui de ma femme, à chaque seconde. Pas très excitant de faire rimer sexe et application, j'en conviens, mais lorsque l'on émerge d'une vallée profonde, l'ascension s'avère parfois ardue. Là-dessus nous étions sur la même longueur d'onde, et ça a marché.

Quant à nos enfants – nos enfants *non violentés*, ce qu'ils étaient désormais –, ils montraient des signes de jalousie, ils n'avaient pas l'habitude de voir leurs parents si accaparés l'un par l'autre. J'étais depuis toujours leur partenaire de jeu exclusif, Rebecca se joignait maintenant à nous pour discuter en famille, pendant que je construisais un bateau pour Paul ou une étable pour Fee (côté Lego nous sommes assez conventionnels). « Va-t'en, maman », avait tempêté un jour Fee. J'avais insisté pour que Rebecca reste, et les enfants avaient compris que nous serions désormais quatre.

Un quotidien somme toute banal, même pendant ces mois ternis par l'affaire Tiberius. Nous vivions comme si de rien n'était, comme si aucun voisin sous nos pieds ne cherchait à détruire notre bonheur. Au bout de deux semaines, Paul a cessé de *faire le groin* et nous avons continué à ne jamais évoquer M. Tiberius devant nos enfants. Ils ne savaient rien de mes rondes nocturnes ; je n'en parlais à personne, pas même à Rebecca, elle ignorait les idées qui me passaient par la tête, les idées de meurtre. Si M. Tiberius se pointait chez nous, je l'abattrais en légitime défense. Mais il ne se pointait jamais. Au fond cela me convenait, parce que je ne l'aurais sans doute jamais abattu et que cela aurait définitivement attesté de mon impuissance.

27.

À dire vrai, notre vie au jour le jour n'était pas si sereine. Me montrer nu devant les enfants n'allait plus de soi, je m'habillais et me déshabillais dans la salle de bains. Au moment des câlins, j'évitais soigneusement de les toucher à certains endroits que, de toute manière, je réservais avant à la toilette ; or même ces gestes-là étaient proscrits à présent. C'était affreux, impossible de le dire autrement : à l'heure du bain, c'était comme si M. Tiberius se trouvait à mes côtés et qu'il surveillait chacun de mes gestes.

Il a envoyé un jour un poème à ma femme. Avec des rimes très élémentaires, mais pas ineptes pour autant, il y avait même un peu de poésie. Il était question pour l'essentiel des cris de mon épouse, cris de colère ou de plaisir, cela restait ambigu. Rebecca est plutôt discrète au lit, mais peut-être avait-il fantasmé ses cris de plaisir. J'avais été saisi d'effroi en lisant son poème, et plus encore en découvrant les derniers vers qui disaient son furieux désir d'être présent à l'instant où ma femme pousserait son dernier cri, son dernier souffle et ferait silence pour toujours.

« Une menace de mort », ai-je dit à Rebecca, la voix brisée.

Après avoir lu le poème, elle s'était laissée tomber sur une chaise, mutique.

« Je me sens si sale, a-t-elle fini par dire, sale comme jamais. Il imagine faire toutes ces choses avec moi et, par ses pensées, c'est comme s'il était tout près de moi, il est ici chez nous, tel un envahisseur. Il s'immisce dans ma tête, mes sentiments, et mon propre corps.

— Sauf que maintenant nous le tenons, ai-je triomphé. Lorsqu'il y a menace de mort, la police doit intervenir. »

J'ai apporté le poème à la brigade criminelle. Mme Kröger l'a examiné un long moment, avant de m'adresser un signe de tête impuissant :

« Aucun procureur n'y verra une menace de mort. Votre voisin s'imagine des choses, mais ça n'est pas interdit par la loi.

— Mais il est question du dernier souffle de ma femme ! ai-je hurlé. Du silence éternel. Il s'agit bien de mort.

— Ou de sexe, a-t-elle répondu.

— Vous n'avez pas de cœur.

— Pardon ?

— Vous n'avez pas de cœur. Vous avez devant vous un homme qui a peur pour sa femme, peur pour ses enfants, et tout ce que vous trouvez à répondre c'est qu'il pourrait s'agir de sexe.

— Je me contente de vous expliquer ce que dit la loi. »

J'ai craqué, je l'avoue, et j'ai quitté la pièce, en larmes et sans un mot. Désespéré, je suis passé chez notre avocate, laquelle, sans surprise, ne considérait pas non plus le poème comme un élément décisif à verser au dossier. « Où en est-on de la plainte pour calomnie ? », ai-je demandé. Il fallait se montrer patient. Je lui ai retiré l'affaire, ce qui n'a pas semblé l'émouvoir plus que cela.

J'ai alors appelé mon frère. Il était hors de question que je laisse ma famille seule à la maison, en pareilles circonstances. Je travaillais presque à plein temps à la maison, mais il y avait les rendez-vous de chantier et je ne voulais pas prendre de risques.

Mon frère est arrivé le jour suivant et nous avons veillé tard dans la cuisine, lui, Rebecca et moi, à boire du vin rouge sans évoquer l'affaire. Vers minuit, Bruno a fait un saut dehors, il est revenu muni d'un pied-de-biche.

« C'est quoi ça ? ai-je demandé.

— Finissons-en, a-t-il dit, c'est pour ça que tu m'as fait venir.

— Non, je ne t'ai pas fait venir pour que tu tabasses Dieter Tiberius avec ce truc, me suis-je insurgé, tu es ici pour garder un œil sur ma famille. »

Il comptait se servir du pied-de-biche pour ouvrir la porte « de ce porc », le reste pourrait se régler avec les poings. Je lui ai rappelé que nous étions du côté de la loi et que nous avions l'intention d'y rester.

« À quoi bon être du côté de la loi si elle te laisse tomber ? », m'a demandé mon frère.

Aujourd'hui je me dis que si je l'avais écouté, M. Tiberius serait encore en vie ; quelques coups de poing auraient peut-être suffi à l'intimider et à lui donner envie de prendre le large. Impossible d'en avoir le cœur net. Ce genre de ruminations me tourmentent parfois. Que serait-il advenu si j'avais agi différemment ? Nous menons au moins deux vies en parallèle, surtout après de grandes décisions : la vie que nous avons choisie et celle que nous avons refusée. Et c'est à cette vie-là que nous pensons sans cesse au regard de celle que nous menons. Dans cette autre vie, nous aurions réussi à expulser Dieter Tiberius de chez lui de manière pacifique. Il aurait atterri dans une institution spécialisée où il ne pourrait plus rien contre nous. De temps à autre, je retrouverais mon père pour un café, nous aurions fait la paix, pas besoin d'un meurtre pour cela. Tout irait pour le mieux.

Mon petit frère a posé le pied-de-biche sur la table. Au lieu de donner l'assaut, nous avons eu une longue conversation. Bruno m'a fait sortir de mes gonds en me traitant de lâche, j'étais incapable de me défendre et je me contentais de regarder ma famille se déliter. J'ai répondu qu'on pouvait aussi bien tirer un trait sur la civilisation si des gens comme moi trouvaient refuge dans la barbarie.

« Pas la peine de monter sur tes grands chevaux, a-t-il rétorqué, fous-lui une bonne raclée à ce type, la civilisation n'en mourra pas. »

La discussion s'est envenimée, les vieux griefs ont refait surface, mais ce qui m'a le plus vexé c'est le silence de ma femme, elle n'avait rien à dire pour ma défense. J'ai fait promettre à mon frère de ne rien tenter sans mon accord et de laisser le voisin tranquille. Il y a consenti à contrecœur.

Comme souvent à l'époque, je n'ai pas réussi à trouver le sommeil. Et tandis que je m'enfonçais dans un rêve éveillé, je prenais part à une grande bataille, le combat de la civilisation contre la barbarie, une juste cause qu'il était de mon devoir de défendre.

Le jour suivant, la police s'est de nouveau présentée à notre porte : M. Tiberius avait dénoncé mon frère, pour avoir abusé de nos enfants avec la complicité de ma femme. L'officier Leidinger et son collègue Rippschaft ont procédé à un bref interrogatoire de circonstance et s'en sont retournés. J'ai jugé bon de rappeler à Bruno qu'il m'avait donné sa parole, il ne toucherait pas à ce pied-de-biche. Il m'a jeté un regard méprisant avant de disparaître dans la chambre de Paul.

De l'extérieur, il n'est probablement pas facile de mesurer l'impact de ces visites de la police sur notre foyer. L'effet de répétition pourrait presque paraître comique. Pas pour nous, cependant. Nous le vivions chaque fois comme une humiliation supplémentaire, nous nous sentions salis, stigmatisés. Nous avions la sensation d'être mis en examen, sans être poursuivis. Nous n'étions coupables d'aucun crime, et pourtant nous avions du mal à nous sentir innocents, notre réputation pesait toujours dans la balance. Nous nous répétions souvent que nous n'avions rien à nous reprocher, seulement ce n'était pas suffisant. Nous n'appartenions plus au cercle des parents au-dessus de tout soupçon.

28.

Le thermomètre affichait environ 30 °C, un ciel bleu surplomblait nos pensées sombres. Je m'étais installé au jardin, travaillant sur la maquette d'une maison, les enfants se défoulaient sur le trampoline. Une scène familiale en apparence ordinaire, même si j'avais l'air de monter la garde. Le trampoline se trouvait derrière une haie ; je voyais leurs têtes apparaître et disparaître, un sourire aux lèvres. J'imaginais un monde sans eux, un monde où ce Tiberius nous les aurait enlevés et je me demandais comment je survivrais dans un monde pareil.

Je ne cherchais pas à me faire peur, juste à me consoler. La beauté des montagnes, de la mer subsisterait. Mon boulot et Rebecca aussi, mais s'agirait-il de la même femme ? J'ai aperçu la tête de Paul, puis celle de Fee et je leur ai fait signe. À la naissance de mon fils – un de ces jours d'été brûlants aux fenêtres grandes ouvertes – ma première pensée avait été qu'il existait désormais quelqu'un dont l'existence comptait davantage à mes yeux que la mienne, un être pour lequel je donnerais ma vie. Je l'ai dit, je ne suis pas du genre à verser dans le sentimentalisme, mais disons que c'est un cas un peu particulier. Cette pensée s'était manifestée au moment précis où mon fils avait pointé le bout de son nez. Je m'étais fait la même réflexion pour Fee un peu plus tard, parce que mon amour pour eux ne pouvait souffrir aucune différence. Je donnerais ma vie pour l'un comme pour l'autre. Comme tous les pères d'ailleurs, du moins je l'espère.

J'étais en train de plier l'un des murs de la maison et d'appliquer de la colle sur l'une des arêtes du carton, quand j'ai soudain pensé que je n'avais pas aperçu la tête de mes enfants depuis un bout de temps. J'ai tendu l'oreille, à l'affût de leurs rires et gloussements. Tout était calme. Pas de panique, me suis-je sermonné, ne surtout pas sombrer dans la paranoïa. Trop tard. Je me suis précipité derrière la haie. Paul et Fee étaient allongés sur le trampoline, silencieux, les yeux plissés face au soleil. Je me suis allongé à leurs côtés, les yeux fermés, et nous sommes restés là un instant sans parler. Quand j'ai rouvert les yeux, Dieter Tiberius se tenait au bord de la haie, un couteau dans la main droite. J'ai bondi en bataillant contre le filet de sécurité, et je l'ai pris en chasse. Puis je l'ai vu disparaître dans le sous-sol. Planté devant la porte d'entrée, je me suis souvenu qu'il n'y avait pas que le couteau, il y avait aussi une pomme : le couteau dans sa main droite, la pomme dans la gauche. Je ne suis pas allé tambouriner à sa porte, je suis retourné m'asseoir à la table de jardin et j'ai continué à assembler la maquette. Fee est venue me demander pourquoi je m'étais enfui en courant.

« J'ai chassé un renard, ai-je dit.

— C'est pas vrai, a-t-elle répondu, ici il y a pas de renard.

— Tu as raison, ma langue a fourché, il s'agissait d'un lynx. »

Elle m'a regardé d'un air dubitatif.

« Vraiment ?

— Attends un peu, c'était peut-être une licorne en fait.

— Mais un lynx, c'est plus grand qu'une licorne.

— Pas un bébé lynx.

— C'est petit comme ça ?

— Plus petit qu'un chat en tout cas.

— C'est quand la dernière fois que tu as vu un bébé lynx ?

— À ta naissance. Il y en avait un dans le berceau à côté du tien.

— C'est même pas vrai. »

On a continué un bon moment, jusqu'à ce que Fee retourne à son trampoline et moi à ma maquette, envisageant la forme à donner au bow-window. Il n'y avait rien de satisfaisant à manipuler un enfant.

Que cherchait Dieter Tiberius au juste ? Ma femme n'était pas à la maison. Il devait le savoir, vu qu'il surveillait en permanence la porte du jardin. Espérait-il trouver Paul et Fee seuls sur le trampoline ? La perspective qu'il s'en prenne aux enfants continuait de nous inquiéter, même si tous ses méfaits étaient dirigés contre Rebecca. Il nous suffisait de penser à la description des violences que nous leur avions supposément fait subir, seul un homme convoitant des enfants pouvait nourrir de tels fantasmes. Cela participait de notre paranoïa : nous envisagions le pire. Nous vivions la pire des vies dans le pire des mondes.

29.

Je l'avoue – et c'est un aveu particulièrement pénible –, il m'est arrivé de me demander si ma femme avait pu abuser sexuellement de nos enfants. Lorsque l'idée me passait par la tête, je la repoussais aussi vite. Je ne pouvais me résoudre à laisser Dieter Tiberius me contaminer avec ses soupçons pervers. Il y était parvenu néanmoins. Après avoir chassé cette pensée plusieurs fois, j'avais fini par la laisser suivre son cours. Je fouillais ma mémoire, convoquais des scènes qui s'étaient déroulées dans la salle de bains – Rebecca et Fee, puis Rebecca et Paul – et dont il ne ressortait rien, rien qui puisse corroborer ses accusations. Je ne voyais que des contacts physiques normaux au sein d'une famille normale.

Je sais bien que le monde ne se résume pas à ce que nous voyons ou entendons. Quand nous avons le dos tourné, quand nous sommes loin, les choses peuvent être tout autres. C'est ce qui rend nos vies si précaires. En notre absence, tout devient possible : la trahison, l'infamie, le crime – et même les violences sur enfant. Que pouvait bien faire ma femme quand je n'étais pas à la maison ? De terribles images défilaient sous mes yeux. Des images qui m'ont fait souhaiter la mort de Dieter Tiberius – maintenant c'est dit.

Mon discours sur l'État de droit n'était pas usurpé, néanmoins, il m'est arrivé de souhaiter la mort de M. Tiberius, disons qu'un camion aurait pu l'écraser au moment où il traversait la route avec ses sacs plastique. C'était lui qui faisait naître ces images, lui qui m'empoisonnait l'esprit. J'en ai conscience, je n'aurais jamais dû me laisser ébranler par ces images. Je savais ma femme incapable de telles horreurs. Les allégations de M. Tiberius à son encontre n'étaient pas plus fondées que ce dont il m'accusait. En étais-je seulement certain ? Disons-le comme ceci : je me forçais à l'être.

Au terme de cette effroyable période, j'ai dû prononcer un discours à l'occasion d'une remise de clés. Ce n'est pas un exercice dont je raffole particulièrement, mais en général je prépare mon laïus par écrit, je m'efforce de calmer mon rythme cardiaque et tout se passe bien. Applaudissements. Remerciements du client. En pareilles occasions, je porte un élégant costume, une chemise blanche et une cravate. Les gens apprécient un peu de cérémonial, et moi aussi. Cette fois, j'étais plus tendu que jamais : mon cœur battait la chamade malgré mes rappels à l'ordre, je me tenais devant tous ces gens – les propriétaires de la maison, un jeune couple avec trois enfants, le couvreur, les charpentiers, le plombier, l'électricien, tous étaient dans l'expectative : ils sont impatients, ai-je pensé, impatients de m'entendre. Mes cordes vocales et ma gorge étaient nouées, j'étais incapable de prononcer le moindre mot. Le couvreur et le plombier me regardaient perplexes, se demandant pourquoi le type sur l'estrade, bricolée par les charpentiers pour l'occasion, ne se lançait pas et pourquoi il faisait cette drôle de tête. La peur devait se lire sur mon visage. C'était intenable, il fallait que je quitte cet endroit, que je fuis tous ces regards. Alors je suis parti.

J'ai pris sur moi pour ne pas partir en courant, j'ai rassemblé mes dernières forces et soigné ma démarche pour préserver le peu de dignité qui me restait. Je suis passé devant le jeune couple et ses trois enfants, devant l'équipe des artisans, sans que personne n'intervienne. Puis j'ai regagné ma voiture et j'ai démarré.

Le lendemain, j'ai dû annuler à la dernière minute une réunion prévue au bureau avec quelques entrepreneurs, suite à une crise d'angoisse. Je me suis enfin confié à Rebecca et nous sommes vite tombés d'accord sur les raisons de mon mal-être : Dieter Tiberius. Cela tombait sous le sens. Ses accusations grotesques avaient fait naître un sentiment de honte en moi. J'avais peur, chaque fois qu'on me regardait, d'être perçu comme un criminel, un pervers. Rebecca a cherché à me réconforter en me préparant du thé et un bain aux huiles essentielles, en se montrant une épouse merveilleuse et attentionnée, sans succès. Je ne parvenais plus à m'adresser à plus de trois personnes à la fois. Je mettais ma carrière en danger, c'était du moins mon sentiment à l'époque. On ne demande pas à un architecte d'être un grand orateur, en revanche il doit être en mesure de négocier avec les entreprises et les clients, de faire preuve de fermeté, or j'en étais devenu incapable. À l'époque, je me qualifiais souvent de « mauviette » et ce avec une certaine fierté masochiste, pensant que nous autres, intellectuels, étions les hommes clés de la démocratie et de l'État de droit – sauf qu'à présent, je me faisais réellement l'effet d'être une mauviette. Une mauviette à la merci de Dieter Tiberius. J'ai consulté deux fois un thérapeute qui voyait en mon père un cas intéressant, et s'échinait à creuser cette voie ; il s'agissait, selon lui, de « remonter à la racine du problème ». J'avais de mon côté l'intime conviction que cela ne nous mènerait nulle part. Tout comme sa remarque sur mon enfance, que je devais cesser de chercher par tous les moyens à considérer comme normale. Je me suis fait prescrire des anxiolytiques, et j'ai cessé de le voir. Les médicaments m'ont aidé à reprendre le dessus et je n'en ai rapidement plus eu besoin. Je continuais à me sentir nerveux avant une réunion, mais j'étais désormais capable de surmonter mon appréhension sans que personne ne remarque quoi que ce soit.

Pour la première fois, je comprenais les peurs de mon père. J'ignorais toujours leur origine mais j'en percevais désormais le mode opératoire. Elles se manifestent sans raison apparente, bâillonnent votre esprit avant de lui crier : « Cours ! » À l'intérieur, vous devenez cette créature effrayée, ce chevreuil reniflant l'odeur du loup. Vous vous dédoublez. Vous avez beau être assis ou debout quelque part, vous êtes déjà ailleurs, courant à toute vitesse pour échapper à votre propre corps. Et cette tension insoutenable finit par vous déchirer. Sans parler de la honte, de cette honte immense de n'être qu'un putain de chevreuil de merde.

Je comprenais désormais pourquoi mon père ne pouvait endurer ces peurs et ressentait le besoin de posséder des armes. La menace venait de l'intérieur et il se rassurait en transformant ses propres démons en menaces extérieures. Les armes lui prodiguaient un sentiment de sécurité, elles faisaient rempart contre les criminels dont on parlait dans les journaux et à la télévision. Il faudra que je l'interroge sur ses démons quand il sera sorti de prison, bientôt avec un peu de chance. Tout cela est peut-être lié à un épisode remontant à la guerre, même s'il ne nous a jamais raconté d'histoires aussi tragiques que ma mère. Ou à son propre père ? Trouver le démon, c'est bien souvent chercher du côté du père.

C'est alors que je me suis décidé à raconter nos malheurs à ma mère au téléphone. Jusque-là, je l'avais épargnée, présentant M. Tiberius davantage comme un clown antipathique que comme une véritable menace.

À présent, je rentrais dans les détails, j'évoquais les lettres. Il avait désormais trois poèmes à son actif, qui tous tournaient autour du sexe et de la mort et étaient destinés à ma femme.

À côté de cela, notre vie de famille se poursuivait avec une banalité déconcertante. Nous sommes partis en excursion dans le Spreewald, dont le paysage me ravit plus que tout autre : d'étroits ruisseaux courant entre de hauts peupliers, dont les cimes finissent par se toucher et former une immense cathédrale naturelle. Nous avons loué deux canoës – l'un pour Paul et Rebecca, l'autre pour Fee et moi – et parcouru ce labyrinthe des chemins d'eau entre les saules pleureurs. Bercés par le clapotis des pagaies, je racontais les histoires du lieutenant Chivkov, un policier de Los Angeles d'origine russe que j'avais inventé de toutes pièces pour les enfants. Ou bien nous attendions dans un parfait silence de voir apparaître des castors, pour leur plus grand bonheur. Pendant qu'ils s'amusaient sur l'aire de jeux aquatiques, nous nous allongions sur l'herbe, blottis l'un contre l'autre, brûlant de faire l'amour mais trop pudiques pour cela, comme le dirait de moi un ami bavarois. Rebecca me racontait ce qu'elle voulait me faire et je faisais de même. Les enfants venaient parfois nous verser de l'eau froide dans le dos. Sur le chemin du retour, alors que Paul et Fee s'étaient endormis à l'arrière, Rebecca m'a avoué que son souhait le plus cher serait que M. Tiberius disparaisse, même si cette idée l'effrayait parfois.

« Elle t'effraye parce que tu as peur que je m'éloigne de nouveau ? ai-je demandé.

— Oui, tu pourrais disparaître une fois le danger écarté. »

Je lui assurais que cela ne se produirait pas, sachant combien les engagements pour le futur étaient ténus. Je mesurais aussi à quel point notre bonheur recouvré dépendait de M. Tiberius. Cela signifiait-il qu'il lui était lié à jamais ? C'était déjà assez pénible que Dieter Tiberius nous ait apporté tout ce malheur, mais c'était tout bonnement insupportable de penser qu'il ait, d'une certaine manière, permis la résurrection de notre couple et d'une vie familiale heureuse. Le mal peut-il enfanter le bien ? Et que vaut le bien s'il résulte du mal ? Je laissais ces questions en suspens.

Mon petit frère était de sortie, Rebecca et moi étions assis seuls au salon, prêts pour un de nos grands soirs, comme nous les appelions : bon repas, bon vin, tenue de soirée, Chostakovitch et une agréable conversation. Après le plat principal, elle a déclaré : « J'ai une question à te poser, mais je ne veux pas que tu te fâches.

— Enfin, tu sais que tu peux tout me demander, ai-je répondu.

— Lors de nos dernières vacances à Majorque, pourquoi t'es-tu allongé nu sur le sofa avec Fee ? »

Je savais pertinemment à quoi elle faisait allusion. Nous avions passé la journée à la plage, une journée à se baigner avec les enfants, nager au loin, faire des châteaux de sable, jouer au Frisbee, lire des livres avec du sable entre les pages et des journaux que le vent cornait, s'enduire de crème, se blottir sur les serviettes avant de replonger dans l'eau. Quand l'air était devenu plus frais, j'avais ramené ma fille à la maison ; elle était épuisée et glacée. « Surtout enlevez vos vêtements mouillés », avait lancé Rebecca. Ce que nous avions fait en arrivant. Fee grelottait de tout son corps et nous nous étions allongés sur le sofa enroulés dans une couverture. Fee s'était endormie sur-le-champ, je l'avais imitée peu après.

« Je vous avais juste dit d'enlever vos vêtements mouillés, a-t-elle rétorqué, je ne voulais pas que vous attrapiez froid. Quand je vous ai vus nus sur le sofa, cela m'a troublé un instant.

189

« — Fee était frigorifiée, je voulais qu'elle se réchauffe sous la couverture. »

J'avais l'impression de devoir me justifier, prouver mon innocence. J'ai signifié à ma femme que je n'étais pas un salopard de pédophile. Voilà à quoi nous en étions réduits : je la détestais de me suspecter d'une chose dont je l'avais moi-même suspectée.

Bizarrement, cela ne m'était jamais venu à l'esprit que Rebecca ait pu douter de moi comme j'avais douté d'elle. Cela m'a brisé le cœur. J'étais blessé par cette suspicion, mais aussi par les scènes dégueulasses qu'elle avait pu imaginer entre mes enfants et moi.

« Tu veux bien me pardonner ? m'a-t-elle demandé. J'ai confiance en toi, mais il fallait que je t'en parle au moins une fois.

— Moi aussi j'ai confiance en toi », ai-je répondu.

Ce type de déclaration est d'ordinaire le symptôme de moments heureux et délicieux. Sauf que dans notre cas, nous nous sentions obligés de nous renouveler notre confiance mutuelle. Aucun couple ne devrait en passer par là. Nous étions assis là, côte à côte, deux « non-pédophiles » certifiés et malheureux comme les pierres.

Quand Bruno est rentré, nous n'avions toujours pas bougé du salon. Nous étions silencieux, enfermés dans nos idées noires, sous le joug de Tiberius. Bruno a essayé tant bien que mal de nous remonter le moral. Nous sommes restés tous les trois un moment sans rien dire et nous avons fini par aller nous coucher.

30.

Une nouvelle lettre de M. Tiberius n'a pas tardé à arriver, nous accusant cette fois d'avoir dérobé son vélo. On aurait pu en rire, vu que nous avions des vélos Bianchi – j'aime particulièrement leur peinture vert menthe – tandis que lui se traînait un vélo de femme rouillé et brinquebalant. La folie de ce type n'avait aucune limite, ce qui n'était pas pour me rassurer. Chaque coup de sonnette me rendait nerveux. *Est-ce que c'est lui ?* J'expédiais les enfants dans leur chambre, avant d'ouvrir la porte, prêt à en découdre. La seconde d'après, je signais le reçu que me tendait le livreur de DHL.

Dans une lettre suivante, M. Tiberius s'excusait et revenait sur l'intégralité de ses accusations, du vol de vélo à la maltraitance sur enfants. Nous restions sur nos gardes, même si, pour la première fois, un espoir commençait à se dessiner. Le lendemain, M. Tiberius pris de remords nous écrivait qu'à bien y réfléchir, il ne retirait rien, tout était vrai et pire encore. Le ballet des policiers a repris, nous avons engagé un autre avocat, plus âgé et plus expérimenté, recommandé par un ami. Un homme à la fois compatissant et habile, qui tempérait nos espoirs avec pragmatisme. Il ne fallait pas trop attendre de la poursuite en diffamation.

Il réussirait sûrement à convaincre un juge d'engager des poursuites contre M. Tiberius, mais il serait tout au plus condamné à une amende, qu'il ne paierait pas puisqu'il n'était pas solvable. Il exécuterait quelques travaux d'intérêt général et demeurerait dans son appartement. C'est ainsi que notre confiance dans la justice s'est définitivement envolée. Je téléphonais de plus en plus souvent à ma mère.

« Écoute-moi bien, m'a dit mon frère, un jour. Si tu ne te sens pas de déloger toi-même ce type de son trou, alors laisse quelqu'un d'autre s'en charger à ta place, mais arrête de pleurnicher sur ton sort. » Il connaissait du monde, des clients à lui pouvaient passer à l'action et donner une bonne leçon à ce cloporte ; ni vu ni connu. Il serait vraiment très étonné si ce « porc » décidait de rester après un tel « traitement ». Et dans le cas contraire, ils lui rendraient une deuxième petite visite. J'y avais déjà souvent réfléchi, je l'avais baptisée « la solution tchétchène », après qu'un de mes clients, un Géorgien, à qui j'avais fait part de mes ennuis, m'avait proposé de laisser « des amis tchétchènes » s'occuper de son cas. J'avais décliné sa proposition, incompatible avec mes valeurs. Pourtant, la « solution tchétchène » me traversait parfois l'esprit, agissant pareil à un calmant ou à un fantasme de vengeance. Lorsque mon frère m'a fait sa proposition, j'étais trop démoralisé pour la décliner catégoriquement. À force de persuasion, j'ai donc fini par accepter. Bruno avait passé un coup de fil et, le soir même, nous avions rendez-vous avec un certain Mickel.

Nous avons roulé vers le nord-est de Berlin, jusqu'à un bar devant lequel était garée une haie de motos, des grosses cylindrées surtout et des choppers. Deux d'entre eux avaient été décorés par mon frère – des femmes et des guerriers tout droit sortis d'un univers heroic fantasy.

« Tu es fier de moi ? m'avait demandé mon frère devant son œuvre.

— Oui, je suis fier de toi. »

Le bar s'appelait Wanne. L'homme répondant au nom de Mickel était assis à la table du fond contre le mur. Nous avons traversé la salle obscure et enfumée, dont toutes les tables étaient occupées, quelques quidams jouaient aux fléchettes.

La soixantaine, Mickel était un homme mince, au nez pointu et aux lèvres fines. Il se dégarnissait sévèrement mais ce qui lui restait de cheveux lui tombait jusqu'aux épaules. Il portait un blouson en cuir sans manches à la mode des rockeurs. Presque tout le monde ici en portait un, même les femmes en nombre restreint. Les enceintes crachaient du rock. On nous a servi une bière avant même d'avoir passé commande.

« T'as un problème ? avait dit Mickel dans un obscur dialecte berlinois. Allez, raconte ! »

Je lui ai fait un rapport circonstancié sur Dieter Tiberius, exagérant quelque peu les détails dramatiques. Une fois que j'ai eu fini, Mickel a simplement annoncé : « Ça fera 1 000 euros, plus 200 pour les frais.

— J'insiste, je ne veux pas qu'il soit blessé, ai-je répondu.

— Alors ça sera 1 500, plus 300 pour les serviettes éponges.

— C'est quoi le rapport ? ai-je demandé tout en apercevant mon frère rouler des yeux.

— C'est pour envelopper les poings, pardi. »

Je voulais savoir pourquoi la version douce coûtait plus cher que la version brutale, et Mickel m'a expliqué la difficulté de faire mal à quelqu'un sans le blesser. Une femme s'est approchée de la table – jupe courte, décolleté plongeant, chaussures rouges. Elle a posé une liasse de billets que Mickel s'est mis à compter, après s'être humecté l'index. Je comptais en même temps, il devait y en avoir pour 900 euros.

« Mon grand frère veut préserver la civilisation, a dit Bruno.

— Et nous sommes censés l'aider ? », a demandé Mickel.

J'étais agacé, tout se goupillait plutôt bien, pourquoi fallait-il que Bruno me tourne en ridicule ?

« On pourrait essayer de pas bafouer la Convention de Genève », a dit Mickel.

Je m'étonnais que cet individu ait même eu vent de la Convention de Genève. Mon frère, lui, s'en donnait à cœur joie : « Tu n'as qu'à embarquer le Comité international de la Croix-Rouge et deux infirmiers, comme ça, il n'y aura pas de problème.

— Mais ça coûtera plus cher », a lancé Mickel.

Bruno a éclaté de rire.

« T'es vraiment un trou du cul, ai-je beuglé.

— Tu vois pas que tu te ridiculises ? m'a soufflé Bruno à l'oreille. Si tu n'arrives pas à te comporter en homme, laisse au moins les autres s'en charger. »

Je lui ai asséné un violent coup de tête et nous avons bondi de nos chaises pour en découdre, mais il n'a pas fallu longtemps avant qu'un rockeur ne nous attrape par le col. Mickel nous a gratifiés d'une tape sur la tête, plus affectueuse qu'hostile, avant de nous dire de nous barrer, il était hors de question qu'il fasse affaire avec des types pareils. En sortant, mon frère avait balancé un coup de pied à l'une des motos qu'il avait décorées. Elle s'était écroulée avec fracas. Nous avions sauté dans ma voiture, morts de rire, et nous avions décampé en faisant crisser les pneus.

Le lendemain, mon frère a entendu dire que les hommes de Mickel le cherchaient, la moto avait été sévèrement amochée. Alors il est parti se mettre au vert à Qingdao pour peindre la Bentley d'un riche Chinois.

31.

Quand je suis rentré à Berlin, après mon diplôme, j'ai d'abord travaillé dans le cabinet d'un architecte reconnu puis, après un peu moins de trois ans, je me suis mis à mon compte. J'ai loué des bureaux dans la Wielandstraße, et réalisé quelques placements hasardeux qui m'ont laissé financièrement exsangue. Je me suis spécialisé dans les maisons individuelles, des projets de rénovation ou de conversion pour commencer, puis je me suis lancé pas à pas dans la conception. Il était loin le temps de mes rêves de nouveau monde, on vieillit c'est tout, et je trouvais gratifiant d'accompagner les gens jusqu'à leur nouveau foyer. Il n'est pas d'autre spécialité en architecture où le bonheur du propriétaire est aussi tangible que dans la mienne. Trouver un chez-soi pour la vie c'est quelque chose, même si c'est parfois plus précaire qu'il n'y paraît. Il m'est arrivé de concevoir des maisons pour des familles recomposées après des séparations.

J'étais bon dans ma partie, j'ai remporté plusieurs prix. Mon projet favori ? Une maison tout en verre à Dahlem : un cube de deux étages, avec en façade, un essentage bois dont les lames, espacées de trois centimètres, avaient été peintes sur la partie intérieure apparente de différentes couleurs. Le résultat, loin d'être bigarré, dégageait une impression de gaieté, les couleurs variant suivant l'angle de vue et la lumière du soleil. La fameuse réalisation dont *Architectural Digest* avait fait l'éloge.

Rebecca avait terminé ses études à Berlin, et trouvé un poste d'assistante auprès d'un professeur qui travaillait sur le Projet génome humain. Ce projet consistait à établir le séquençage ADN complet de l'homme, tout en amassant fortune et reconnaissance – la recherche génétique offrait de beaux débouchés dans le domaine de la pharmacologie. Le professeur de Rebecca était spécialisé dans le séquençage du chromosome 21, lequel promettait d'être particulièrement lucratif. Rebecca était douée et travaillait dur, comme moi, et nous tenions suffisamment l'un à l'autre pour que notre couple n'en souffre pas.

Les choses se sont envenimées en 1998, quand Craig Venter a provoqué un scandale. Qui se souvient de Craig Venter ? Après avoir fondé l'entreprise Celera Genomics, cet Américain avait mis au point une méthode plus rapide de séquençage du génome humain, en se concentrant uniquement sur les sections susceptibles d'être rentables – parmi lesquelles le chromosome 21. Ça avait sonné le début d'une compétition impitoyable pour la gloire et les brevets. Rebecca devait travailler les week-ends, et quand elle ne travaillait pas, elle se montrait fatiguée et irritable. Sans que nous l'ayons vu venir, notre couple a traversé sa première crise.

Nous nous disputions parfois parce que je refusais que l'homme puisse être déterminé par ses gènes. L'homme, selon moi, est un être autonome doué de libre arbitre. J'ai conscience que cela peut paraître naïf, que certains ne jouissent pas de la même liberté mais je m'accroche à ce principe : nous avons le choix. Rebecca ne voit évidemment pas les choses sous cet angle : pour elle les gènes ont une influence considérable sur nos vies.

« Prends par exemple mon frère, ma sœur et moi, nous avons les mêmes gènes et pourtant nous sommes totalement différents, lui ai-je dit un jour.

— Ça ne t'a jamais effleuré l'esprit que tu es architecte, que ton frère décore des motos et que ta sœur a fait des études de stylisme ? Vous dessinez tous les trois, et ce, malgré vos prétendues différences.

— Quel rapport avec nos parents ? Ce n'est pas leur cas.

— Tu es aveugle ou quoi ? Existe-t-il quelqu'un de plus doué que ta mère pour le tricot ? J'ai feuilleté tous les albums photo, les pulls qu'elle vous tricotait dénotent un réel talent, ce besoin de s'exprimer à travers des motifs et des formes, c'est une expression de l'amour.

— Mais je n'ai rien hérité de mon père, j'ai rétorqué, même si je connaissais déjà sa réponse.

— Parce que tu ne veux rien de lui. Ce sont pourtant de bons gènes, qui peuvent t'apprendre à faire durer un mariage, à subvenir aux besoins de tes enfants en cas de coups durs…

— Je prendrai soin aussi de mes enfants, l'ai-je coupée – un argument stupide et qui ne faisait pas le poids.

— Exactement, c'était déjà en toi, avant même leur naissance. »

Elle m'avait eu, une fois de plus. J'étais agacé mais je ne m'avouais pas vaincu pour autant. Pour couper court à la discussion, nous avons fini par nous entendre sur le fait que l'existence ressemble à une tragédie grecque : les dieux nous guident et nous dirigent, mais au final, les décisions nous appartiennent. Ce à quoi je n'ai pu m'empêcher d'ajouter : « Nous avons donc le choix.

— Oui, au nom des dieux », a conclu Rebecca.

J'avais chaque fois le sentiment qu'il s'agissait là d'une ruse de sa part, qui lui donnait raison sur toute la ligne, sans être en mesure de déterminer exactement de quelle manière elle avait opéré.

Au beau milieu de la phase cruciale de séquençage, Rebecca était tombée enceinte. Nous n'avions jamais utilisé de contraceptifs. Nous faisions attention, sauf que, cette fois, l'un de nous (ou peut-être les deux) avait échoué. Pour elle, la question ne se posait pas, il n'y avait d'autre choix que l'avortement, pour moi ce n'était pas aussi tranché. Nous parlions beaucoup, tentant d'imaginer ce que serait notre vie avec un enfant : une vie formidable, de mon point de vue, Rebecca ne le voyait pas du même œil. Elle était à un moment charnière de sa carrière, l'arrivée d'un enfant l'empêcherait de se donner à cent pour cent. Finalement, elle n'avait pas pu se résoudre à avorter. Paul était né, et six mois plus tard, sa mère s'était remise à séquencer. Nous avions établi une logistique complexe pour le lait maternel et le baby-sitting, sans grand succès. Son professeur, mû par un désir de reconnaissance éternelle, demeurait insatisfait, Rebecca ne se consacrait pas pleinement à son travail. De son côté Rebecca était malheureuse, le bébé lui manquait durant les heures de travail et son travail lui manquait quand elle était avec le bébé. Espérait-elle secrètement que je lève le pied pour qu'elle puisse se consacrer davantage à ses recherches ? Au fond, j'étais le seul en qui elle avait toute confiance. Le fait est que je commençais à gagner plutôt bien ma vie, ce qui n'était pas son cas, selon le bon vieil usage du monde. Cela a clos le débat. Au bout de six mois, Rebecca avait pris un congé parental et elle n'est plus jamais retournée travailler.

Une histoire triste ? Au cours de nos dîners, il n'est pas rare que Rebecca se mette en rogne lorsqu'une femme qui a fait carrière se montre un peu trop convaincue d'avoir fait le bon choix. On assiste à de sérieux crêpages de chignon tandis qu'un silence prudent s'installe du côté des hommes. Je sais aussi que Rebecca conçoit de l'amertume en songeant aux opportunités professionnelles auxquelles elle a dû renoncer. Je l'assure que rien n'est plus respectable que de consacrer sa vie à ses enfants, bien conscient que c'est un discours facile à tenir pour un homme, surtout quand il a réussi professionnellement. Depuis quelque temps, Rebecca évoque souvent le désir de retourner travailler.

Grâce aux enfants, nous nous sommes redécouverts mutuellement, parce que les enfants changent tout, surtout leurs parents. Quelques mois après l'arrivée de Paul, il n'était pas difficile d'établir qui de nous deux était le mieux taillé pour enchaîner trois nuits de garde auprès d'un bébé malade. (Rebecca le pouvait, moi non.) Nous bataillions tellement sur tous les fronts que nous ne savions plus si nous étions amis ou ennemis. On en revenait toujours aux mêmes questions : qui pouvait abandonner un bébé en pleurs aux bras de l'autre pour sortir boire un verre ? Qui pouvait partir en week-end à Barcelone avec un vieux pote ?

Nous connaissions désormais des baisses de libido. Après avoir passé pratiquement toute la journée avec un bébé dans les bras, sur le ventre ou la poitrine, la seule idée de contact humain nous insupportait. Peut-être que ce n'est pas étranger à notre éloignement. Je ne me résous pas à cette idée car les enfants sont la meilleure chose qui puisse arriver et il est impensable que le meilleur puisse engendrer le pire. D'un autre côté, si le mal peut enfanter le bien, alors l'inverse est également possible. Une inconsistance avec laquelle il faut se résigner à vivre.

Je me suis rapproché de mes parents lorsque les enfants étaient bébés, de ma mère surtout qui s'est révélée une grand-mère exceptionnelle. Mon père ne s'en sort pas si mal, ce qui éveille parfois chez moi un drôle de sentiment, pourvu qu'il ne s'agisse pas de jalousie ! J'imagine qu'on a tous différentes facettes dans la vie.

Six mois environ après la mort de ma sœur, ma mère m'avait appelé. C'était un mardi, je m'en souviens très bien ; je réglais un différend sur un chantier avec les maçons lorsque mon portable s'était mis à sonner. Ma mère était bouleversée, papa s'était rendu chez le gynécologue. Ce n'était pas habituel pour elle de dire papa, aucun de ses enfants d'ailleurs n'avait jamais appelé son mari ainsi. J'avais immédiatement saisi de quoi il retournait. Le gynécologue était devenu l'ennemi n° 1 de la famille depuis qu'il était passé à côté du cancer du sein de Cornelia. La secrétaire médicale avait prévenu ma mère. J'avais laissé mes maçons de mauvaise humeur en plan et démarré en trombe. J'avais beau être un citoyen respectueux des lois, j'avais ignoré tous les feux et panneaux de signalisation qui ralentissaient ma course. J'avais toujours cru mon père capable de commettre un massacre. Dès qu'il était question d'une tuerie aux informations, je retenais mon souffle jusqu'à ce que le nom du coupable tombe. Pure paranoïa, j'en conviens, mais nos peurs d'enfant ont la peau dure. Je voyais déjà les cadavres s'empiler dans le cabinet médical du gynécologue, une immense mare de sang. Je m'étais garé en double file et j'avais grimpé l'escalier en hâte, tout en priant (même si je ne priais plus depuis des années) pour n'entendre aucun coup de feu de dernière minute. « Où est mon père ? », avais-je demandé à la secrétaire médicale. Elle avait pointé du doigt la salle d'attente. Il était là, assis sur une chaise, les bras croisés sur la poitrine. À sa gauche une femme enceinte, à sa droite une femme qui allaitait son bébé. Dans un coin, un enfant jouait avec des petits cubes. La salle d'attente était pleine aux deux tiers – une dizaine de femmes au total. Mon père ne m'avait pas remarqué, ou plutôt il se comportait comme si je n'existais pas, le regard braqué droit devant lui. Il avait sursauté légèrement, quand je lui avais effleuré l'épaule – avec suffisamment de douceur heureusement pour qu'il n'ait pas le réflexe de saisir son arme.

« C'est moi, avais-je dit.

— Randolph…

— Viens, on rentre à la maison. »

Je lui avais pris le bras droit, feignant de l'aider à se lever, alors qu'en réalité je voulais éviter qu'il ne porte la main à son arme. Il en avait une, aucun doute là-dessus. Il s'était levé, très lentement, à la manière d'un homme plus âgé. Les femmes nous observaient quitter la pièce à petits pas.

Il avait éclaté en sanglots sur le palier. Je n'avais encore jamais vu mon père pleurer et j'ignorais comment réagir. Puis il m'avait enlacé – un geste totalement iné-dit – et il avait pleuré au creux de mon épaule. J'avais senti ses larmes sur ma peau. J'étais, je l'avoue, à la fois impuissant et bouleversé. Je voulais me libérer de son étreinte et déguerpir, mais j'étais son fils et je ne pouvais pas l'abandonner. Je sentais son revolver au niveau de son aisselle. « Donne-le-moi », avais-je dit, quand bien même il n'y avait plus de danger. C'était ma façon de régler la situation, de mettre fin à cette étreinte. Il avait reculé d'un pas, fouillé maladroitement dans son hols-ter et m'avait tendu son arme. J'avais perçu un bruit derrière la porte et m'étais empressé de glisser l'arme à l'arrière de mon pantalon et de rabattre ma veste. Puis j'avais aidé mon père, toujours secoué de sanglots, à descendre l'escalier. Une femme nous avait gratifiés d'un drôle de regard, je sentais la pression du revolver sur mon coccyx. J'avais déposé mon père chez lui avant de retourner sur le chantier – dans un état second, s'il est besoin de le préciser. Si mon père avait songé à tirer sur le médecin ou pire à commettre un véritable massacre dans le cabinet, cela signifiait donc qu'il avait aimé ma sœur. Nous ne l'avions pas décelé clairement de son vivant.

Qu'est-ce que cela disait des sentiments de mon père à l'égard de mon petit frère et de moi ? Nous aimait-il, nous aussi ? Je ne parvenais pas à aller au bout de mon raisonnement, tant j'étais submergé par mes propres émotions. Il était évident que mon père était prêt à tout si quelque chose de grave devait arriver à ses enfants. Aujourd'hui je sais que mon père m'aime, qu'il m'a toujours aimé. Les hommes de sa génération ont une autre façon d'exprimer leur amour, ils aiment sans le montrer.

Avec Paul et Fee, je m'y prends d'une autre manière. Longtemps j'ai cru avoir échappé à mon père : je n'ai jamais eu aucun goût pour les voitures, ni travaillé comme vendeur et encore moins chez Ford, j'étais quelqu'un de radicalement différent. J'ai toujours considéré cela comme un avantage. Pour une femme aussi intelligente que Rebecca il avait été impossible de suivre une autre voie que celle de sa mère, la médecine. Alors que pour ma part j'avais le champ libre, aucune obligation de marcher dans les traces de mon père. Parce que je l'avais répudié, je me pensais libre. Quel idiot ! Nous ne pouvons échapper à nos parents, nous creusons leur sillon ou nous choisissons d'emprunter un autre chemin pour ne pas les suivre justement. Même avec mes enfants, je suis le fils de mon père ; si j'agis à ma façon, c'est par esprit de contradiction. Rien n'est plus ancré en nous que nos parents ; s'en défaire est tout bonnement impossible. Il m'a fallu du temps pour le comprendre. Lors de nos soirées, il n'est pas de sujet plus capital ou plus sensible que nos parents. On peut voir des quinquagénaires retomber en enfance, pleurer sur des blessures vieilles de quarante ans, brûlant d'envie d'entendre les mots qu'ils n'ont pas entendus, rêvant que papa ou maman les prennent dans leurs bras, ici et maintenant.

32.

J'ai aperçu Dieter Tiberius deux ou trois fois dans le jardin. Il gardait ses distances, il restait à l'affût devant sa porte, battant en retraite quand je quittais mon transat. Je ne l'ai jamais recroisé avec un couteau, ni même avec une pomme. Je lui criais « Dégagez ! » et il me rétorquait qu'il avait le droit d'être là, ce qui d'un point de vue légal était exact. Parfois je me levais pour mettre un terme à sa présence insupportable. Quand les enfants faisaient du trampoline, évidemment. J'avais raconté l'épisode du couteau à un ami, sans mentionner la pomme. C'était ridicule de ma part d'omettre ce détail, mais j'avais de plus en plus l'impression que les autres ne prenaient pas notre situation au sérieux, au motif que rien de dramatique ne s'était produit. Ils n'avaient aucune idée de notre terreur muette, insidieuse. C'est pour cela que j'avais omis intentionnellement la pomme, pour être enfin compris. Résultat : mon ami m'avait répondu que nous devions quitter l'appartement au plus vite. La situation était trop dangereuse. Il ne pouvait pas croire que la justice ne puisse être d'aucun secours lorsque qu'on vous menace avec un couteau.

« Il ne nous a pas vraiment menacés », avais-je précisé, comprenant mon erreur. C'était précisément notre drame : nous n'avions pas été menacés physiquement. J'ai arrêté de parler de Dieter Tiberius à mes amis. Quand ils me demandaient des nouvelles, je répondais de façon vague, laconique : « Rien de nouveau. »

En août, nous sommes retournés à Minorque, pendant trois semaines. Des vacances agréables, au début, nos enfants étaient heureux ; ils l'étaient aussi à la maison. Un jour, alors que nous remontions de la plage, les bras chargés de serviettes, d'un panier de pique-nique vide, de palmes et autres accessoires, les enfants se sont penchés brusquement, juste au niveau d'une cavité, et ont demandé à quoi elle pouvait bien servir.

« C'est pour les animaux », a dit Fee, ce qui semblait logique.

Nous avons dressé ensemble la liste des animaux susceptibles de ramper à travers la cavité. Chats, chiens, renards, si tant est qu'il puisse y avoir des renards à Minorque. Fouines, crocodiles, ajoutai-je.

« Y en a pas ici, a répondu Paul.

— Et des agneaux ? », a piaillé Fee.

Puis Paul a dit : « Mais Tiberius, lui, il peut pas passer ici. »

Ça a été un choc. C'était notre troisième semaine de vacances et nous avions à peine évoqué Dieter Tiberius, encore moins devant les enfants. Pour quelle raison Paul pensait-il à lui à ce moment précis ? Que se tramait-il dans la tête de mon garçon ?

« Non, il est trop gros, me suis-je hâté de répondre.

— Il est vraiment gros, a dit Paul.

— Supergros, a renchéri Fee

— Et il n'est pas ici de toute façon », a dit Rebecca.

J'ai perçu un tremblement dans sa voix. Puis on est revenu aux petits animaux : des taupes et des souris... Après le coucher des enfants, nous nous sommes retrouvés sur la terrasse à boire du vin, et la question s'est imposée : avions-nous fait le bon choix de ne pas aborder le cas Tiberius ? Selon moi, notre stratégie avait échoué, l'allusion de Paul en était la preuve, ils n'avaient pas oublié la menace, elle sommeillait en eux et se manifestait sans crier gare.

« Nous aurions dû les emmener voir un psychologue pour enfants, ai-je ajouté, pour parler de M. Tiberius.

— Ne dis pas sans cesse "Monsieur Tiberius", m'a reproché ma femme.

On entendait le cri d'un oiseau dans la nuit, agaçant, régulier, insistant. Peu après, nous avons entendu des bruits de cuillères dans la chambre mitoyenne, nos voisins tapaient sur des casseroles pour éloigner l'oiseau qui ne se laissait pas intimider. Nous sommes restés silencieux un moment. Un sentiment de colère m'avait submergé à l'idée que mes enfants puissent tomber dans les griffes de Dieter Tiberius, qu'il les kidnappe, les enferme, leur fasse je ne sais quoi. Des pensées entre-coupées d'images plus heureuses : Fee allongée, câlinant ses peluches, Paul assis par terre jouant avec son train en bois. Cette nuit-là, nous avons longtemps cherché le sommeil ; j'entendais Rebecca se tourner et se retourner dans le lit et au loin le cri de l'oiseau.

À notre retour, un poème nous attendait sur le rebord de la fenêtre. Je me suis contenté de le survoler, pour voir ce que Dieter Tiberius avait bien pu imaginer cette fois, avant de le transmettre à notre avocat – une routine dénuée d'espoir. Nous n'avions toujours pas de date d'audience pour notre plainte pour diffamation, c'était sans importance. J'ai appelé ma mère et je lui ai raconté l'allusion de Paul à Minorque et notre abattement. J'in-versais totalement les rôles, j'aurais dû lui remonter le moral, lui raconter des nouvelles joyeuses. Sa fille était morte et le style de vie de son cadet l'inquiétait – elle ne s'imaginait pas une seule seconde qu'il puisse être heureux comme ça, ce qui est pourtant le cas. Le mien, lui, remplit ses attentes : une vie de famille stable, confortable, et un certain train de vie.

« Es-tu heureux au moins ? », me demandait-elle parfois après avoir longuement pleuré la mort de Cornelia et l'existence « malheureuse » de Bruno. Jusqu'alors, ma réponse demeurait invariable : « Oui, maman, je suis heureux. » Je lui racontais des anecdotes sur ma vie parfaite, même dans les phases où mon mariage battait de l'aile. J'étais le pourvoyeur de bonnes nouvelles, il aurait été inconséquent de ma part de lui dire la vérité.

À présent, je lui livrais des comptes rendus sordides des agissements de Tiberius. Je ne me rappelle pas avoir planifié quoi que ce soit. La finalité cachée de mes coups de fil m'est apparue progressivement. Avec le recul, je pense qu'une stratégie a pris forme peu à peu dans les tréfonds de mon subconscient, dans les eaux saumâtres où les crapauds veillent sur nos pensées les plus inavouables. Parfois ils les laissent faire des bulles en surface, bouillonner jusqu'à ce qu'elles se muent en actes. Je crois que c'est ce qui s'est produit. Je savais que ma mère répéterait à mon père ce que je lui confiais. Je savais que ça le mettrait hors de lui, après la scène chez le gynécologue de Cornelia. Je nourrissais sans doute le vague espoir qu'il ne tarderait pas à trouver ma situation insupportable, mais ce n'était pas un calcul conscient.

Un matin, M. Tiberius m'a appelé sur mon portable. Je lui avais donné mon numéro à l'époque où nos relations étaient encore au beau fixe.

« Est-ce que vous me parlez encore ? a-t-il demandé sèchement.

— Oui. » J'étais en alerte, guettant le signe d'une possible solution.

« Vous croyez que rien de ce que j'ai vu ou entendu n'est arrivé ? »

Je lui avais fait une réponse idiote : « Je n'en parlerai que devant un juge. »

Il s'est tu un instant, avant de poursuivre : « Quand vous étiez derrière ma porte, vous avez pourtant dit que j'avais besoin d'aide, parce que je suis malade, mais je ne suis pas sûr que ce soit le cas.

— Moi j'en suis sûr. Vous êtes malade et vous avez besoin d'aide.

— Vous croyez, a-t-il ajouté, qu'il n'y a pas une once de vrai dans ce que je dis ? »

À cela, il n'y avait qu'une réponse possible : « Non, pas la moindre chose. »

Nouveau silence.

« Faites-vous aider, ai-je dit d'une voix plus douce.

— Parfois je ne suis pas sûr. Peut-être que je suis vraiment malade. Des fois j'aimerais bien aller voir un docteur, mais ça me fait peur. »

Je lui ai fait la promesse de lui trouver un docteur et j'ai raccroché.

Mon médecin traitant m'a conseillé un confrère psychothérapeute qui s'est engagé à venir voir Dieter Tiberius. Nous avons pris rendez-vous et, quelques jours plus tard, je l'ai entendu sonner à plusieurs reprises à l'interphone de M. Tiberius sans succès. J'ai fini par lui ouvrir et je l'ai accompagné au sous-sol. Nous avons sonné, frappé, appelé. Rien. Je lui ai présenté mes excuses, et il est parti emportant avec lui notre dernière chance de régler ce conflit de façon pacifique. Le lendemain un autre poème était posé sur le rebord de la fenêtre.

33.

La suite, vous la connaissez, du moins dans les grandes lignes. Notre portail a toujours grincé, on a eu beau le huiler, rien n'y a fait, et il a également grincé le jour où on a emporté le corps de M. Tiberius. J'observais la scène depuis ma fenêtre, avec un sentiment non pas de victoire mais de soulagement. Mon père avait déjà été arrêté. J'ai appelé Rebecca, puis ma mère. Aucune des deux n'a paru étonnée. Nous n'avons pas parlé du meurtre en lui-même ni de ce qui avait précédé, nous pensions avant tout à papa, à ce que nous devions faire pour l'aider et rendre sa détention supportable.

Au cours de l'enquête, le commissaire a brièvement émis l'hypothèse d'un complot de famille et nous lui avons assuré – ce qui était vrai – que nous n'avions jamais ne serait-ce qu'abordé le sujet. Je n'avais pas parlé une seule fois de M. Tiberius à mon père. Nous ne nous étions d'ailleurs parlé qu'en une seule occasion pendant toute cette période, le jour de son anniversaire, et nous nous étions contentés de banalités : « Bon anniversaire », « Merci beaucoup », « Comment ça va ? », « Très bien et toi ? », « Prends soin de toi », « Toi aussi. » On fonctionnait comme ça, mon père et moi. Je n'avais pas non plus suggéré à ma mère de lui en toucher un mot. Rebecca n'était évidemment pas dans la confidence, elle ignorait tout de mon plan si tant est qu'on puisse parler de plan. Nous communiquions autrement, avec des silences, comme notre famille sait si bien le faire. Tout le monde avait su déchiffrer les signaux, une entente tacite n'est pas passible de sanction, c'est de toute manière impossible à prouver. Mon père a reconnu tous les torts et nié l'hypothèse du complot, c'est ce qui a fait pencher la balance : le commissaire a fini par abandonner cette piste, il devait savoir qu'il ne pourrait jamais le prouver.

Le procès a débuté en mars de l'année suivante. J'étais anxieux. Nous savions que le parquet allait requérir une mise en accusation pour assassinat, mais notre avocat se montrait optimiste, il était fort probable que les jurés penchent pour meurtre. L'assassinat signifie la prison à perpétuité, avec une peine de quinze ans incompressible. Dans le cas d'un meurtre, on en prend pour quinze ans maximum, avec une liberté conditionnelle possible au bout de sept ans. La question était de savoir si mon père vivrait de nouveau un jour en homme libre.

La cour était présidée par une femme, la cinquantaine, un visage rond et avenant, une volumineuse chevelure blonde qui faisait paraître sa tête deux fois plus grosse – le genre de crinière derrière laquelle je déteste me retrouver assis au théâtre. Elle portait des bijoux en or clinquants. Le procureur était un homme d'une petite cinquantaine d'années, maigre, presque émacié, du genre coureur de marathon. Il a inculpé mon père pour assassinat, parce qu'il y avait eu, par définition, préméditation. Quelques sifflements ont alors retenti dans l'assistance. La salle d'audience était quasiment pleine ; la presse avait largement couvert l'affaire, plutôt d'un œil favorable. Je dois admettre que les journaux qui ont le plus défendu mon père sont aussi ceux que je n'aurais pas daigné lire en temps normal. Ils étaient désormais nos alliés. Une famille menacée qui se faisait justice elle-même, voilà qui satisfaisait leur vision du monde. Je lisais les tabloïds avec une sympathie nouvelle. Aujourd'hui, je vois cela comme une preuve supplémentaire, s'il en faut, de la barbarie dans laquelle Dieter Tiberius nous avait précipités.

Dès l'ouverture du procès, mon père a réitéré ses aveux. Contrairement à moi, c'est un bon orateur. Il a donné une description saisissante de la peur qu'il avait ressentie pour ses petits-enfants, son fils et sa belle-fille : la seule idée qu'un malheur pouvait arriver aux siens, par la main de « l'homme de la cave », lui était tout simplement insupportable. Il a ensuite évoqué, d'une voix pleine de colère, l'impuissance des autorités, de l'État, incapables de venir en aide à une famille innocente qui n'avait rien à se reprocher. La juge et le procureur ont affiché, m'a-t-il semblé, une expression d'embarras. « Je suis coupable, a dit mon père au terme de son exposé, j'ai tué un homme parce que je n'avais pas d'autre choix pour venir en aide à ma famille. Je mérite d'être condamné pour ça, et j'accepterai ma condamnation avec humilité. » Mon père a gardé le plus grand calme et je l'admire pour cela. En revanche, il n'a rien dit des circonstances du meurtre.

À peine avait-il terminé sa déclaration que la porte de la salle d'audience s'est ouverte. Un homme est entré, la capuche de son sweat-shirt enfoncée sur le crâne. Il m'a fallu un moment pour reconnaître mon petit frère. Je lui ai fait signe de venir s'asseoir à côté de moi mais il a trouvé une place plus loin. Je ne l'avais pas revu depuis son départ pour Qingdao et mes e-mails étaient restés sans réponse. Je me réjouissais qu'il soit venu, même si je ne m'expliquais pas son regard fuyant.

Rebecca a été la première appelée à témoigner à la barre. Elle a évoqué sa peur pour ses enfants, pour elle-même, la souffrance que lui avaient infligée ces lettres et ces poèmes. Elle s'en sortait très bien, se montrait impassible sans pour autant paraître froide, troublée par ses affreux souvenirs sans jamais sombrer dans le pathos. Notre avocat a insisté pour lire toutes les missives de Tiberius. Je sentais l'effroi s'emparer du public.

Mon tour est arrivé. J'évoquais moi aussi notre peur tout en dressant la liste exhaustive de mes initiatives pour régler le problème par voie de justice. J'avais centré mon témoignage sur le sentiment de « vulnérabilité ». Nous étions vulnérables et en avions beaucoup souffert. L'État, en lequel nous avions confiance, auquel nous payions nos impôts (de façon toujours rigoureuse) et prêtions allégeance (en votant à chaque élection), nous avait laissés tomber.

Je n'avais pas la même assurance que Rebecca, ma voix tremblait légèrement, mais je ne m'en sortais pas si mal. De temps en temps, je jetais un regard à mon petit frère sans parvenir à capter son attention, il avait enfoui sa tête entre ses mains et fixait le sol. Le procureur me harcelait de questions. Pourquoi n'avions-nous tout simplement pas déménagé ?

« Renonceriez-vous à votre maison parce que quelqu'un vous menace sans raison ? ai-je protesté.

— En tout cas, je ne réglerais pas le problème par un assassinat », a rétorqué le procureur.

L'objection de notre avocat ne s'est pas fait attendre : « Insinuez-vous que le témoin a commis un assassinat ? »

Non, le procureur n'insinuait rien du tout

La juge nous a enjoint de nous en tenir aux faits, puis a demandé au procureur s'il avait d'autres questions.

« Non, pas d'autres questions. »

À la pause, j'ai rejoint mon frère. Je voulais le prendre dans mes bras, le serrer contre moi, comme nous le faisions d'habitude, mais j'ai senti sa résistance, la raideur de son corps. Déçu, je l'ai libéré, d'autant que Rebecca attendait son tour. Je les ai regardés s'enlacer chaleu-reusement.

« À quoi ça rime cette capuche ? » a voulu savoir Rebecca, et mon petit frère de répondre que les membres du gang de Mickel passaient le plus clair de leur temps au palais de justice, et qu'il préférait ne pas les croiser. Ils étaient toujours remontés contre lui.

Nous sommes allés dans une brasserie juste en face, le café et les sandwiches n'étaient pas encore arrivés que mon frère m'a demandé d'un ton tranchant, presque mauvais : « Pourquoi as-tu entraîné papa là-dedans ? Pourquoi tu t'en es pas occupé toi-même ? »

J'ai répondu que je ne l'avais pas entraîné, que je n'avais même jamais évoqué l'histoire avec notre père, que je ne lui avais d'ailleurs pas parlé durant toute cette période. « Tu le connais, ai-je ajouté.

— Te fous pas de ma gueule, nous savons tous les deux que tu l'as entraîné dans ce merdier. »

J'ai nié mollement.

« Pourquoi n'as-tu pas été fichu de régler ça en homme ? », a-t-il poursuivi d'un ton mauvais.

J'ai expliqué que c'était la meilleure solution pour notre famille. Si je l'avais fait, Paul et Fee auraient perdu non seulement l'homme qui pourvoyait à leurs besoins, mais leur père, leur compagnon de jeu. Ils auraient grandi sans père, eux aussi.

« Pourquoi "eux aussi" ? a demandé mon frère d'une voix sifflante, en insistant sur le mot *aussi*.

— Comme nous », ai-je dit.

Il n'avait pas grandi sans père. Bruno s'emportait.

« Notre père n'a jamais rien fait pour moi », lui ai-je dit. Il a saisi cette occasion.

« Espèce de lâche », a lancé mon frère bien trop fort.

À la table voisine se trouvaient des juges ou des avo-cats en robes, quelques-uns se sont retournés et mon petit frère leur a fait un doigt d'honneur. Rebecca a posé sa main sur son avant-bras : « Chhhut. » Notre commande est arrivée et nous avons mangé en silence jusqu'à ce que mon petit frère se décide à nous raconter son séjour en Chine. Puis l'audience a repris.

La quantité d'armes que possédait mon père a pesé sur le procès. Le procureur y voyait le signe évident d'un « tempérament violent », puis un expert psychiatre est venu témoigner à la barre en faveur de mon père. Il m'a fait forte impression, le décrivant comme un histrion tout au plus, il n'était en rien fou. Du fait de « traumatismes de guerre niés et non pris en charge, il avait développé un besoin de sécurité disproportionné qui s'accompagnait d'un désir de violence » – désir qui n'appelait toutefois pas « de passage à l'acte ». Le psychiatre jugeait mon père tout à fait capable de « garder ses fantasmes de meurtre – communs à beaucoup de gens, soit dit en passant – au stade de fantasmes justement ». Il ne faisait par ailleurs aucun doute que s'il était « soumis à un état de détresse absolue », il n'aurait qu'à rejouer les scènes qu'il avait si souvent imaginées, et que sa peur le libérerait de toute inhibition. Le désarroi de sa famille l'avait précisément exposé à cet état de détresse et avait été le « déclencheur qui avait conduit Hermann Tiefenthaler à passer du fantasme à l'acte ».

La présidente annonçait la suspension de l'audience, quand notre avocat lui a demandé la permission d'appeler à la barre un nouveau témoin, un autre expert. C'était inattendu, nous n'en avions pas discuté au préalable. La juge ne semblait pas ravie non plus de ce témoignage de dernière minute. L'avocat a précisé que le témoin était venu lui parler à la pause, un psychologue qui avait eu vent du procès dans la presse et qui avait cru bon de se rendre au tribunal parce qu'il connaissait M. Tiberius. Il avait été chargé de conduire une expertise sur lui, par le passé. Il avait désormais l'attention de la présidente, le procureur était d'accord, nous allions donc entendre le témoin. Cette perspective me rendait nerveux, j'avais le sentiment que le procès se déroulait jusqu'ici à notre avantage. Et voilà que nous étions désormais à la merci de ce psychologue. Il portait un pantalon de velours élimé et une veste à carreaux avec des coudières en cuir. Des lunettes pendaient autour de son cou. « Écoutons ce que vous avez à nous dire », a déclaré la juge, après que le psychologue se fut avancé à la barre et eut décliné son identité. Je me suis penché pour mieux l'entendre ; à mes côtés, Rebecca semblait tendue elle aussi.

Il avait connu Dieter Tiberius quand celui-ci avait vingt-huit ans. Le bureau d'aide sociale l'avait envoyé à son cabinet après qu'il eut été déclaré inapte au travail, pour cause de dépression sévère. Ils voulaient un second avis. « J'ai eu plusieurs entrevues avec M. Tiberius, a déclaré le psychologue. Cet homme vient d'un milieu modeste. Le père a coupé les ponts très tôt et n'a plus donné aucune nouvelle, malgré les tentatives de son fils pour renouer, il ne versait pas non plus de pension alimentaire, bien qu'il ait obtenu plus tard un poste de représentant en électronique grâce auquel il gagnait correctement sa vie. La mère n'est pas parvenue à occuper un emploi tout en s'occupant de son fils. Elle le battait régulièrement, l'enfermait parfois, d'abord quelques heures puis des jours entiers, et même une nuit. Suite aux interventions répétées du bureau d'aide sociale à l'enfance, la mère a fini par abandonner ses droits et envoyer son fils en foyer. Il avait neuf ans. Au foyer, a poursuivi le psychologue, M. Tiberius, déjà en surpoids à l'époque, était devenu le souffre-douleur des autres garçons. Le fait qu'il ait une intelligence supérieure à la moyenne n'y était pas étranger. Tiberius était intelligent », a répété le psychiatre. Il s'est employé ensuite à décrire avec précision tout ce qu'avait subi le jeune garçon : humiliations, violences physiques, violences sexuelles, on avait même été jusqu'à le forcer à se brosser les dents avec ses propres excréments... J'avoue n'avoir ressenti aucune compassion à l'écoute de son énoncé, de l'inquiétude plutôt. J'ai entendu des soupirs dans la salle, et je me suis demandé comment la cour allait réagir aux malheurs de M. Tiberius.

À vingt ans, a poursuivi le psychologue, Dieter Tiberius semblait avoir réussi à s'affranchir de ce lourd passé. Il avait rattrapé son retard à l'école, suivi une formation en informatique et trouvé un travail qu'il aimait. Pourtant il a fini par démissionner au bout de cinq ans avant de se couper de la société. Dieter Tiberius souffrait en effet d'une sévère dépression, les « traumatismes multiples » de son enfance et de son adolescence l'avaient plongé dans un état d'ataraxie exacerbée. Pouvait-il préciser à la cour ce que cela signifiait ? « Léthargie » et « apathie », a indiqué l'expert.

Le procureur a demandé si Dieter Tiberius avait montré des penchants pédophiles. Rebecca a saisi ma main. Je crois que nous avons tous deux retenu notre souffle, nous saurions d'une minute à l'autre à quelle menace nous avions réellement échappé. Par le passé, je l'avais espérée infime, à présent, je la voulais extrême. Tout était fini, plus rien ne pouvait nous arriver. Tout ce qui importait était de savoir si le coup de feu était justifié ou non.

« De toute évidence, non », a répondu l'expert.

J'étais horrifié. Le témoignage de l'expert laissait entendre que M. Tiberius n'avait pas mérité de mourir.

« M. Tiberius était-il un homme violent ? a demandé le procureur.

— De toute évidence, non », a dit l'expert, visiblement ravi de son effet.

Des murmures s'élevèrent. Je n'arrivais pas y croire. C'était tout simplement impensable. Dieter Tiberius nous avait fait vivre un enfer et ce type essayait de nous faire croire qu'il n'avait aucune disposition pour la violence ? La légitime défense m'a semblé tout à coup très fragile. Je ne peux pas dire que nous n'éprouvions pas la moindre culpabilité, toutefois je la relativisais au regard de celle dont j'aurais été accablé s'il était arrivé malheur à mes enfants ou à ma femme. Cet argument semblait désormais plus spécieux, lui aussi. Ma femme et mes enfants n'avaient jamais été en réel danger, c'était seulement le fruit de mon imagination. Cela entrait en ligne de compte, certes, mais une simple présomption n'était pas la réalité.

L'avocat de mon père a énoncé la liste de toutes les menaces et calomnies que M. Tiberius nous avait fait subir avant de conclure : « Il s'agit là du profil d'un homme violent.

— Au contraire, a répondu l'expert, Dieter Tiberius avait des tendances masochistes. »

Nouveau murmure dans la salle.

« Pouvez-vous être plus explicite ? a demandé notre avocat.

— Tout à fait, a répondu le psychologue. Rien n'excitait davantage Dieter Tiberius qu'une femme en colère. »

J'ai entendu un cri déchirant, un cri qui a transpercé mon tympan droit, le cri de ma femme. Elle s'était levée, et tout le monde l'observait à présent. La juge a demandé ce qui n'allait pas, mais n'a obtenu aucune réponse. L'huissier s'est approché pour l'escorter jusqu'à la sortie, mais je me suis interposé.

« Rebecca, ai-je dit doucement, rassieds-toi avec moi. »

À ma grande surprise, elle s'est arrêtée de crier aussi brusquement qu'elle avait commencé, et s'est contentée d'écouter, dans un état d'apathie, la suite de l'exposé du psychologue.

« M. Tiberius s'est livré à toute cette mise en scène dans le seul but de faire sortir de ses gonds Mme Tiefenthaler. Il voulait l'entendre hurler de rage parce que ça l'excitait. Et quel meilleur moyen de mettre en colère une mère de famille que de l'accuser d'abuser de ses propres enfants ? »

Le silence est tombé sur la salle.

Rebecca avait tout de suite compris où il voulait en venir. Je savais ce qu'elle ressentait, car je ressentais la même chose. Souillée, une fois de plus, et blessée. Dieter Tiberius nous avait tendu un piège et nous étions tombés dedans. Il connaissait l'irritabilité de Rebecca, il avait perçu ses accès de colère, depuis le sous-sol. Son aplomb et ses accusations avaient suffi à la mettre en furie, comme escompté. « Il m'a violée, a murmuré Rebecca. Non, c'est pas ça, je veux dire qu'il a pris son pied avec moi et j'y ai participé. » Je l'ai prise dans mes bras, un peu comme ces maris trompés qui ne peuvent en vouloir à leur épouse, dans la mesure où elles ne sont pas coupables. Autour de moi, je voyais à présent les regards compatissants de l'audience. La salle était à nouveau de notre côté.

Le procès s'est poursuivi sans incidents. Le procureur n'est pas revenu sur sa position ; au deuxième jour des auditions, il a requis la condamnation pour assassinat. Il a admis que mon père avait cherché à protéger sa famille, mais en se livrant au meurtre prémédité d'un homme, il avait commis en toute conscience le délit le plus grave et le plus brutal qui puisse exister. Mon père n'avait pas subi personnellement le harcèlement, a fait remarquer le procureur, et il n'avait semble-t-il envisagé aucune autre solution, comme le déménagement par exemple.

Tous les critères de l'homicide avec préméditation étaient réunis. La victime sans défense n'avait aucun moyen de se protéger ni de s'échapper. En conclusion le procureur avait déclaré qu'il n'avait d'autre choix que de demander la réclusion à perpétuité, avec une peine incompressible de quinze ans. Au regard de son âge, la peine pouvait paraître sévère, mais elle était inévitable.

Notre avocat a plaidé le meurtre, en insistant sur la situation particulièrement stressante à laquelle nous avions été confrontés. Le tribunal a tranché en notre faveur, se prononçant pour le meurtre, tout en allongeant de deux ans la peine réclamée par la défense. Huit ans, avec une remise en liberté conditionnelle envisageable après quatre ans, et la possibilité de purger sa peine en milieu ouvert au bout d'un ou deux ans en fonction du bon vouloir de l'administration pénitentiaire. Nous attendons sa décision.

34.

« Papa ? »

Mon père somnolait sur sa chaise, il n'a pas répondu. Les enfants étaient venus avec moi, ils m'accompagnent une fois par mois. Au début, je les emmenais toutes les deux semaines, mais la prison ça n'est pas simple avec des enfants. Ils avaient pleuré quand les lourdes portes à barreaux s'étaient refermées derrière eux la première fois, comme si jamais elles ne se rouvriraient. Avec le temps, ils ont pris de l'assurance et cavalent désormais dans les couloirs. Avant, je leur demandais de rester calmes jusqu'à ce que je me rende à l'évidence que le calme n'avait pas beaucoup de sens en prison. Ils se sont ennuyés aujourd'hui, leur matériel à dessin n'a pas suffi à les distraire. Ils étaient assis ensemble sur la chaise visiteur et dessinaient des paysages avec des animaux pendant que je parlais avec M. Kottke. Parfois ils levaient la tête pour voir ce que grand-père était en train de faire. Il était mutique, perdu dans ses pensées. Il leur fait peur, je l'ai remarqué depuis un moment, et j'espère sincèrement que lui ne s'en est pas aperçu. M. Kottke m'a dit combien mon père était respecté ici. Les autres prisonniers l'admirent pour ce qu'il a fait à ce « salopard », à son âge en plus. Ce n'est pas la première fois que M. Kottke me dit ça, j'en déduis aussi que les autres prisonniers doivent me mépriser pour avoir laissé mon père faire le sale boulot. Je n'approuve pas vraiment ce genre de propos, car je ne mesure pas leur impact sur les enfants. Nous ne voulons pas ériger leur grand-père en héros. Ce n'est pas de cette manière que nous leur avons présenté les choses. Nous avons bien entendu évoqué le drame avec eux, en leur expliquant que papy ne supportait plus de voir sa famille souffrir et qu'il avait décidé d'y mettre un terme, que c'était compréhensible, même si c'était mal de tuer quelqu'un. C'est compliqué de parler de ce genre d'affaire à des enfants. Nous leur avons aussi affirmé que punir papy était une bonne chose, qu'il allait purger sa peine, et que ensuite il serait libre et que tout redeviendrait comme avant. Les enfants avaient posé des questions très pratiques, comme : Est-ce que papy pourrait lire ses magazines en prison ? Et nous avions pu les rassurer. Ils ont maintenant accepté l'idée d'avoir leur papy en prison, même s'ils rechignent à chaque visite parce qu'ils ont peur de s'ennuyer.

C'est plus dur pour moi aussi quand ils sont là, M. Kottke n'a qu'un sujet de conversation à la bouche, à savoir la criminalité, et il n'a visiblement aucune idée de ce que l'on peut dire ou non devant des enfants, il en a pourtant lui-même trois. J'ai soigneusement évité le sujet aujourd'hui, pour amener la conversation sur un terrain moins dangereux. On a parlé de numismatique, un domaine pour lequel je n'ai pas un grand intérêt mais M. Kottke qui collectionne des pièces est intarissable sur le sujet. L'heure s'est écoulée péniblement, dix minutes avant notre départ, j'ai dit aux enfants de ranger leurs affaires. Fee avait dessiné une ferme avec des vaches dans une prairie, en haut un soleil trônait derrière des barreaux. Elle s'est levée pour donner le dessin à grand-père. Il l'a remerciée. Paul lui a offert une voiture de course. Il a souri. Au moment de prendre congé, j'ai vu que les enfants étaient troublés, ils lui ont tendu la main sans même le regarder, puis ils ont salué M. Kottke. J'ai donné une accolade à mon père et nous sommes rentrés à la maison.

35.

Je viens d'entendre grincer le portail. Je jette un œil dehors, la voisine moldave replète rentre à la maison. Elle m'aperçoit et me fait un signe de la main, un petit sourire que je lui rends. La femme moldave du pressing habite maintenant le sous-sol. Elle a une bonne trentaine d'années, c'est une voisine calme et sans histoire, dont nous n'avons rien à craindre. On a eu un petit moment de panique, quand elle nous a apporté un gâteau maison à son arrivée, craignant que ce soit le prélude à une nouvelle plongée en enfer. Mais pas du tout, elle se tient à l'écart, elle a parfois des petits gestes sympathiques et nous lui rendons la pareille avec des bricoles qui pourraient lui être utiles, un thermos à café, de jolis couverts à salade. Elle n'a pas beaucoup de moyens. Le propriétaire du pressing passe parfois le soir et reste une heure ou deux. Il habite avec sa famille à deux pas d'ici, mais nous ne portons pas de jugement, chacun fait ce qu'il peut de sa vie du moment qu'il l'assume. Nous montons le volume de la musique, nous sommes actuellement dans une phase 2e et 5e Symphonies de Mahler. Lorsqu'on croise le propriétaire du pressing devant le portail, on s'abstient de sourire en coin, bien que son pantalon framboise en velours côtelé nous y invite fortement. Il porte ce pantalon à chacune de ses visites. Il y a une boutique à Charlottenburg qui propose un large choix de velours de toutes les couleurs. Je me demande pourquoi un certain type d'hommes – les quinquagénaires, le plus souvent chauves –, aiment gainer leurs jambes dans des velours criards.

Ma bouteille de Black Print est presque vide. J'ai beaucoup bu en écrivant aujourd'hui, parce que ce qui suit n'est pas facile à exprimer. Je dois écrire les mots qui n'ont pas encore été prononcés, les partager enfin avec Rebecca, Bruno, ma mère et un jour mes enfants. J'hésite à le faire, j'ai peur qu'ils me voient d'un autre œil après – qu'ils me rejettent, ou qu'ils m'admirent, je ne sais pas, tout est possible. J'aimerais que rien ne change. Nous avons recouvré un nouvel équilibre, une nouvelle normalité, une normalité post-Tiberius. Si nous ne rendions pas visite à mon père aussi régulièrement, notre vie serait comme avant. Bon, je l'avoue, je fais toujours des rondes la nuit dans le jardin, non pas que je craigne de croiser le fantôme de M. Tiberius, mais j'ai peur qu'un de ses amis, un type comme lui, ne vienne le venger. J'emmène le chien, il faut bien le sortir de toute façon. L'autre jour, je l'ai retrouvé en train de grogner un peu perplexe devant un hérisson. Quant au renard qui passe par ici, nous ne l'avons jamais vu, pas plus qu'un quelconque individu. Il n'existe probablement pas d'homme vengeur, et pourtant, jamais plus nous ne nous sentirons totalement en sécurité. Malgré tout, je ne possède toujours pas d'arme.

À la place, nous avons un Rhodesian Ridgeback, aussi haut que large, adorable à la maison mais peu commode dans la rue et encore moins autour de la maison. Lorsque je l'emmène en promenade, je me dis parfois que j'ai fini par devenir comme mon père : je suis armé. Benno n'est pas un chien méchant, nous ne l'avons pas entraîné à l'attaque, mais sa nature agressive suffit souvent à me mettre dans des situations délicates. Je dois rassurer les gens quand il se met à aboyer ou à leur sauter dessus, malgré la laisse. À la maison je me pelotonne avec lui par terre, on aime ça tous les deux, une entorse à mes manières de petit-bourgeois éclairé. Quand on se promène avec un énorme chien de chasse, on est vite catalogué comme asocial. Mais nous avons besoin de Benno ; Rebecca n'aurait jamais recouvré la paix sans lui. Lorsque les choses se sont enfin arrangées, que M. Tiberius a été mis hors d'état de nuire, Rebecca a traversé une phase de dépression. Elle qui, pendant la crise, avait gardé la tête sur les épaules et affronté tout ça avec courage et pragmatisme, se mettait à pleurer pour un oui pour un non. Ça s'est amélioré depuis l'arrivée du chien, il la rassure.

Notre couple est resté soudé, on peut au moins remercier Tiberius de nous avoir remis en selle. C'est dur à avaler, mais parfois ça fait du bien de dire les choses telles qu'elles sont. Quand Dieter Tiberius s'est employé à détruire notre famille, elle l'était déjà en partie. Ça aussi, c'est dur à admettre. Si je considère l'histoire de notre couple avec du recul, il est indéniable qu'il traversait une profonde crise au moment où M. Tiberius est apparu dans nos vies ; c'est lui qui m'a permis de regarder ma vie en face. C'est comme ça que tout s'est arrangé.

Merci, monsieur Tiberius.

Bon sang, que ça fait mal d'écrire un truc pareil ! Les sentinelles de mon inconscient, ces gros crapauds verruqueux, laissent parfois remonter les mots à la surface. Exprimer de la gratitude envers cet homme est tout bonnement déplacé, mais je ne peux pas ignorer les faits. Si seulement nous pouvions régner en maître sur nos pensées.

Au moins, je peux dire que rien ne me rend plus heureux que d'être auprès de mon épouse, je n'ai jamais replongé dans mon délire autocentré. Sans Rebecca, je serais incomplet. Nous ne sommes pas devenus fusionnels pour autant, nous sommes tout simplement conscients de ce que nous représentons l'un pour l'autre.

Il m'arrive néanmoins parfois de douter que Rebecca partage toujours ce point de vue. Par exemple, j'ai remarqué avec quelle facilité elle cède aux exigences de notre chien. Notre Rhodesian Ridgeback est jaloux, et il suffit que j'enlace ma femme pour qu'il se glisse entre nous. Je le chasserais bien mais Rebecca ne lui résiste pas. C'est anecdotique, je le sais, mais cela dénote une certaine réserve de sa part, tout à fait nouvelle. Peut-être est-ce à mettre sur le compte de ses horribles souvenirs, ou bien est-ce tout simplement moi. Pense-t-elle, à l'instar de mon frère, des codétenus de mon père, que je suis un lâche ?

Quoi qu'il en soit, je maintiens que cette crise est la meilleure chose qui soit arrivée à notre famille. Nous avons surmonté cette épreuve. Face à la menace, nous avons fait front, nous nous sommes défendus et nous en sommes sortis victorieux – *victorieux* n'est peut-être pas le terme approprié. Nous avons conjugué nos forces pour notre salut. Peut-on dire mieux d'une famille ? Je ne pense pas.

Et puis j'ai de nouveau un père. Je n'ajouterai rien d'autre à ce sujet.

Nous prenons soin de ma mère. Je lui ai loué un joli petit appartement près de chez nous, avec vue sur un jardin. Un jardin où ma mère aime se rendre utile, le propriétaire n'y voit pas d'inconvénient, c'est une activité qu'elle apprécie, elle taille les rosiers ou arrose les pieds de tomate. Elle vient nous voir presque tous les jours pour jouer avec les enfants ou leur faire la lecture. Son mari lui manque, bien entendu, mais sa nouvelle vie n'est pas si mal d'autant que je l'abreuve à nouveau d'anecdotes sur ma vie heureuse et accomplie. J'ai crevé l'abcès avec mon frère aussi, nous sommes de nouveau amis. Il arrive encore parfois que ma voix se mette à trembler quand je dois parler en public, mais je m'en accommode.

Je me demande souvent si c'était bien de mettre un terme à la vie de Dieter Tiberius. Cette question me tourmente. Il ne s'en est jamais pris physiquement à nous, et nous aurions pu continuer à vivre ainsi jusqu'à ce qu'il se lasse des accès de colère de ma femme. Mais s'en serait-il jamais lassé ? Et quelle aurait été notre vie ? Nous aurions vécu dans la peur constante, sans savoir à quel jeu M. Tiberius jouait avec ma femme. Après ce genre de réflexions, je ne me dis jamais que nous avons eu raison ou tort. Sa mort me pèse sur la conscience. Ce qui me tourmente le plus, c'est qu'il ne se soit attaqué à nous qu'avec des mots et non par des actes ; qu'il ait eu recours à des subterfuges sophistiqués – ses poèmes –, aussi médiocres fussent-ils. Au final, les barbares, c'est nous. Mais je m'égare, je devrais en venir au fait, dire ce que j'ai à dire. Tout à l'heure, j'ai ouvert une autre bouteille de Black Print. Les dents bleues, j'ai les dents bleues maintenant. Mon regard se perd du côté du réverbère à gaz. Chaque fois que je regarde dehors, je pense au poème d'Alexandre Blok :

> *Nuit, rue, fanal, apothicaire.*
> *Insignifiante et blafarde lumière.*
> *Et vivrais-tu un quart de siècle en plus –*
> *Tout sera pareil. Nulle issue.*
> *Tu mourras – recommenceras,*
> *Tu répéteras tout, comme autrefois :*
> *Nuit, rides gelées du canal,*
> *Apothicaire, rue, fanal*[1].

---

1. Traduction française de Jacques-Alexandre Mascotto in Alexandre Blok, *Poésie*, Bruxelles, La Lettre volée, 1991.

Les choses ne sont-elles pas ainsi ? J'ai d'abord peur que mon père monte les escaliers pour m'attaquer, ensuite j'ai peur que Dieter Tiberius monte les escaliers pour nous attaquer. Ma vie a commencé avec la peur des armes, je me suis battu pour m'affranchir de cette peur, puis j'ai fini par lâcher prise, et un homme a été abattu.

Arrête ! Arrête, et dis la vérité enfin.

36.

La vérité. Le matin du troisième jour, mon père était assis dans notre cuisine, il y avait un pistolet devant lui sur la table, un Walther PPK. Je me suis assis en face de lui et nous avons fait comme si ce pistolet n'existait pas. Nous avons bu notre café en silence. Au bout d'un moment, mon père a poussé le Walther PPK vers moi – à côté de ma tasse. J'ai regardé mon père et il m'a fait un signe de la tête. Je n'ai pas réfléchi davantage, j'ai pris l'arme et je suis descendu au sous-sol, jusqu'à la porte de Dieter Tiberius. Tout ce temps, j'avais l'arme dans ma main droite, ma prise n'était pas crispée, je ne la tenais pas non plus à bout de bras, mais avec une certaine assurance, une évidence naturelle même. Ma main épousait parfaitement la crosse en bois. Je ne me souviens pas d'avoir pensé à quoi que ce soit. J'avais un pistolet à la main, et j'allais tirer sur Dieter Tiberius. Il n'y avait de place ni pour le doute ni pour les tergiversations. J'avais la volonté, il n'y avait pas à réfléchir.

Dieter Tiberius est venu ouvrir rapidement. D'ordinaire, il se faisait tout petit et ne répondait pas, mais c'était parce que nous descendions les escaliers avec fracas ou que nous hurlions derrière sa porte. Cette fois-ci, j'avais agi en silence, il n'avait aucun moyen de savoir qui sonnait. J'ai entendu ses pas. La chaînette de sécurité a été tirée, et la porte s'est ouverte d'un coup sec. J'ai levé mon bras et j'ai tiré une balle dans la tête de Dieter Tiberius. Il se tenait à un mètre et demi de moi, si je n'avais pas été le fils de mon père, je l'aurais sans doute raté à cette distance. J'ai tourné les talons et je suis remonté.

Mon père se tenait dans l'embrasure de la porte. Il m'a pris l'arme des mains et l'a emportée dans la cuisine pour l'essuyer soigneusement avec un de ses chiffons à polir afin que seules ses empreintes subsistent sur l'arme. Une fois qu'il a eu terminé, il m'a dit : « Tu devrais appeler la police. » J'ai fait ce qu'il m'a dit. « Lave-toi les mains », a dit mon père, et je me suis exécuté.

Cela a pris huit minutes à la police pour arriver.

« J'ai tiré sur le locataire du sous-sol », a dit mon père à l'officier Leidinger. Un mensonge.

Moi, Randolph Tiefenthaler, j'avoue avoir tiré sur le locataire du sous-sol. Voilà la vérité.

37.

Si mes souvenirs sont exacts, durant les jours qui ont suivi, j'ai à peine pensé au fait que j'étais devenu un meurtrier. Nous étions au cœur d'une telle agitation et cette agitation se focalisait sur mon père, l'homme qui avait tué M. Tiberius. J'endossais implicitement le rôle de l'homme dont le père avait tué M. Tiberius. Nous avons beaucoup échangé avec notre avocat et rendu visite à mon père en détention préventive. Nous avons pris soin de ma mère et de nos enfants, nous ne voulions pas risquer que leur tendre enfance leur soit volée brutalement par le crime de leur grand-père – le crime présumé de leur grand-père, devrais-je dire, puis-je dire, maintenant que la vérité est enfin dite. J'étais dans une sorte de transe, j'endossais tellement bien mon rôle que j'ai fini par y croire. J'étais l'homme dont le père avait tué Dieter Tiberius. Parce que tout le monde agissait comme si c'était le cas, j'ai accepté cette vérité.

Cela n'a fonctionné qu'un temps, jusqu'à ce soir où nous sommes allés dîner au Hedin avec Rebecca. C'était trois semaines après les faits. Je n'étais pas retourné seul dans un restaurant étoilé depuis l'épisode de mes saignements de nez. Et il ne nous était jamais venu à l'idée, ni à Rebecca ni à moi, d'y aller ensemble, sans doute parce que l'endroit restait associé à mes égarements passés. Un jour, j'ai dit à Rebecca : « Allons dîner au Hedin, accordons-nous une soirée en tête à tête. » L'agitation des débuts était retombée. Visiblement, mon père supportait bien sa détention, ma mère tenait bon elle aussi, hormis des petits moments de désarroi, et nos enfants avaient recouvré leur gaieté, une fois la confusion initiale passée.

J'avais réservé une table, ma mère était venue faire du baby-sitting, et nous étions donc assis dans la salle du restaurant, à la décoration urbaine chic : chaises bleues, bois finement veiné, vases chinois vert citron, grand tableau de Harald Hermann montrant des sacs noirs charnus dépassant de poubelles. Le détournement était devenu le symbole de notre époque. On trouvait des choses exquises même dans les poubelles – poubelles esthétisées bien entendu. Si le tableau avait charrié l'odeur de son sujet, ce Hermann ne serait pas accroché au mur du Hedin. Sans nous concerter, nous n'avons pas commandé de champagne en apéritif, nous ne voulions pas donner à cette soirée des allures de fête. La mort de M. Tiberius était un soulagement, mais la mort d'un homme ne pouvait en aucun cas être un motif de réjouissances. J'ai commandé un vin rouge à prix tout à fait raisonnable, nous avons bu avec modération, et parlé des enfants et du souhait de Rebecca de reprendre le travail. Après le troisième plat – des langoustines au sel du Groenland et purée de céleri – j'ai soudain ressenti un malaise et je me suis mis à transpirer.

« Qu'est-ce que tu as ? m'a demandé Rebecca, en voyant ma chemise bleu ciel s'assombrir.

— Je n'en sais rien », ai-je répondu, même si j'avais ma petite idée.

Les autres clients étaient venus pour s'offrir un moment de gourmandise, et s'ils leur arrivaient d'assister à un meurtre, c'était au théâtre ; il leur arrivait de débattre de la nature criminelle de certains États d'Afrique ou d'Asie, ou même encore des États-Unis, en revanche ils n'accepteraient pour rien au monde de passer la soirée en présence d'un véritable meurtrier – à moins qu'il ait purgé sa peine et soit réhabilité, et encore. Cette éventualité, tout juste acceptable, ne s'appliquait même pas dans mon cas. Je sentais qu'ils savaient ce que j'avais fait et que je gâchais leur charmante soirée. Aujourd'hui, il est clair que tout ça était dans ma tête, mais à l'époque j'étais incapable de me contrôler. Ma présence était soudain devenue imposante comme jamais, moi qui n'avais jamais aimé me faire remarquer, ni me retrouver sous les feux de la rampe. Nous sommes partis avant le dessert, le chocolat de Guyane dans sa coque en maïs.

Le lendemain, j'ai fait le même genre de crise dans un café où j'étais entré pour boire un expresso. Rien ne se multiplie plus vite à Berlin que ce genre d'endroits – les chaînes Einstein, Starbucks, etc. où l'on va chercher à la va-vite un petit coup de fouet et d'énergie pour tenir l'heure suivante. C'est une ville frénétique à l'extrême, à fleur de peau. Tout le monde est à ce point saturé d'impressions, de bruits et de sollicitations en tout genre, qu'il suffit d'un petit rien pour les mener sur le fil du rasoir, du désespoir, ou de la neurasthénie comme on l'appelait autrefois. J'étais devenu ce petit rien, ai-je songé, moi, le meurtrier, la goutte d'eau qui fait déborder le vase.

Je ne trouvais pas plus de réconfort dans mon travail. Je gagnais ma vie en concevant des maisons où il faisait bon vivre. Qui pourrait bien trouver la paix dans une maison conçue par un meurtrier ?

38.

Je ne supportais plus Berlin parce que Berlin ne me supportait plus, c'est du moins ce que je pensais. J'ai annoncé à Rebecca que j'avais besoin d'une pause, d'une semaine de repos loin de tout. Elle comprenait : j'étais le fils d'un meurtrier, j'avais encore beaucoup de choses à digérer. J'ai pris un vol pour Bolzano, dans les Alpes italiennes, et de là un taxi jusqu'à une pension reculée. Je ne suis pas randonneur ni montagnard dans l'âme, mais j'avais découvert l'endroit lors d'un congrès et l'aridité des Dolomites m'avait beaucoup plu. Même un meurtrier ne pouvait troubler la sérénité de tels massifs, plantés là depuis des millions d'années. Le Schlern, le Petz, le Burgstall, le Gabels Mull : tous ces lieux supporteraient ma présence.

J'ai pris possession de ma chambre, puis je suis sorti en début d'après-midi, sans but précis. J'ai suivi le sentier abrupt, derrière la maison. À peine avais-je fait quelques pas que je me suis retrouvé assailli de questions trop longtemps refoulées. Comment quelqu'un qui avait les armes en horreur avait-il pu abattre un homme ? Comment quelqu'un à ce point respectueux des lois avait-il pu se faire justice lui-même ? Nous en étions réduits à vivre dans une bulle. Nous avions perdu les pédales, la peur panique nous avait amenés à nous couper de la réalité, nous avait amputés du meilleur de nous-mêmes. On ferait n'importe quoi pour sa famille, pour ses enfants, ils nous rendent si vulnérables que la raison nous abandonne. C'est au cœur de cette bulle que j'avais commencé à planifier le meurtre, me suis-je dit, tout en progressant sur le sentier. J'avais *planifié* le meurtre, mais il serait commis par un autre, mon père, ce qui avait sans doute facilité les choses d'un point de vue moral. Bien que cela ait posé un autre dilemme : j'avais tiré avantage des dispositions de mon père à mes propres fins, et je légitimais mon acte au seul motif que j'étais son fils. Seule la charge émotionnelle du moment avait voulu que je tienne l'arme. Mon père avait poussé le pistolet vers moi et, sous le choc, je n'avais pas réfléchi, je l'avais saisi. Je lui en ai voulu une seconde de m'avoir entraîné dans tout ça, mais quelques pas plus tard, je convenais que tout était de ma faute. Mon père avait suivi mon plan, au détail près qu'il n'avait pas voulu appuyer sur la détente, se contentant de porter le chapeau. Il en avait le droit. Cela ne rendait-il pas son sacrifice plus grand encore ? Accepter ainsi de finir sa vie en prison pour un meurtre qu'il n'avait pas commis ? Pour moi.

Ça faisait une heure déjà que je grimpais, avec toutes ces pensées qui se bousculaient dans ma tête. Devant moi, les sommets du Santnerspitze et de l'Euringerspitze piquaient le ciel avec fureur. Les arbres avaient disparu, il ne restait plus que de l'herbe et des éboulis. J'étais en nage. Le crépuscule s'annonçait et je continuais à marcher. Je me sentais bien, malgré toutes ces pensées qui déferlaient dans ma tête. Le massif ne se laisserait pas troubler, ni par elles ni par moi. J'avais le droit d'être ici, même si j'étais un criminel, un assassin pour être précis, bien que dans mon cas cela ne fasse pas de grande différence puisqu'il n'y aurait pas de condamnation. Je marchais, l'honnête homme qui avait enfreint la loi marchait. Or, la loi est impérieuse, elle ne supporte aucune transgression. C'est seulement à présent que je peinais à trouver la faille que je me rendais à l'évidence. Il n'y en avait pas. La loi se doit d'être impitoyable, totalitaire. Elle ne souffre aucune exception. Elle ne bannit pas le criminel, elle le punit et l'affranchit, une fois sa peine purgée. Mais ce chemin ne s'offre pas à moi, parce que je ne connaîtrai aucune sanction : il n'y aurait pas de rédemption possible, seulement une honte insupportable à vie. Voilà à quoi je songeais, lorsque j'ai remarqué enfin qu'il faisait presque nuit. J'ai soudain eu peur des montagnes. Puis je me suis rappelé à l'ordre, il n'y avait pas de danger (j'étais presque déçu), je n'avais pas quitté le sentier, retrouver la pension ne serait donc pas très difficile. J'ai fait demi-tour et descendu la montagne dans l'obscurité. Je suis tombé plusieurs fois, j'étais fatigué et je portais de vulgaires tennis pas du tout adaptées à la randonnée. Je m'en suis finalement sorti avec quelques contusions et des égratignures sur le visage. Je me sentais vraiment idiot d'avoir si lamentablement planifié mon excursion, d'être si mal équipé. Je n'avais pourtant pas mis ma vie en danger, et une partie de moi le regrettait. J'ai rejoint la pension sain et sauf, mais épuisé. Je me suis endormi tout habillé.

Au réveil, j'ai examiné les égratignures sur ma joue droite, recouvertes d'une fine croûte de sang. Le visage d'un meurtrier, ai-je pensé, mais est-ce qu'un meurtrier ressemblait vraiment à ça ? J'ai pris le bus pour Brixen, une bourgade voisine, et j'ai acheté des chaussures de randonnée, une carte, un couteau, un sac à dos, une lampe torche et une polaire, il faisait plus froid que je croyais. À midi, j'ai repris la route. Au-dessus de moi, un ciel désolé charriait des nuages turbulents, une variation de gris-bleu et de gris foncé. Je suis retourné à mes réflexions de la veille. Le soir, je me suis retrouvé seul dans la salle à manger, une vieille femme m'a servi un repas roboratif et une bière en bouteille. Il y avait des meubles en bois, d'un bois presque noir, un crucifix pendu sur un mur, et un disque découpé dans un tronc d'arbre, sur un autre. Dessus était gravé : « Tout ce que je possède, c'est Dieu qui me l'a donné. »

Dans un coin de la pièce grondait un poêle en faïence à carreaux verts. Lorsque je me suis assis à côté, je me suis aussitôt mis à transpirer, et dès que je m'en suis écarté un froid mordant m'a saisi. Je faisais des va-et-vient, en essayant de me concentrer sur un roman. Au moment de débarrasser, la vieille n'a pas dit un mot, et j'ai apprécié.

Je me suis réveillé à cinq heures, alors je suis allé dans l'étable et j'ai observé la vieille et son mari traire les vaches. Après le petit déjeuner, je suis parti marcher. J'ai caressé un moment l'idée de me livrer à la justice, de purger ma peine. Mais qu'avais-je à y gagner ? Mes enfants perdraient leur père, ma femme son époux, et tous se retrouveraient sans ressources. Il faudrait vendre l'appartement, ce qui ne suffirait même pas à couvrir le crédit. Et il n'y avait aucune garantie que mon père soit libéré : il avait fourni l'arme du crime, il était complice. Un acte purement égoïste, en somme, car la seule chose à y gagner c'était ma rédemption. Je sauverais mon âme et plongerais ma famille dans un grand désarroi. Quant à mon père, il était là où il était, parce qu'il partageait ma vision des choses. Il n'y avait pas un bruit sinon celui de ma respiration et des semelles de mes chaussures qui grinçaient sur les pierres. Il s'est mis à pleuvoir un peu. Je me sentais vraiment bien dans ces montagnes. Je marchais tous les jours dans ce paysage automnal. Je laissais mon portable à la pension et consultais mes messages en rentrant vers la fin de l'après-midi – quelques appels professionnels et, invariablement, un coup de fil de ma femme et mes enfants. Au bout du deuxième ou du troisième jour, j'ai arrêté de donner des nouvelles, à mes relations d'affaires, et bientôt à ma famille.

Le matin, j'assistais à la traite dans l'étable, j'avais proposé de donner un coup de main, mais les deux vieux avaient décliné mon offre. Une fois le jour levé, je partais dans la montagne, peu importe la météo. Je marchais d'un bon pas, sans croiser âme qui vive, et lorsque j'avais faim, je m'asseyais pour déjeuner sur un tronc d'arbre. Des saucisses fumées, un morceau de pain, une gorgée de lait, et je repartais. Mes pensées revenaient souvent à Dieter Tiberius. J'avais espéré que l'assassinat – le meurtre – m'en débarrasserait, mais son fantôme ne me lâchait pas d'une semelle. Je comparais ma vie à la sienne, comparais nos pères qui avaient probablement fait toute la différence. Le sien était parti, le mien était resté – un homme excentrique, mais présent. Si le fait de rester est si important, c'est parce que celui de partir l'est tout autant, ai-je pensé au cœur des massifs. Je me suis juré de ne plus jamais partir, un sentiment vertueux qui frôlait l'autosatisfaction à deux sous. Je me suis demandé si j'avais fini par tirer parce que je venais d'une famille où l'on apprenait à tirer dès le berceau.

« Tu vois, c'est bien une histoire de gènes, aurait dit Rebecca.

— Non, aurais-je répondu, les gènes n'ont rien à voir là-dedans, mon père n'a jamais tiré sur personne. Ce n'est pas un assassin. Il est inoffensif. C'est moi, aurais-je dit, j'avais le choix et j'ai choisi. »

Mais je ne parlais plus avec Rebecca. L'après-midi, je restais allongé sur le lit – trop petit pour moi – et je ruminais. Lorsque mon portable sonnait, je consultais l'écran pour savoir qui m'appelait, sans répondre. Je le passais en mode silencieux, m'endormais, puis me réveillais en constatant qu'il vibrait sur la table de chevet. Il rampait comme un animal blessé vers le rebord, j'aurais voulu l'attraper mais j'étais comme paralysé, incapable d'y toucher, il faudrait que je parle sans pouvoir dire ce que j'avais sur le cœur. Le portable a chuté par terre, je l'ai entendu vibrer encore deux fois avant de se taire. Je suis resté couché jusqu'au dîner. Est-ce que je pouvais prolonger mon séjour au-delà de la semaine prévue ? ai-je demandé à la vieille. Aucun problème.

La météo se dégradait, d'abord le vent, puis les premières neiges sont arrivées. Peu importe, je sortais tous les jours, même pour une heure. Le reste du temps, je restais au lit ou traînais dans la cour ou l'étable. Le dixième jour, en rentrant de randonnée, j'ai trouvé Rebecca assise dans la salle à manger.

« Randolphrandolphrandolph, a-t-elle dit, je comprends que tu n'ailles pas bien, mais on a besoin de toi à la maison. »

Le lendemain, je suis rentré avec elle en avion à Berlin. Je redoutais de me sentir une fois de plus incapable de m'imposer dans cette ville en ébullition constante, mais je m'en suis plutôt bien sorti, et Berlin est redevenu ma ville. La routine s'est installée, la routine post-Tiberius.

Les mots continuent à se dérober. Je suis prêt. Seulement, je n'ai toujours pas décidé si j'allais donner ces pages à Rebecca, ou le lui dire de vive voix en promenant le chien. Je suppose que cela ne fait pas une grande différence. Ce qui importe, c'est qu'elle sache avec qui elle vit. J'ai songé à lui annoncer une bonne et une mauvaise nouvelle, en même temps. La vérité – qui sera assurément un choc pour elle – et une autre nouvelle, plus plaisante. Je lui dirai que je me sens prêt à dessiner et concevoir une maison pour notre famille. L'idée lui plaira beaucoup, et j'exaucerai son vœu.

Remerciements

J'aimerais remercier Thomas Ante et Friedhelm Haas.

Les menus gastronomiques cités dans le roman sont inspirés des restaurants berlinois Tim Raue, Reinstoff et Vau.

Composition et mise en pages
Nord Compo à Villeneuve-d'Ascq

et achevé d'imprimer en décembre 2017
par GGP Media GmbH, PöBneck
pour le compte des Éditions Delcourt
8 rue Léon Jouhaux, 75010 Paris

Dépôt légal : décembre 2017
Imprimé en Allemagne